Weihnachten mit Sherlock Holmes

Herausgegeben von
Aleksia Sidney

Oktopus

Für den Blick hinter die Verlagskulissen:
www.oktopusverlag.ch/newsletter

Ein Oktopus Buch bei Kampa

www.oktopusverlag.ch
Covergestaltung und Satz: Lara Flues, Kampa Verlag
Covermotiv: Rui Ricardo © Kampa Verlag
Gesetzt aus der Stempel Garamond LT / 230130
Druck und Bindung: GGP Media GmbH, Pößneck
Auch als E-Book erhältlich
ISBN 978 3 311 30058 8

Inhalt

Anthony Horowitz *Sherlock Holmes und die tödlichen Weihnachtskarten* 7

Anne Perry *Das Weihnachtsgeschenk* 43

Gillian Linscott *Ein Skandal im Winter* 73

Edward D. Hoch *Der Weihnachtsklient* 109

Laurie R. King *Marys Weihnachten* 127

Reginald Hill *Der italienische Sherlock Holmes* 160

Peter Lovesey *Die vier Weisen aus dem Morgenland* 202

Anne Perry *Die Mitternachtsglocke* 230

Arthur Conan Doyle *Der blaue Karfunkel* 253

Nachweis 283

Anthony Horowitz

Sherlock Holmes und die tödlichen Weihnachtskarten

I

Ich habe es immer bedauert, dass es mir während meiner langen und engen Bekanntschaft mit Mr Holmes nie gelungen ist, ihn für die einfachen Freuden der Weihnachtszeit zu gewinnen. Weder der Gänsebraten vor dem Kamin noch der dampfende Plumpudding waren etwas für ihn.

Die Vorstellung, einen Nadelbaum aus seiner natürlichen Umgebung zu reißen und in eine Wohnung zu stellen, hielt er für eine Abscheulichkeit, obwohl es die königliche Familie war, die diesen Brauch eingeführt hat.

Kein einziges Mal habe ich ihn bei einem Gang in die Kirche beobachtet ... wenn es nicht im Zuge einer Ermittlung geboten war. Immerhin kann ich mich an das bemerkenswerte Ereignis erinnern, dass er einmal eine berüchtigte Abenteurerin bis zur Trauung verfolgte und dann – zu seiner größten Überraschung – zum Trauzeugen wurde!

Er war eben letztlich ein Mann der Wissenschaft, und während er in einem Sonnenuntergang oder einer blühenden Blume durchaus Erbauung zu finden vermochte, ging er jedem Gedanken an Übernatürliches doch aus dem Wege. Das Erklingen von Weihnachtsliedern, das mir Tränen in die Augen trieb, war für ihn eine lästige Störung.

Einmal traf ich ihn in der dritten Dezemberwoche in

seiner Wohnung an, wie er in seinen dunkelroten Morgenmantel gehüllt aus dem Fenster starrte, während im Kamin ein munteres Feuer brannte.

Die Szene da draußen war durchaus fröhlich. In der Nacht hatte es heftig geschneit und die Baker Street war eine lange Schneise von nahezu unverdorbenem Weiß. Die Postbriefkästen und Gaslaternen trugen Mützen, und ein paar Straßenjungen bewarfen sich in unbekümmertem Vergnügen mit Schneebällen. Ihr jugendliches Gelächter durchbrach die eigentümliche Stille, die sich mit dem Schnee auf alles herabgesenkt hatte. Man hörte weder das Peitschenknallen der Kutscher noch das Knarren der Pferdedroschken. Sogar die Luft stand gänzlich still, wie auf einer Fotopostkarte der Stadt.

»Ah, Watson!«, rief mein Freund, ohne sich umzudrehen oder erkennen zu lassen, wieso er wusste, dass ich es war; denn Mrs Hudson hatte mich nicht angekündigt. »Wie immer kommen Sie gerade zur rechten Zeit. Ich hoffe, Sie sind bei bester Gesundheit?«

»Ja, danke. Es geht mir sehr gut. Und Ihnen?«

Er drehte sich um, und als ich seine hellen, durchdringenden Augen und das freundliche Lächeln auf seinen Lippen sah, wusste ich, dass ich ihn bei bester Laune angetroffen hatte und nicht in einer jener gefährlichen Erstarrungen, die ihn gelegentlich überkamen.

»Ich freue mich, sagen zu können, dass ich einen Klienten erwarte. Im Allgemeinen schätzen die Kriminellen den Winter ja nicht. Im Schatten zu lauern, ist schwer, wenn es kalt ist und der Schnee jede Fußspur und jede Bewegung verrät. Abflussrohre werden glitschig. Die Fenster sind fest verriegelt. Aber wenn ich mich nicht täusche, ist unser Besucher jetzt da. Setzen Sie sich, alter Freund. Ich bin wie immer dankbar für Ihre Beobachtungen.«

Einen Augenblick später öffnete sich die Tür, und sein Page ließ einen ergrimmten Gentleman mit langem schwarzem Haar herein, das allerdings weit genug zurückgekämmt war, um seine dichten Augenbrauen und die zu einer zornigen Grimasse verzerrten Lippen zu zeigen. Er streifte seinen Mantel ab, schüttelte dabei reichlich Schnee auf den Teppich und ließ uns seinen gut geschnittenen grauen Anzug, seine bestickte Weste und eine goldene Uhrkette sehen.

»Guten Morgen, Mr Holmes«, sagte er.

Unserem Besucher mangelte es offenbar nicht an Selbstvertrauen und Selbstachtung. Er setzte sich, ohne darum gebeten worden zu sein, und begann sogleich mit seinen Erklärungen.

»Mein Name ist Clifford Barrowman. Sie haben vielleicht schon von mir gehört. Ich bin Impresario und habe Theaterstücke im ganzen Land auf die Bühne gebracht, aber vor allem hier im Gaiety Theatre und im Alhambra in London. Meine Spezialität sind musikalische Burlesken und Komödien, und ich hatte einige bemerkenswerte Erfolge. Das ist aber nicht der Grund, weshalb ich bei Ihnen bin. Letzte Nacht, Mr Holmes, bin ich beraubt worden. In meinem eigenen Haus! Der Dieb hat mir etwas gestohlen, das von unersetzlichem Wert für mich ist: eine Uhr, die Gustave Flaubert gehört hat und die ich sehr liebe, eine Kaminuhr mit Schlagwerk im Stil von Louis XVI mit Putten und Engeln. Der Wert eines solchen Stücks, das kann ich Ihnen versichern, ist unermesslich. Ganz unabhängig vom ideellen Mehrwert, der durch den früheren Besitzer entstanden ist, besteht sie aus Massivgold, eine handwerklich ganz exquisite Arbeit. Mitten in der Nacht aus meiner Bibliothek gestohlen! Ich will sie wiederhaben. Und der Dieb muss bestraft werden!«

»Ich nehme an, Sie haben der Polizei den Verlust schon gemeldet?«, sagte Holmes.

»Pah!« Barrowman wischte die Frage mit einer Handbewegung beiseite. »Die Polizei sagt, das war ein gewöhnlicher Einbruch. So ein Feld-Wald-und-Wiesen-Einbruch, wie er jede Nacht in der Hauptstadt passiert. Aber das war etwas anderes, das weiß ich genau!«

Er beugte sich vor, um uns ins Vertrauen zu ziehen. »Ich wusste, dass so etwas passiert. Ich habe es schon seit Tagen befürchtet. Man könnte sagen, dass ich gewarnt worden bin.«

»Und in welcher Form sind Sie gewarnt worden?«, fragte Holmes.

»Ich habe sieben Weihnachtskarten erhalten. Sie kamen an drei aufeinanderfolgenden Tagen: am ersten zwei, am nächsten drei und dann noch einmal zwei. Meine Adresse stand drauf, und als Unterschrift stand da: *ein Freund.* Die Bilder waren aber alles andere als freundlich. Sie waren so makaber, dass ich sie am liebsten gleich zerrissen hätte. Glücklicherweise habe ich darauf verzichtet, denn auf diese Weise kann ich sie Ihnen jetzt zeigen.«

Nach diesen Ausführungen griff der Besucher in die Innentasche seines Anzugs, zog die besagten Karten mit großer Geste heraus und blätterte sie auf den Tisch, sodass wir sie alle betrachten konnten.

Ehe ich sie beschreibe, sollte ich vielleicht erwähnen, dass dem Publikum damals viele neue Weihnachtskarten mit verstörenden, ja sogar gewalttätigen Motiven angeboten wurden, auf denen die Weihnachtsbotschaft mit folkloristischen Elementen und heidnischen Mythen vermischt wurde. Man sah regelmäßig Dinge wie tanzende Kakerlaken, kämpfende Ameisen oder Clowns mit verzerrten Gesichtszügen. Krampus, der als Monster mit

Bocksfüßen und Hörnern dargestellt wurde, schleppte Kinder in Ketten davon. Ein totes Rotkehlchen oder eine tote Nachtigall waren Symbole für das Elend der Armen.

Aber die Karten, die Clifford Barrowman uns zeigte, waren viel extremer als alles, was ich bis dahin gesehen hatte.

Auf der ersten war ein bärtiger Mann in einem Sessel sitzend mit einer Flasche in der einen und einem Glas in der anderen Hand abgebildet. Seine Feier allerdings war durch einen Speer unterbrochen worden, der in seiner Brust steckte. Die zweite zeigte einen Mann auf einem verschneiten Acker. Sein Kopf lag in einer großen Blutlache. Ein Pferd betrachtete ihn, und daneben standen drei Schafe, die ebenfalls schwer verwundet waren.

Auf der dritten war ein halb verhungerter junger Mann in einem Morgenmantel mit verbundenem Kopf zu sehen. Sein Mund war mit Gipsbandagen verschlossen – und als wäre das noch nicht bizarr genug, stand neben ihm ein japanischer Samurai mit einem erhobenen Schwert.

Auf der vierten Karte sah man eine Frau, die offenbar gerade ihr Weihnachtsgeschenk ausgepackt hatte. Dabei handelte es sich um zwei abgeschnittene menschliche Ohren. Außerdem war da ein Mann, der von einem tollwütigen Hund angefallen wurde; ein anderer wurde von einer Giftschlange in den Hals gebissen; und wieder ein anderer sprang aus dem Fenster in eine mondhelle Nacht, um dem Tod zu entkommen, verlor dabei allerdings einen Daumen.

Was diese Bilder besonders schrecklich machte, war die Tatsache, dass sie mit einem gewissen Geschick gemalt worden waren. Zusätzlich zu den Illustrationen zeigten die Karten alle die gedruckte Inschrift: *Frohe Festtage!* Und unterschrieben waren sie mit den Worten: *ein Freund*.

Holmes hatte das alles mit großem Interesse studiert, und ich merkte sofort, dass dieses Geheimnis geeignet war, seinen brillanten Verstand zu beschäftigen. Das Banale oder bloß Brutale war nichts für ihn. Er war der größte Detektiv seiner Zeit, und ich hatte manchmal den Eindruck, dass er von den Übeltätern, mit denen er zu tun hatte, erwartete, dass sie dasselbe Niveau hatten.

»Haben diese Bilder eine spezielle Bedeutung für Sie?«, fragte er.

»Nein, überhaupt nicht«, erwiderte Barrowman. »Aber mir war sofort klar, dass ich damit bedroht wurde. Die Tatsache, dass sie mir anonym zugeschickt wurden, trug natürlich dazu bei, dass sie mich ängstigten. Als die letzten beiden kamen, habe ich den Briefträger gefragt, wo sie wohl herkommen könnten, aber er konnte mir nur sagen, dass er sie am General Post Office in St Martin's Le Grand abgeholt hatte.«

»Und wann wurde die Uhr gestohlen?«

»Zwei Tage später. Der Dieb ist in mein Arbeitszimmer eingebrochen. Dort hat sie gestanden. Ich muss zugeben, Mr Holmes, dass ich sehr leichtsinnig war. Ich habe erlaubt, dass die Uhr bei einer Inszenierung des *Tartuffe* benutzt wurde. Sie kennen das Stück?«

»Theaterbesuche gehören nicht zu meinen Gewohnheiten.«

»Sie überraschen mich. Es ist ein sehr schönes Stück von Molière. Na, jedenfalls haben gewisse Zeitungen über die Leihgabe und den Wert des Objekts berichtet, was der Inszenierung zwar einige Aufmerksamkeit verschafft hat, dem Dieb aber wohl auch den Hinweis gab, dass es sich in meinem Besitz befand.«

Holmes hatte seine Untersuchung der Weihnachtskarten beendet. »Haben Sie auch die Umschläge noch?«, fragte er.

»Natürlich.« Barrowman legte sieben Umschläge auf den Tisch. Sein Name und seine Adresse waren in Blockbuchstaben geschrieben, wahrscheinlich um die Handschrift des Absenders unkenntlich zu machen.

»Sehr eigenartig«, rief Holmes. »Sehen Sie, Watson! Auf den ersten fünf Umschlägen, deren Stempel die ältesten Daten zeigen, ist Mr Barrowmans Name falsch geschrieben. Er hat nur ein ›r‹. Auf den letzten beiden Umschlägen ist das zweite ›r‹ dann ergänzt worden.«

»Er hat seinen Irrtum wohl bemerkt«, sagte Mr Barrowman.

Mir fiel auf, dass hinter der letzten Zeile *EC* stand. »Was bedeutet das denn?«, fragte ich.

»Keine Ahnung«, knurrte Barrowman.

»Eastern Central«, erklärte Holmes. »Wohnen Sie im Osten von London?«

»Farringdon.«

»Ganz, wie ich dachte. Der Absender wollte die Beförderung beschleunigen.« Holmes lächelte. »Ihr Fall interessiert mich, Mr Barrowman, und ich werde Ermittlungen aufnehmen. Wir werden Sie demnächst zu Hause aufsuchen. Aber zunächst müssen Watson und ich uns nach Shadwell begeben, und mit Ihrer Erlaubnis werden wir diese ungewöhnliche Sammlung von Postkarten mitnehmen.«

»Was ist denn in Shadwell?«

»Sie haben den Namen auf der Vorderseite nicht bemerkt? Nun ja, die Schrift ist sehr klein und verschwindet fast in der Gestaltung. Sehen Sie, Watson? *Smythe of Shadwell.*«

»Der Name des Künstlers?«

»Sehr wahrscheinlich.«

»Wollen Sie andeuten, dass Mr Smythe aus Shadwell in mein Haus eingebrochen ist?«, fragte Barrowman. »Wenn das zutreffen sollte, gehe ich davon aus, dass Ihr Honorar minimal bleibt, Mr Holmes. Das hätte ja jeder Trottel sehen können.«

»Nun, *Sie* haben es offenbar nicht gesehen, Mr Barrowman«, sagte Holmes. »Allerdings halte ich es für unwahrscheinlich, dass Mr Smythe Sie überhaupt kennt. Wenn Sie Ihre Uhr zurückhaben wollen, dann werden Sie für meine Dienste schon das übliche Honorar zahlen müssen. Einverstanden?«

»Wenn Sie meinen.«

»Dann machen wir uns jetzt auf den Weg und melden uns bei Ihnen, sobald wir Neuigkeiten für Sie haben.«

Wir warteten, bis unser übellauniger Gast sich verabschiedet hatte. Kurz darauf gingen wir ebenfalls und nahmen eine Droschke nach Shadwell am Ufer der Themse.

Wir hatten uns in schwere Ulster und Schals gewickelt, was sich als äußerst vernünftig erwies, denn als wir nach Osten reisten, wurde es noch kälter. Es lag immer noch dicker Schnee auf den Straßen, von den Dächern hingen Eiszapfen, und Flocken wirbelten durch die Luft. Die Sonne ging bereits unter, obwohl es gerade mal drei war, und ich hatte das Gefühl, dass es auf den Bürgersteigen mehr schwankende Schatten als richtige Menschen gab.

Im Sommer wäre die Gegend von einer bunten Menschenmenge aus aller Herren Länder erfüllt gewesen: ostindische Seeleute, Malaien, Chinesen und Juden. Die Herbergen wären voll von Matrosen, Schauerleuten, Binnenschiffern und anderen gewesen, die in den Docks arbeiteten. Aber in der letzten Vorweihnachtswoche gab es nur eine eigentümliche Leere. Der Fluss war stahlgrau und feindselig, gefangen unter einer Eisschicht, die sich immer mehr ausbreitete.

Ich wartete, bis wir ausgestiegen waren, ehe ich Holmes die Frage stellte, die mich schon während der Fahrt bewegt hatte. Mein Atem gefror in der Luft, als ich sagte: »Wie sollen wir diesen Smythe denn finden? Shadwell ist ziemlich groß, und wir könnten stundenlang hier herumlaufen, ohne auch nur einen Schritt weiterzukommen.« Ich stampfte mit den Füßen im Schnee und stellte wieder einmal fest, dass mich die Jahre in Indien besser für heiße als für kalte Tage gestählt hatten.

»Was Sie sagen, ist tatsächlich wahr«, gab mein Gefährte zurück. »Aber es gibt bloß vier Papiergeschäfte in dieser Gegend, und es erscheint durchaus möglich, dass der talentierte Mr Smythe seine Werke an eins von ihnen verkauft hat.«

Natürlich hatte er wieder einmal die zahlreichen Verzeichnisse und Lexika konsultiert, die seine Bücherregale in der Baker Street füllten, ehe wir uns auf den Weg machten. »Alle Kenntnisse sind nützlich für den Detektiv.« Wie oft er mir das gesagt hatte!

Also machten wir uns auf die Jagd und kamen nach zwei Fehlschlägen zu einem etwas schrägen Geschäft in der Cable Street, bei dem Holmes schon vor der Tür ein befriedigtes Knurren ausstieß: »Sehen Sie, Watson? Das Spiel beginnt!«

In der Tat waren im Schaufenster alle sieben unschönen Weihnachtskarten zu sehen. Wir traten ein.

Der Laden war nicht nur ein Papiergeschäft, sondern auch eine Gelegenheitsdruckerei. Der Besitzer war ein kleiner, pummeliger Mann, dessen runde Brillengläser und die nur von einem schmalen, weißen Haarkranz umgebene Glatze mich lebhaft an Mr Pickwick erinnerten.

Der vollgestopfte Laden war größtenteils einem monströsen Eisenbiest überlassen worden, dessen Räder, Rollen und Hebel zu einer Druckmaschine gehörten, wie ich erkannte. Umgeben war sie mit Regalen, auf denen sich verschiedene Sorten von Schreibpapier, Federn und Tinten drängten: duftendes, farbiges und goldumrandetes Papier, Gänsekiele, Stahlfedern, Zeichenfedern, verschiedenfarbige Tinten und so weiter.

Es gab auch viele verschiedene Weihnachtskarten im Laden, aber nur das Werk von Smythe hatte den Ehrenplatz im Fenster erhalten.

»Ich persönlich würde solche Karten ja nicht verschicken«, sagte der freundliche Mr Pickwick. »Aber vor ein paar Wochen habe ich neun komplette Sätze an einen einzigen Kunden verkauft. Das war eine recht ordentliche Bestellung, und ich dachte, ich hätte da einen Trend entdeckt, aber ich muss zugeben, dass sich seither niemand mehr dafür interessiert hat.«

»Können Sie uns sagen, wer sie gekauft hat?«, fragte Holmes.

»Leider nicht. Es war ein reicher Kunde, so viel ist klar. Er hatte einen Laufburschen mit dem nötigen Bargeld für die Bezahlung geschickt. Der junge Mann wusste genau, was er wollte. Er nahm die Päckchen mit den Karten, bezahlte und ging. Den Namen seines Auftraggebers hat er leider nicht genannt.«

»Haben Sie die Karten selbst gedruckt?«

»Natürlich. Die Bilder und die Schrift hat mir der Künstler geliefert. Ich habe sie reproduziert und die Druckplatten selbst hergestellt.«

»Sie kennen den Künstler also?«

»In der Tat, Sir. Hubert Smythe wohnt gar nicht weit von hier, und ich habe im Lauf der Jahre etliche seiner Werke gekauft. Dem armen Kerl geht es gar nicht gut und er verdient kaum seinen Unterhalt, obwohl er, wie ich finde, nicht ohne Talent ist. Wenn nur die Motive nicht so aggressiv wären! Aufgrund der anfänglichen Nachfrage hatte ich gehofft, sehr viele von diesen Karten verkaufen zu können, aber das scheint nicht der Fall zu sein, wenn Sie, meine Herren, nicht interessiert sind.«

Zu meiner Überraschung kaufte Holmes tatsächlich für den Preis von zwei Shilling ein Päckchen mit dem kompletten Satz von sieben Weihnachtspostkarten.

In all den Jahren unserer Bekanntschaft hatte er mir noch nie eine Weihnachtskarte geschickt, und außer Mrs Hudson, seinem Bruder Mycroft und vielleicht Inspector Lestrade von Scotland Yard konnte ich mir auch keinen anderen Empfänger vorstellen.

Das behielt ich aber lieber für mich. Wir gingen zurück durch die Cable Street und bogen dann in eine schmale, namenlose Gasse ab, die uns direkt zum Shadwell Basin hinunterbrachte. Hier stießen wir auf die Reihe alter, verfallener Häuser, die uns der freundliche Drucker beschrieben hatte. Sie standen auf hohen hölzernen Stelzen im Schlamm, damit sie der Fluss bei Flut nicht erreichte.

In den Nachbarhäusern hörte ich einen Hund bellen und einen Mann und eine Frau mit schrillen Stimmen streiten. Jemand spielte auf einer Geige, aber nicht so wie Holmes auf seiner Stradivari. Das Instrument war verstimmt, und die Töne waren rein zufällig.

Die Bretterbude, in der Smythe wohnte, stand schweigend da. Nichts rührte sich hinter den staubigen Fensterscheiben.

Ohne dass ich es bemerkt hatte, war es dunkel geworden. Der Tag eilte der Nacht zu. Unsere Schritte knirschten im Schnee, als wir uns der vereisten, wackeligen Holztreppe näherten, die zum Eingang hinaufführte. Dies war nicht die Sorte Haus, in der ich einen Künstler vermutet hätte, auch wenn er keinen Erfolg hatte. Es war zu schäbig, zu trostlos, wie gemacht, um den Geist eines Menschen zu brechen.

Holmes klopfte an die Tür. Schweigen. Dann schließlich eine Stimme: »Wer ist da?«

»Mein Name ist Sherlock Holmes«, rief mein Freund. »Ich möchte mit Hubert Smythe reden.«

Dieses Mal war das Schweigen noch länger, und als ich so in dieser üblen Gegend stand, wo weit und breit keine menschliche Seele zu sehen war, wurde mir plötzlich bewusst, dass ich gern meinen treuen Dienstrevolver dabeigehabt hätte. Er hatte mich bei vielen solchen Abenteuern begleitet, und ich sah darin nicht nur eine Waffe, sondern auch einen Talisman.

Plötzlich hörte man ein lautes Krachen. Auf der anderen Seite des Hauses wurde eine Tür aufgestoßen und jemand sprang auf den Boden. Ich lief in die Richtung des Lärms und sah einen Mann, der auf mich zurannte wie ein wütender Stier. Seine Augen waren weit aufgerissen, und sein Mund war zu einer Grimasse von Angst und Wut verzerrt. Ich versuchte, ihn festzuhalten, aber er stieß mich zur Seite.

Ich fiel zu Boden. Der Mann bog um die Ecke und war verschwunden. Seine Schritte verhallten im Nebel.

2

Es war schon später Vormittag, aber wir saßen noch immer beim Frühstück, als uns lautes Hufgeklapper und das Rasseln einer schweren Kutsche aufschreckten, die alsbald vor dem Haus stoppte.

Es klingelte, und wir hörten wohlabgemessene Schritte auf der Treppe, die sich rasch näherten.

»Ich gedenke, irgendwann eine Monographie darüber zu schreiben«, erklärte Holmes, »wie man die Identität eines Menschen daran erkennen kann, mit welchem Klang, Maß und Gewicht er die Füße aufsetzt. Ehrlich gestanden, bin ich mir zwar nicht sicher, ob das tatsächlich möglich ist, aber zumindest Sie habe ich gestern daran erkannt. Jetzt könnte ich wetten, dass gleich unser guter Freund Inspector Lestrade dieses Zimmer betreten wird.«

Und richtig: Die Tür ging auf und der wohlbekannte Detektiv erschien. Seine Blicke richteten sich direkt auf die Teekanne. Er rieb die Fäuste aneinander und sagte: »Wenn Sie nichts dagegen haben, werde ich ein Tässchen mittrinken. Da draußen ist es teuflisch kalt.«

Ich stand auf, um eine frische Tasse zu füllen, während der Mann von Scotland Yard sich an den Kamin stellte, um sich zu wärmen.

»Was führt Sie zu uns, Inspector Lestrade?«, fragte Holmes, als ich dem Beamten den Tee reichte.

»Ein Mord in Holborn«, erwiderte Lestrade. »Sir William Mawson, der berühmte Briefmarkensammler, wurde letzte Nacht in seinem Haus erstochen. Eine hässliche Sache. Er wachte in den frühen Morgenstunden auf und überraschte offenbar einen Einbrecher. Es ist noch nicht klar, ob etwas gestohlen wurde, aber …«

Lestrade unterbrach sich und starrte auf den säurebefleckten Tisch, an dem Holmes gelegentlich seine Experimente durchführte.

Ich folgte seinem Blick und sah die sieben Weihnachtskarten, die uns Mr Clifford Barrowman, der Impresario, anvertraut hatte.

»Was ist das denn?«, rief Lestrade heftig. Seine kleinen dunklen Augen waren voll Misstrauen. »Sie sind also schon in den Fall Mawson verwickelt?«

»Ich kann Ihnen versichern, dass ich bis zu diesem Augenblick noch nie von Sir William Mawson gehört habe«, erwiderte Holmes.

»Aber diese Weihnachtskarten!« Lestrade stellte seine Tasse weg und trat an den Arbeitstisch.

Er hob eine der Karten auf, untersuchte sie und wandte sich triumphierend um. »Genau dieselben Motive habe ich heute Morgen im Haus von Sir William gefunden.«

»Wirklich?«, fragte ich. »Sind Sie sicher?«

»Sie standen auf dem Kaminsims, und ich habe zu einem meiner Männer gesagt, dass *ich* solche Weihnachtskarten niemandem schicken würde. Und dass ich erst recht nicht wollte, dass mir jemand so etwas schickt! Ich habe mich gefragt, was wohl im Kopf von jemandem vorgeht, der sich so etwas ausdenkt.«

»Der Name des Künstlers ist Hubert Smythe«, sagte Holmes gedehnt und berichtete dann von unserem Besuch in Shadwell.

Nach der eiligen Flucht des Bewohners hatten wir das Haus betreten, aber in dem schmutzigen Inneren nichts von großem Interesse gefunden.

Smythe lebte allein in einem einzelnen Raum mit einem Bett, einem kleinen Ofen und einem Tisch. Er widmete sich ganz seiner Kunst. Es lagen überall Skizzen und Zeichnungen. Allerdings waren die Motive – wie Holmes bemerkte – völlig anders als die besagten Karten. Smythe hatte Flusslandschaften, Schiffe, Genreszenen auf den Docks, Londons Brücken und Kirchhöfe mit bemerkenswertem Charme eingefangen. Es war kaum zu glauben, dass dies derselbe Mann war, der diese scheußlichen Karten geschaffen hatte. Vor allem blieb es mir unbegreiflich, was ihn dazu inspiriert haben könnte.

»Eine verquere Angelegenheit ist das«, sagte Lestrade. »Welcher Einbrecher schickt seinen Opfern denn vorher Weihnachtskarten?«

»Und warum ausgerechnet solche verrückten?«, fügte ich hinzu.

»Das ist tatsächlich ein Novum«, bestätigte Holmes. »Wir wissen, dass die ersten Karten vom General Post Office in St Martin's Le Grand kamen. Vielleicht wäre es nützlich, die Bekanntschaft des Briefträgers zu machen, der sie zugestellt hat? Womöglich war es derselbe, der Sir Mawson die Karten gebracht hat? Holborn und Clerkenwell sind ja nicht so weit voneinander entfernt. Werden Sie uns begleiten, Inspector?«

Lestrade nickte, und kurz darauf schritten wir zu dritt auf den großen Tempelbau des General Post Office zu, der sich hinter St Paul's erhob.

Auch an diesem Tag fiel wieder viel Schnee, aber die Flocken tanzten lange im Wind, als ob sie unwillig wären, sich zu beschmutzen, wenn sie auf die Straßen herabsanken. Die wenigen Leute, die uns entgegenkamen, waren so dick in Mäntel, Hüte und Schals gehüllt, dass sie kaum menschlich schienen.

Als wir uns dem Gebäude näherten, kamen wir an einem großen umzäunten Hof vorbei, in dem eine lange Reihe von leuchtend roten Postwagen wartete. Das waren die sogenannten »Akzeleratoren«.

»Euston Square!«, »Northern and Midland!«, riefen die Träger, die mit gewaltigen Säcken aus dem Gebäude gerannt kamen, die sie auf den Schultern trugen wie Atlas die Weltkugel. So begann die Morgenpost ihre Reise zu den Londoner Bahnhöfen und von da hinaus ins Land.

Am säulengeschmückten Eingang wartete auf uns ein älterer Herr in einem ordentlichen schwarzen Anzug, der sich als Mr Frobisher vorstellte.

»Jeden Morgen um sechs warten tausend Säcke auf uns«, sagte er, »und wir besuchen jedes Haus in London zwölf

Mal am Tag. Es ist eine ungeheure Aufgabe, Mr Holmes, auch wenn uns eine ganze Armee von Helfern zur Verfügung steht.«

Unter ständiger Redebegleitung führte er uns ins Innere des Gebäudes.

»Als ich ein junger Mann war, galt das Briefschreiben noch als Kunst. Man könnte sogar sagen, ein Privileg. Und heute? Reklame, Pamphlete, Wohltätigkeitsbettelei, Zeitungen ... Ich finde, die Penny Post hat zu einer maßlosen Schwemme von frankierten Schriftstücken und Druckwerken geführt. Ich sage Ihnen: Wir haben eine Versicherungsgesellschaft, die schickt jeden Tag fünftausend sinnlose Benachrichtigungen raus! Ich will ja keine Namen nennen. Derzeit werden wir von einer Flut von Weihnachtskarten überspült, die wir pro Stück für einen halben Penny befördern sollen! Das ist ohne Zweifel eine schöne Tradition, aber Sie sehen ja: ein einziges Chaos!«

Wir hatten eine riesige, düstere Halle erreicht, wo zwei- bis dreihundert Angestellte in Gehröcken arbeiteten. Die meisten standen an endlosen langen Pulten, die sich bis zum anderen Ende der Halle erstreckten. Dort zeigte eine riesige Wanduhr, wie rasch die Zeit verging.

Über ihnen brannten elektrische Lampen, und ich hörte Maschinen summen. Aus einem Schacht am hinteren Ende des Raumes ergoss sich ein endloser Strom von Briefen, die von Laufburschen eingesammelt und eilig zu den Pulten der Sortierer gebracht wurden.

Es war eine Menge los, aber von dem Chaos, das unser Führer beklagte, konnte ich nichts entdecken.

»Als Erstes werden die Briefe mit der Anschrift nach oben und der Marke nach rechts geordnet«, erklärte Frobisher. »Wenn die Marke falsch aufgeklebt wurde, dann ist der Brief *blind* und muss nachsortiert werden. Wie Sie sehen, werden die Marken dann von Hand abgestempelt, das heißt entwertet. Anschließend werden die Briefe nach Postbezirken sortiert. Da drüben finden Sie die Kranken-station, wo wir uns mit Sendungen befassen, deren Umschläge und Verpackungen beschädigt oder zerrissen sind. Und das hier ist unser *blind man*!«

Dabei deutete er auf einen nicht sehr großen Angestellten, der eine Brille trug, aber seine Sehfähigkeit wohl durchaus noch besaß. Er sprang von seinem Hocker, verbeugte sich und lächelte freundlich.

»Seine Aufgabe besteht darin, unleserliche oder falsche Anschriften zu entziffern oder zu korrigieren.«

»*Ohleywhite! Mallowberg!*«, sagte der kleine Mann.

»Die Isle of Wight und Marlborough«, erläuterte Frobisher und drängte eilig zum Weitergehen. »Hier«, sagte er schließlich, »sind zwei der Briefzusteller, die Eastern Central versorgen. Wahrscheinlich sind das die Herren, mit denen Sie sprechen wollen.«

Zwei Briefträger in Gehröcken und grauen Winterhosen warteten unter der großen Uhr. Ihre Kappen hielten sie in den Händen.

»Das ist Sherlock Holmes, der berühmte Detektiv«, rief der Postmeister mit lauter Stimme.

Einige Botenjungen, die in der Nähe Briefe sortierten, drehten sich aufgeregt um, als sie den großen Namen hörten.

»Mr Holmes untersucht verschiedene Sendungen, die an die Whitecross Street 27 und The Elms in High Holborn gegangen sind.« Das waren die Adressen von Mr Clifford Barrowman und Sir William Mawson.

»Das ist Harris«, fuhr Frobisher fort. »Er ist für die Whitecross Street verantwortlich. Für die Elms in High Holborn ist Callaghan zuständig.«

»Guten Tag, meine Herren«, begann Holmes. »Ich untersuche mehrere identische Sendungen, die Sie vielleicht zugestellt haben. Es waren sieben an die eine und genauso viele an die andere Adresse. Sie stehen möglicherweise in Zusammenhang mit schweren Straftaten.«

Er zog einen der Umschläge aus der Tasche, die ihm Mr Barrowman überlassen hatte, und zeigte ihn den beiden Zustellern. »Die Sendungen wurden an drei aufeinanderfolgenden Tagen zugestellt. Vielleicht erinnern Sie sich ja an die Blockbuchstaben oder irgendwelche anderen Details, die Ihnen merkwürdig vorkamen?«

Callaghan schüttelte den Kopf. »Ich glaube nicht, dass ich jemals irgend so was in die Elms gebracht habe«, murmelte er. »Aber natürlich kann ich mich irren. Sir William hat immer viel Post. Broschüren und Briefe. Das hat wohl mit seinem Hobby zu tun. Er ist Fatalist, glaube ich.«

»Sie meinen ›Philatelist‹?«, sagte ich.

»Na, jedenfalls sammelt er Briefmarken. In den letzten Tagen habe ich ihm auch viele Weihnachtspostkarten gebracht, Sir. Er ist ein sehr bekannter Mann, sehr beliebt.«

Jetzt war Harris an der Reihe. Er schien weitaus bedächtiger. »Ich weiß nicht, worauf Sie hinauswollen, Sir«, murmelte er. »Ich habe solche Umschläge in die Whitecross Street gebracht, ganz wie Sie sagen. Aber sieben waren es nicht. An fünf kann ich mich erinnern. Ich glaube tatsächlich, dass sie alle gleich waren. Und Blockbuchstaben hatten sie auch. Aber wo sie herkamen, weiß ich nicht. Und schon gar nicht, was drin war.«

»Fünf Umschläge, sagen Sie?«, fragte Holmes. »Was war denn mit den anderen beiden?«

»Am nächsten Tag war ich krank, Sir. Da ist meine Runde von den Botenjungen übernommen worden. Und am nächsten Tag war Sonntag.«

»Sie haben ein sehr gutes Gedächtnis, Mr Harris.«

»Der Gentleman, der da wohnt, ist sehr pingelig, Sir. Mr Barrowman wird schnell ungehalten, wenn er meint, seine Post sei verspätet oder verloren gegangen. Er hat sich mehr als einmal über mich beschwert.«

»Haben Sie ihm die Briefe persönlich gegeben?«

»Nein, Sir. Er hat einen Butler.«

Jetzt wandte Inspector Lestrade sich an Callaghan. »Sind Sie sich bewusst, dass Sir William Mawson letzte Nacht ermordet wurde?«

Callaghan blinzelte, zeigte sonst aber keine Gefühle. »Dann werde ich seiner Witwe wohl bald Kondolenzschreiben bringen«, sagte er.

Im General Post Office gab es nichts mehr für uns zu tun. Mr Frobisher brachte uns bis vor die Tür, und wir fuhren nach High Holborn. The Elms war ein nobles, efeubewachsenes vierstöckiges Haus in der Nähe des Viadukts. Ein mit Kerzen, Bändern und Zuckerwerk geschmückter Weihnachtsbaum begrüßte uns in der Eingangshalle, aber die Atmosphäre war düster.

Lady Mawson hatte sich ins Bett zurückgezogen. Sie war zu verstört, als dass sie mit uns hätte sprechen können. Die Diener gingen uns aus dem Wege.

Lestrade führte uns ins Arbeitszimmer, wo uns ein unregelmäßiger schwarzer Fleck auf dem Teppich, der vor dem schönen antiken Schreibtisch lag, nur allzu deutlich zeigte, was hier geschehen war.

»Sir William wurde direkt ins Herz gestochen«, sagte Lestrade. »Nicht mit einem Messer, sondern mit einer großen Schere, wie man sie in einem Büro findet.«

Holmes warf kaum einen Blick auf den Teppich. Seine Aufmerksamkeit richtete sich auf die Sammlung von Weihnachtskarten, die auf dem Kaminsims standen.

Es waren ungefähr zwanzig, und sieben davon erkannte ich auf den ersten Blick. Es waren dieselben, die Clifford Barrowman erhalten hatte.

Die Haushälterin, eine gewisse Mrs Turner, hatte uns von der Haustür an begleitet. Mit ihren strengen Zügen, ihrem grauen Kleid und der weißen Schürze vor dem üppigen Bauch hatte sie das Aussehen eines erfahrenen Feldwebels.

Wie es schien, war der Mörder durch ein Fenster eingedrungen, das nicht verriegelt gewesen war. Es hatte ihn direkt in den Raum geführt, wo Sir William dann starb. Dass dies ihr Fehler gewesen sein könnte, wollte Mrs Turner nicht akzeptieren. Sie war empört.

»Das Fenster war den ganzen Tag verriegelt. Da bin ich mir ganz sicher«, sagte sie, die Hände fest auf die Hüften gestemmt. »Warum hätte Sir William es bei dieser Kälte überhaupt aufmachen sollen? Er hat sich bei der kleinsten Zugluft beschwert.«

Sie starrte Lestrade mit wütenden Augen an. »Aber dieser Gentleman hier behauptet, dass ich vergessen hätte, es zuzumachen!«

»Ich bin sicher, dass Sie in dieser Hinsicht ganz schuldlos sind«, versicherte Holmes ihr. »Aber wegen dieser Karten hier hätte ich eine Frage. Sie haben sicher bemerkt, dass einige davon recht ungewöhnliche Motive aufweisen, Mrs Turner.«

»Das ist mir in der Tat aufgefallen, Sir«, erwiderte die Hausdame. »Sir William fand sie offenbar amüsant und bestand darauf, sie hier aufzustellen, aber Lady Mawson war sehr beunruhigt. Sie war überzeugt, dass sie etwas Böses ankündigten. Und jetzt stehen wir da.«

Sie strich ihre Schürze glatt. »Zwei kamen am ersten Tag. Am nächsten Morgen dann drei, und am Nachmittag noch zwei, jede hässlicher als die zuvor. Die Mistress war außer sich und so besorgt, dass sie Erkundigungen einzog.«

»Was waren das für Erkundigungen?«

»Den Postboten hat sie gefragt. Aber das war wohl nicht unser regulärer Briefträger, sondern nur so ein junger Bursche, und der konnte ihr auch nicht helfen. Er hatte die Karten am General Post Office abgeholt, das war alles, was er wusste. Er hatte noch einen ganzen Sack voller Briefe und wollte schnell weiter.«

»Erinnern Sie sich noch, wann die letzten Karten gebracht wurden?«

»Das war kurz nach vier, Sir. Ich hatte gerade den Nachmittagstee serviert.«

»Vielen Dank, Mrs Turner. Ihr Gedächtnis ist wirklich sehr gut, und Sie haben uns sehr geholfen.«

Wir ließen Lestrade am Tatort zurück und machten uns zu Fuß auf den Weg zum Haus von Clifford Barrowman in der Whitecross Street.

Unter dem Klingelzug war eine Messingplatte mit dem Namen des Eigentümers, und über der Eingangstür eine ovale Alabastertafel mit einer Büste des großen Mannes als Basrelief. Im Vorgarten stand die Statue eines Harlekins aus der Commedia dell'Arte. Seine rechte Hand war erhoben, als ob sie uns versichern wolle, dass wir tatsächlich vor dem Haus eines wahren Theatergenies standen.

Wir klingelten, und ein Butler führte uns in eine gutbestückte Bibliothek, wo der Impresario umgeben von Büchern vor dem Kamin saß, in dem ein schwaches Kohlenfeuer schwelte. Auf den Regalen waren die Klassiker des Theaters versammelt: Euripides, Shakespeare, Racine, Goldoni, Ben Johnson und viele andere.

Dazwischen hingen gerahmte Plakate und Programme

der Stücke, die er auf die Bühne gebracht hatte. Über dem Kamin waren zwei Masken befestigt: Komödie und Tragödie.

Die leere Stelle auf dem Kaminsims, wo die Louis-XVI-Uhr hätte stehen sollen, fiel mir sofort ins Auge, und ich machte eine entsprechende Bemerkung.

»Mr Holmes!« Barrowman stand nicht auf, um uns zu begrüßen, sondern wedelte nur müde in Richtung der beiden Stühle im Raum. »Nun, was bringen Sie für Neuigkeiten?«, fragte er, nachdem wir uns gesetzt hatten.

Kaffee oder Tee bot er uns nicht an. Sein ganzes Benehmen zeigte, dass er uns für eine Art Handlanger hielt.

»Vielleicht interessiert es Sie, dass Sie nicht das einzige Opfer in dieser mysteriösen Angelegenheit sind«, begann Holmes. »In gewisser Hinsicht haben Sie Glück gehabt. Kaum eine Meile von hier entfernt wurde letzte Nacht ein Mann umgebracht.«

»Ich kann nicht behaupten, dass mich der Tod eines Mannes, den ich nie kennengelernt habe und von dem ich bis eben auch nie gehört habe, besonders berührt. Haben Sie den Künstler, Mr Smythe, denn gefunden?«

»Ja, das haben wir. Aber er hat meinen Freund angegriffen und ist entkommen.

»Sie enttäuschen mich, Mr Holmes.«

»Ich glaube nicht, dass Mr Smythe für den Diebstahl verantwortlich ist.«

»Warum hat er Sie dann angegriffen?«

»Das ist eine Frage, auf die ich keine Antwort habe.«

»Mir scheint, Mr Holmes, dass Sie nicht das Geringste wissen und noch weniger erreicht haben.«

»Ganz im Gegenteil, Mr Barrowman, ich habe alle Informationen, die ich brauchte, gleich beim Betreten Ihres Hauses erhalten und betrachte jede Minute, die ich noch länger in Ihrer Gegenwart verbringe, als überflüssig.«

Holmes stand auf, und trotz meiner Überraschung folgte ich seinem Beispiel sofort. »Ich werde Sie nicht weiter behelligen, Sir«, sagte mein Freund. »Nur so viel: Ich stehe kurz davor, Ihr Eigentum sicherzustellen, und hoffe, es Ihnen bald zurückgeben zu können. Allerdings könnte es sein, dass Sie das wesentlich teurer zu stehen kommt, als wenn Sie etwas weniger unhöflich wären.« Damit verließen wir Mr Barrowman.

Damals lebte ich noch in dem Haus, das ich bis zu ihrer Krankheit und ihrem plötzlichen Tod mit meiner verstorbenen Frau bewohnt hatte, aber als wir die erste Droschke bestiegen hatten, die uns begegnete, fragte Holmes, ob ich vielleicht Lust hätte, in seiner Wohnung in der Baker Street mit ihm zu Abend zu essen.

Ich war dankbar für diese Einladung. Obwohl ich ihm das nie gesagt hätte, fand ich es schwer, die Weihnachtswochen allein verbringen zu müssen, weil ich ständig an die glücklichen Abende denken musste, die ich mit meiner lieben Mary am Kamin verbracht und mich am Weihnachtsbaum und, ja, auch an den Weihnachtskarten gefreut hatte.

Ihm so etwas zu sagen wäre ohnehin überflüssig gewesen, er hatte es natürlich längst deduziert.

Mrs Hudson wartete schon auf uns, als wir in der Baker Street eintrafen, und der bekömmliche Duft einer gebratenen Schnepfe erfüllte die Wohnung.

»Schön, dass Sie wieder da sind, Dr. Watson«, rief Mrs Hudson. »Bleiben Sie zum Abendessen? Zu essen gibt es mehr als genug, und ich habe mir erlaubt, Ihr früheres Zimmer wieder für Sie herzurichten.«

»Das ist sehr nett von Ihnen, Mrs Hudson«, sagte ich.

»Setzen Sie sich doch schon mal an den Kamin, Mr Holmes, dann bringe ich Ihnen beiden ein bisschen Cognac!«

»Ach, übrigens«, fügte sie noch hinzu. »Sie haben vier Weihnachtskarten erhalten. Ich bin zwar keine Detektivin, aber ich hatte den Eindruck, dass sie alle vom selben Absender kommen.«

Die gute Frau konnte nicht wissen, welche Wirkung diese Mitteilung auf uns haben musste.

Mir gefror das Blut in den Adern, und ein Schatten fiel auf das Gesicht meines Freundes. In seinen scharfen, prüfenden Augen las ich allerdings weniger Furcht als eine Art müder Erkenntnis.

Er griff nach einer Zigarette und zündete sie an. »Wo sind diese Karten?«, fragte er.

»Ich habe sie auf den Kaminsims gelegt«, erwiderte Mrs Hudson und lächelte. Dann zog sie sich in die Küche zurück.

Holmes ging zum Kamin und nahm die vier Briefumschläge. Noch ehe er sie geöffnet hatte, wusste ich, was sie enthalten würden. Die Größe und die Blockbuchstaben ließen daran keinen Zweifel.

Holmes zog die Karten eine nach der anderen heraus. Ein Mann, der von einem Hund angefallen wurde, ein Mann, der von einer Schlange gebissen wurde, ein Mann auf einem Acker mit einem Pferd und ein Trinker mit einem Speer in der Brust. Auf der Innenseite stand: *Frohe Festtage!* und darunter von Hand: *ein Freund.*

»Holmes!«, rief ich. »Was hat das zu bedeuten?«

»Das ist doch elementar«, erwiderte Holmes. »Es werden noch drei Karten kommen. Und dann, mein lieber Watson, glaube ich, dass ein Besucher zu erwarten ist.«

3

Am nächsten Tag stand Holmes immer wieder übellaunig am Fenster. Die erste und die zweite Post waren verteilt worden, aber weitere Weihnachtskarten waren nicht eingetroffen, und wir konnten offenbar nur warten.

»Das ist ja eine traurige Geschichte«, sagte Holmes. »Da hat ein junger Mann eine Frau aus besseren Kreisen geheiratet, und um ihr ein standesgemäßes Leben zu bieten, geht er in die Kolonien und erwirbt ein gewisses Vermögen. Nach langer Abwesenheit kehrt er nach London zurück, nur um festzustellen, dass sie ihn nicht mehr liebt. Sie hat sogar jemand anderen gefunden. Trotzdem hofft er, dass Weihnachten sie wieder zusammenbringt. Ich fürchte, da hofft er vergebens.«

Ich hatte gerade erst begonnen, die Zeitung zu lesen, aber jetzt stand ich auf und stellte mich neben ihn. Draußen herrschte jetzt wieder mehr Verkehr. Die Räder von Droschken, Omnibussen, Frachtwagen, Handwerkerkarren und allen möglichen anderen Fahrzeugen schnitten in den Schnee und hinterließen hässliche braune Spuren, wenn der Matsch sichtbar wurde, der sich darunter befand.

Ein Mann und eine Frau standen dicht beieinander auf dem Bürgersteig und warteten darauf, die Straße überqueren zu können. Er trug eine Menge Pakete mit kürzlich erworbenen Dingen, sie trug einen weiten Mantel und wärmte ihre Hände in einem Muff. Aber nichts an ihrer Erscheinung passte zu der Geschichte, die Holmes gerade erzählt hatte.

»Kennen Sie die beiden?«, fragte ich.

»Ich brauche nicht mit ihnen bekannt zu sein, um zu wissen, was mit ihnen los ist«, erwiderte Holmes.

»Und woher nehmen Sie die Sicherheit, dass Ihre Geschichte zutrifft?«

»Es ist wie immer eine Frage von genauer Beobachtung und logischen Schlussfolgerungen, mein Junge.« Er hatte den Blick nicht von der Straße abgewandt. »Dass der Mann in Übersee war, sieht man an seiner Gesichtsfarbe. Er war noch vor Kurzem einer starken Sonneneinstrahlung ausgesetzt, und hier in England hat man die Sonne schon seit Monaten nicht mehr gesehen. Der hochgeschlossene Gehrock und die gestreiften Wollhosen lassen auf Amerika schließen, dort sollen sie sehr beliebt sein. Auch der Backenbart mit den langen Koteletten ist dort in Mode, unsere amerikanischen Freunde nennen sie ›Burnsides‹. Dagegen sind *ihr* Mantel und *ihr* Hut eindeutig englisch. Was den Schluss nahelegt, dass sie getrennt waren.«

»Und was bedeutet das?«

»Sein Anzug ist bescheiden. Trotz der Kälte trägt er weder einen Schal noch Galoschen. Er hat für sich selbst kein Geld ausgegeben, aber sehen Sie mal, wie viele Päckchen er für sie trägt. Wie viel Geld er für sie ausgegeben hat! Er versucht sie offenbar zu beeindrucken. Sie dagegen hält Abstand von ihm. Der Bürgersteig ist vereist und sehr glatt, aber sie hat nicht einmal seinen Arm genommen.«

»Trotzdem würde ich mir wünschen, dass es für die beiden noch Hoffnung gibt.«

»Solche Gefühle ehren Sie, aber ich habe da starke Zweifel, Watson. Der Mantel, den sie trägt, kann nicht verbergen, dass sie guter Hoffnung ist. Ihre Schwangerschaft ist schon weit fortgeschritten, und da er wohl bis vor Kurzem in Übersee war, ist es wahrscheinlich nicht sein Kind.«

Holmes kehrte zu seinem Lehnstuhl zurück und griff nach der Monographie, die er gelesen hatte. Wir waren beide einigermaßen unruhig, denn die vier Weihnachtskarten mit ihren bösen Warnungen, die auf dem Tisch lagen, schienen uns zu verhöhnen.

Ich hatte Holmes vorgeschlagen, noch einmal zum Haus von Hubert Smythe in Shadwell zurückzukehren, dem Künstler, der mich niedergeschlagen hatte und dann geflohen war. Aber mein Freund war überzeugt, dass es vor dem Eintreffen der letzten drei Karten für uns nichts zu tun gäbe. Ob sie eintrafen und ob sie alle zur selben Zeit kommen würden, mussten wir allerdings abwarten.

Der Tag zog sich hin. Die Zeit der Mittagspost kam und ging, aber es traf keine Sendung ein. Die Sonne verlor jedes Interesse an der Stadt und versank in den Wolken, während überall Windböen aufsprangen und den Schnee durch die Straßen trieben.

Es war fünf Uhr und schon fast völlig dunkel, als jemand zweimal kurz an die Haustür schlug.

Wir waren mittlerweile allein, denn Holmes hatte darauf bestanden, dass sich Mrs Hudson zu ihrer eigenen Sicherheit nicht im Haus aufhalten sollte.

»Ich muss Sie bitten, sich hinter den Vorhang zu stellen«, sagte Holmes leise zu mir. »Kommen Sie erst heraus, wenn ich Sie rufe. Haben Sie Ihren Revolver?«

Ich nickte. Ich war schon am Morgen in meine Wohnung gefahren und hatte die Waffe geholt. Ich hatte sie den ganzen Tag bei mir getragen.

»Dann werden wir jetzt sehen, ob meine Berechnungen zutreffen.«

Holmes ging zur Haustür hinunter, und ich versteckte mich hinter dem Vorhang, wie er befohlen hatte. Kurz darauf hörte ich zwei Personen ins Zimmer zurückkommen, und Holmes sagte: »Sie bringen mir etwas?«

»Ja, Mister.«

»Weihnachtskarten, nehme ich an?«

»Das ist korrekt.«

»Wie viele?«

»Es sind drei.«

»Dann ist Ihre Arbeit getan.«

Es folgte ein Schweigen. Ich hätte liebend gern durch den Vorhang gespäht, um zu sehen, wer der andere war. Aber ich wagte nicht, mich zu rühren.

»Ich glaube, ich kenne Sie«, sagte Holmes. »Sie arbeiten im General Post Office in St Martin's Le Grand.«

»Ich dachte, Sie hätten mich nicht gesehen.«

»Waren Sie derjenige, der Sir William Mawson und Mr Clifford Barrowman in der Whitecross Street die letzten Karten gebracht hat?«

»Das war ich, Mister. Und ich bedaure sehr, dass Sie sich in meine Arbeit eingemischt haben. Es lief alles so gut. Aber Sie lassen mir keine andere Wahl ...«

Dann hörte ich Kampfgeräusche, ein Stuhl fiel um, es fluchte jemand.

»Jetzt, Watson!«, rief Holmes.

Sofort sprang ich aus meinem Versteck und sah, dass Holmes mit einem Mann in der Uniform eines Postboten kämpfte.

Es war allerdings kein Erwachsener, sondern ein junger Bursche von etwa sechzehn oder siebzehn Jahren von besonderer Hässlichkeit. Sein rotes Haar war gelockt, und aus seinem ausgemergelten Gesicht stachen zwei teuflische Augen hervor. In der Faust hielt er eine lange Papierschere, deren spitze Klingen auf den Hals meines Freundes gerichtet waren. Wenn ihn Holmes nicht am Handgelenk gepackt hätte, wäre er womöglich schon schwer verletzt oder tot gewesen.

»Es reicht!«, brüllte ich. Ich hielt den Revolver mit beiden Händen und zielte damit auf den Kopf des Jungen. »Keine Bewegung! Sonst schieße ich.«

»Gut gemacht, Watson«, rief Holmes.

Der Junge sah, dass er das Spiel verloren hatte. Er ließ den Arm sinken. Holmes riss ihm die Schere aus der Hand und warf sie in eine Ecke, ohne das Handgelenk des Angreifers loszulassen.

»Lassen Sie mich los!«, schrie der Junge, und dicke Tränen traten ihm in die Augen. »Lasst mich gehen!«

»Sag mir deinen Namen!«, verlangte Holmes.

»Edwin. Edwin Griggs.«

»Nun, Master Griggs, du gehst nirgendwo hin!« Holmes warf mir einen raschen Blick zu. »Seien Sie vorsichtig, Watson! Lassen Sie den Kerl nicht aus den Augen! Ich habe schon Raubtiere und giftige Schlangen gesehen, die weniger gefährlich waren als dieser Spitzbube!«

Ohne seine Waffe und tränenüberströmt schien der Junge beinahe harmlos, wären da nicht die Bösartigkeit in seinem Gesicht und die Wut über seine Niederlage gewesen. Im nächsten Augenblick flog die Tür auf und Inspector Lestrade kam herein, gefolgt von einem Polizisten in Uniform.

»Sie haben ihn also!«, sagte er.

»Sie haben gesehen, wie er hereinkam?«, fragte Holmes.

»Ich habe es genauso gemacht, wie Sie gesagt haben. Ich habe den ganzen Tag auf der Straße gestanden und habe keinen Knochen mehr im Leib, der nicht bis ins Mark gefroren wäre. Noch eine Stunde länger, und ich wäre im Leichenschauhaus gelandet. Jetzt wird es höchste Zeit, Holmes, dass Sie mir erklären, was eigentlich los ist.«

Lestrade drehte sich zu seinem Begleiter um und sagte: »Constable, verhaften Sie diesen Lümmel. Und wenn das geklärt ist, will ich die Wahrheit über diese Geschichte wissen.«

Es dauerte einen Moment, bis wir alle unsere Plätze eingenommen hatten: Der bösartig grinsende Botenjunge saß auf dem Boden, gefesselt mit Handschellen und scharf bewacht von dem Polizisten. Lestrade und ich saßen in den Kaminsesseln, und Holmes stand mit dem Rücken zum Feuer.

»Bei dieser Geschichte geht es um Einbruchsdiebstahl«, sagte er, »und um eine raffinierte Methode, sich Zutritt zu den Häusern zu verschaffen. Dieser Bursche hier, Edwin Griggs, hat beim Postamt gearbeitet. Er hatte Gelegenheit, die Häuser verschiedener wohlhabender Bürger im East End zu besuchen und auszuspionieren. Ich glaube, dass er in Shadwell wohnt.«

»Stimmt das?«, fragte Lestrade.

»Ja!«, sagte Griggs mürrisch.

»Dann sah er in einem Papierwarengeschäft diese makabren Weihnachtskarten und kaufte gleich neun komplette Sätze. Sie erinnern sich vielleicht, Watson, dass uns der Drucker erzählt hat, die Karten seien von einem Laufburschen abgeholt worden.«

Holmes warf mir einen Blick zu und sagte dann: »Auch die Haushälterin von Sir William erinnerte sich, dass Lady Mawson nicht mit ihrem regulären Briefträger, sondern einem jungen Aushilfsboten gesprochen hatte, der es eilig hatte. Ich habe daher schon frühzeitig den Verdacht gehabt, dass der Täter ein junger Mann sein könnte.

Die neun Päckchen mit Karten sind übrigens ein Hinweis darauf, wie viele solche Verbrechen der Täter geplant hatte. Es kann sein, dass es noch weitere Opfer gibt, Lestrade. Das wird sich womöglich bald zeigen.

Die ersten fünf Karten hat er in beiden Fällen auf dem normalen Wege geschickt. Er wusste offenbar, wie die Post organisiert ist, sonst hätte er nicht *EC* zur Adresse hinzugefügt und die Zustellung damit beschleunigt. Auch die Schere, mit der sich der Täter bewaffnet hatte, deutete auf ein großes Büro oder Amt wie das Post Office hin.

Die letzten Karten stellte er selbst zu, und es war wohl nicht überraschend, dass er von den Empfängern in die Wohnung gebeten wurde, weil sie fragen wollten, was er über die Herkunft der scheußlichen Karten wusste. Wenn sie das nicht getan hätten, da bin ich sicher, hätte er bestimmt einen anderen Weg gefunden, um sich dort einzuschleichen.

Jedenfalls gelang es ihm, die Häuser auszukundschaften, in die er einbrechen wollte. Er entdeckte die Kaminuhr in der Bibliothek von Mr Barrowman und entriegelte das Fenster im Haus von Sir William.

Die Absicht zu töten hatte er nicht. Die Tatsache, dass Sir William nicht von hinten, sondern durch einen Stich ins Herz getötet wurde, deutet darauf hin, dass er den Täter überraschte. Er betrat den Raum, entdeckte Griggs bei seinem Diebstahl, und Griggs fiel erbarmungslos über ihn her.

Wirklich verraten hat sich Griggs aber mit seinem Rechtschreibfehler beim Namen von Mr Barrowman. Die ersten fünf Briefumschläge trugen den falsch geschriebenen Namen, die beiden letzten waren korrekt. Warum war das so?

Die Antwort ist offensichtlich. Als wir dem Haus in der Whitecross Street einen Besuch abstatteten, sahen wir dasselbe, was Griggs gesehen hatte: eine Messingplatte mit dem Namen des Eigentümers in der korrekten Schreibweise.

Griggs war töricht genug, seinen ursprünglichen Fehler zu korrigieren, und damit verriet er sich. Vermutlich war er so stolz auf seine Idee, dass er jetzt alles richtig machen wollte.«

Der Botenjunge verzog den Mund, ohne etwas zu sagen.

»Aber woher wusste Griggs, dass er hier in die Baker Street kommen musste?«, fragte ich. »Und warum hat er Sie angegriffen?«

»Er hat gehört, wie Mr Frobisher mich lautstark vorgestellt hat, als wir das General Post Office besucht haben. Er wusste, dass ich ihm auf der Spur war, und dachte, wenn er mich beseitigt, wäre er sicher.«

»Ein junger Teufel!«, knurrte Lestrade.

»Der sich ja mittlerweile in Ihrem Gewahrsam befindet«, sagte Holmes. »Wenn Sie herausgefunden haben, wo seine Behausung ist, finden Sie dort wahrscheinlich auch die Beute, die er gemacht hat, und Hinweise darauf, in welche Häuser er eingedrungen ist.

Wenn Sie bei der Durchsuchung übrigens auf eine goldene Kaminuhr stoßen sollten, die mit Engeln und Putten geschmückt ist, wäre ich Ihnen dankbar, wenn Sie das gute Stück an mich übergeben würden. Ich möchte es dem Eigentümer gern persönlich zurückbringen.«

4

Edwin Griggs wurde abgeführt, aber das war noch nicht das Ende des Abenteuers mit den sieben Weihnachtskarten. Es gab immer noch ein ungelöstes Geheimnis, eine Frage, die nicht geklärt war.

Die Antwort erfolgte eine Woche später, am Tag vor Weihnachten.

Erneut hatte ich mich überreden lassen, in der Baker Street zu übernachten, wo am Abend ein Gänsebraten und ein Mandelpudding aufgetischt wurden. Bei dieser Gelegenheit fragte mich Holmes, ob ich nicht auf Dauer mein altes Quartier bei ihm wieder beziehen wolle, eine Einladung, die ich von Herzen gern annahm.

Wir saßen bereits bei einem Whisky mit Soda aus dem Siphon meines Freundes im Wohnzimmer, als es an der Tür klingelte.

»Sie erwarten einen Besucher?«, fragte ich.

»In der Tat«, erwiderte Holmes mit einem Lächeln. »Er kommt unter anderem, um sich bei Ihnen zu entschuldigen.«

Die Tür öffnete sich und ein kräftiger Mann trat ein, der sich unsicher umsah. Ich sah sein helles Haar und seine harten, aber attraktiven Gesichtszüge, dann wurde mir mit plötzlichem Erschrecken klar, wo ich ihn schon einmal gesehen hatte. Das war der Bursche, der mich in Shadwell zu Boden gestoßen hatte. Der Zeichner und Graphiker Hubert Smythe.

Holmes begrüßte ihn herzlich. »Smythe! Schön, dass Sie da sind. Da draußen ist es so kalt. Kommen Sie rein und setzen Sie sich ans warme Feuer! Sie haben meine Nachricht also erhalten?«

»Ich freue mich sehr, Sie zu sehen, Sir.« Smythe nahm seine weiche Mütze ab und drehte sie in den Händen. Dann wandte er sich mir zu. »Sie zu treffen ist mir ebenfalls eine große Ehre, Dr. Watson. Seit Jahren lese ich schon Ihre Werke, und dass ich Sie zu Boden gestoßen habe, tut mir sehr leid. Das war das Schlimmste, was ich je getan habe. Aber als Sie beide so unerwartet vor meiner Tür standen, hatte ich schreckliche Angst. Ich fürchtete, ich hätte Ihnen ein Unrecht getan, und dachte – so dumm das auch klingen mag – nur daran, wegzulaufen und mich zu verstecken.«

Je länger er redete, umso normaler erschien er mir. Er war ein gewöhnlicher, durchaus höflicher und sanftmütiger Mann Ende dreißig und keineswegs der gefährliche Schurke, der sich in meiner Phantasie breitgemacht hatte.

Ich freute mich, dass er meine Schriften kannte und offenbar schätzte, aber ich verstand nicht, wieso er glaubte, uns Unrecht getan zu haben oder überhaupt in irgendeiner Verbindung zu uns zu stehen.

Holmes lachte, als er meine Verwirrung bemerkte. »Mein lieber Watson«, sagte er. »Sie sehen hier nicht nur einen guten Zeichner, sondern auch einen Künstler, den Sie offenbar inspiriert haben.«

»In welcher Hinsicht?«, fragte ich.

»Die sieben Weihnachtskarten! Haben Sie das nicht bemerkt? Das sind Illustrationen zu unseren Abenteuern!« Holmes holte das Päckchen mit den Karten heraus, die er in Shadwell gekauft hatte, und breitete sie vor mir aus.

»Der Mann mit der Weinflasche ist Peter Carey, den wir in Forest Row gefunden haben, mit einer Harpune im Leib. Er war als *Der Schwarze Peter* bekannt, das war jedenfalls der Titel, den Sie Ihrer Geschichte gegeben haben.

Das Pferd auf der Weide ist *Silberstern*, und der Mann daneben ist wohl John Straker, der in der Nacht gestorben war. Die dritte Karte zeigt den griechischen Dolmetscher, der in diese schreckliche Entführung verwickelt war. Der arme Mr Melas hat diesen unglücklichen Gefangenen hier gesehen, der mit Bandagen gefesselt in einem Zimmer steht, das auch eine japanische Ritterrüstung beherbergt.

Die vierte Karte ist die offensichtlichste. Das ist das *Abenteuer mit der Pappschachtel.* Miss Susan Cushing haben Sie doch bestimmt nicht vergessen. Das war die alleinstehende Dame, der zwei abgeschnittene Ohren in einer Schachtel Salz aus Belfast geschickt worden waren. Auf der fünften Karte sehen wir Mr Jephro Rucastle, der von seiner eigenen Bulldogge angefallen wird. Die Szene haben Sie in der Geschichte *Die Blutbuchen* beschrieben.

Die sechste Karte, mein lieber Watson, gehört zu einer Ihrer Lieblingsgeschichten: *Das gesprenkelte Band.* Sie haben geschrieben, Sie würden die schreckliche Nacht nie vergessen, in der wir fast von einer tödlichen Sumpfotter gebissen worden wären. Und als Letztes der Mann, der in die Mondnacht hinausspringt …«

»Das ist Victor Hatherley«, sagte ich. Die Sache war mir unendlich peinlich.

»Richtig«, bestätigte Holmes. »Er kam zu Ihnen in die Praxis mit einer fürchterlichen Verletzung, und daraus wurde *Der Daumen des Ingenieurs.*«

Ich wandte mich unserem Besucher zu und schüttelte den Kopf. »Aber warum?«, fragte ich.

»Ich hatte eigentlich gar keine besonderen Absichten, Sir. Ich habe Ihre Geschichten gelesen, und das hat mich angeregt, diese Bilder zu zeichnen. Dann kam ich auf die Idee, Weihnachtskarten daraus zu machen. Sie sind sehr düster und grausam, das weiß ich. Es gibt Leute, die so etwas mögen. Aber als Sie zu mir nach Hause kamen, dachte ich, Sie wären wütend auf mich.«

»Nein«, sagte Holmes. »Wir waren nicht wütend. Wenn ich Ihnen einen Rat geben darf, würde ich Ihnen aber empfehlen, friedlichere Motive zu wählen, darin liegt Ihr eigentliches Talent, glaube ich.«

»Ich wünschte, das Publikum sähe das auch so, Mr Holmes.«

»Das wird früher oder später der Fall sein, Mr Smythe. Sie müssen nur durchhalten. Und hier habe ich außerdem noch etwas, das Ihnen bei der Arbeit helfen könnte.«

Er überreichte dem Mann einen Scheck, der bereits auf seinen Namen ausgestellt war. Der Künstler machte große

Augen, als er die Summe auf dem Papier las. »Aber Sir! Das ist ja viel zu viel! Das ist viel zu großzügig.«

»Aber nicht doch!«, erwiderte Sherlock Holmes. »Betrachten Sie es als Weihnachtsgeschenk! Und noch nicht mal von mir, sondern von einem Freund aus der Welt des Theaters. Er hat teuer für eine Uhr bezahlt, die ihm gestohlen worden war. Aber er kann es sich, glaube ich, leisten. Das kleine Geschenk bringt Sie vielleicht durch den Winter, bis der Erfolg Sie einholt, Mr Smythe. Eine gute Nacht, Sir! Und vielen Dank für die Karten. Ich finde sie höchst erbaulich.«

Unser Besucher verließ uns, und Holmes nahm seine alte, ehrwürdige Pfeife von ihrem Gestell.

Draußen hatte es wieder zu schneien begonnen, und von irgendwo hörte ich eine Gruppe von Chorsängern, die in tadelloser Harmonie eins meiner Lieblingsweihnachtslieder angestimmt hatten: den *Mistelzweig*. Und mit einem Schlag wurde mir klar, dass Weihnachten seinen Weg ins Herz und Heim meines Freundes gefunden hatte, auch wenn er sich noch so sehr dagegen wehrte.

Und ich wusste, dass ich nirgendwo lieber sein wollte.

Anne Perry

Das Weihnachtsgeschenk

Mein Freund Sherlock Holmes ist kein gefühlsbetonter Mann. Ich habe ihn aufgeregt gesehen, wenn eine Mörderjagd sich dem Ende zuneigte, und ich habe erlebt, dass Ungerechtigkeit ihn empört. Doch was ihn am meisten bewegt, so stark, dass ihm die Worte fehlen, ist Geigenmusik, gespielt von einem Meister dieses Fachs.

Vassily Golkov ist zweifellos ein Violinist, der sein Instrument nicht nur technisch perfekt beherrscht, sondern die Kompositionen auch eigenwillig interpretiert, und deshalb brauchte ich nicht Holmes' erstaunliche Kombinationsgabe, um ganz sicher zu sein, dass er sich Golkovs Londoner Konzert drei Tage vor Weihnachten auf keinen Fall entgehen lassen würde. Selbst das raffinierteste Verbrechen aller Zeiten würde dahinter zurückstehen müssen.

Ich war sehr erfreut, als er mich einlud, ihn zu begleiten. »Selbstverständlich, mein Liebster«, rief ich eifrig. »Ich komme sehr gern mit.«

Er schaute mich etwas skeptisch an, denn er weiß, dass ich Klaviermusik den Saiteninstrumenten vorziehe. Geigen haben für mich etwas Beunruhigendes an sich, vielleicht weil ihre Töne es an Leidenschaft mit der menschlichen Stimme aufnehmen können. Doch wir diskutierten nicht darüber, und ich vermutete, dass er mir mit dem Konzert ein Weihnachtsgeschenk machen wollte. Er brauchte keinen Begleiter, um höchsten Genuss aus der Musik zu schöpfen, und ich hätte mich sehr gewundert, wenn er während des Konzerts auch nur zwei Worte mit mir gewechselt hätte. Mein eigenes Jahreseinkommen hätte ich darauf verwettet, dass er mich keiner Antwort würdigen würde, wenn ich es wagte, ihn anzusprechen, solange er in himmlische Sphären entrückt war.

Wir nahmen eine Droschke von der Baker Street zur Konzerthalle in Flussnähe. Es war ein kalter Abend, das Kopfsteinpflaster war mit einer dünnen Eisschicht überzogen und die Luft angenehm winterlich. Ich war bester Laune.

Während wir zu unseren Plätzen geführt wurden, stellte ich fest, dass es anderen Besuchern genauso wie mir ging. Man spürte die Vorfreude auf Weihnachten. Bekannte wünschten einander ein frohes Fest und Glück und Gesundheit im neuen Jahr. Viele Damen waren prächtig gekleidet und frisiert, kostbarer Schmuck funkelte im Licht der Kronleuchter, offenherzige Dekolletés zogen Männerblicke auf sich.

Holmes setzte sich mit einem erwartungsvollen Lächeln, das seine scharfen Gesichtszüge verklärte, und starrte auf den Bühnenvorhang.

Es wurde still im Saal, als ein Mann aus den Kulissen trat, doch es war nicht Vassily Golkov, und man konnte ihm ansehen, dass er sehr aufgeregt, ja verstört war.

»Meine Damen und Herren«, verkündete er unglücklich. »Zu meinem größten Bedauern muss ich Ihnen mitteilen, dass Mr Golkov plötzlich erkrankt ist und nicht auftreten kann … Ich bitte Sie um Entschuldigung …«

Ein enttäuschtes Raunen ging durch die Menge, so als säuselte Wind in den Bäumen. Für laute Unmutsäußerungen schienen alle viel zu bestürzt zu sein.

»Es tut mir sehr leid«, wiederholte der Mann auf der Bühne mit hochrotem Kopf. »Selbstverständlich wird die

Direktion …« Der Rest ging im Lärm unter, als die Leute aufstanden und nun doch zu murren und zu klagen begannen.

Ich warf Holmes einen Blick zu, weil ich mir vorstellen konnte, wie enttäuscht er sein musste, umso mehr, als er mich eingeladen hatte. Doch sein Gesicht spiegelte nur Verwirrung wider, und anstatt sich zum Gehen zu wenden, packte er mich am Ärmel und zog mich in Richtung der Bühne.

»Wo willst du denn hin?«, protestierte ich, weil ich befürchtete, dass er auf meine ärztliche Kunst vertraute, damit Golkov vielleicht doch noch auftreten könnte. »Ich habe meinen Arztkoffer doch gar nicht dabei!« Trotzdem folgte ich ihm die Stufen zur Bühne hinauf und hinter den schweren Vorhang. Alle Lichter brannten, doch kein Mensch war zu sehen.

Das schreckte Holmes keineswegs ab. Mit großen Schritten verschwand er auf dem Korridor jenseits der Bühne, ohne sich nach mir umzudrehen.

Befremdet eilte ich ihm nach, durch die Bühnentür auf die Straße hinaus. Dort sah ich einen langbeinigen jungen Mann mit wirren dunklen Haaren davonrennen, verfolgt von Holmes, der mir zurief: »Komm!«

Ich gehorchte aus Neugier. Wer war dieser junge Mann, und warum war Holmes hinter ihm her? Wir waren hergekommen, um einen der begnadetsten Geiger der Welt zu hören, und stattdessen verfolgten wir einen Unbekannten, der auf der Straße in eine Droschke sprang. Holmes ruderte wild mit den Armen, um die nächste anzuhalten, riss die Tür auf und befahl dem Kutscher, der anderen Droschke zu folgen. Keuchend stieg ich ein, und er ließ sich auf den Sitz neben mir fallen.

»Wer ist dieser junge Mann?«, fragte ich atemlos. »Und warum, in drei Teufels Namen, jagen wir hinter ihm her?«

»Das ist natürlich Vassily Golkov«, erklärte er seelenruhig, viel weniger außer Atem als ich. »Und er ist nicht kränker als du – ich würde sogar sagen, um einiges gesünder!«

Ich verübelte ihm diese Anspielung auf meine mittelmäßige Kondition und schwieg längere Zeit, während die Droschke viel zu schnell durch vereiste Straßen fuhr. »Deine Enttäuschung kann ich gut verstehen«, knurrte ich schließlich. »Aber selbst wenn das wirklich Golkov sein sollte, kannst du ihn nicht zwingen, für dich zu spielen! Er mag nicht krank sein, aber offensichtlich ist er furchtbar verstört.«

»Offensichtlich, Watson«, wiederholte Holmes und spähte in die Dunkelheit, als wollte er im Schein der Straßenlaternen erkennen, wo wir waren. »Erregt das nicht deine Neugier? Möchtest du nicht wissen, was ein Genie wie Golkov – ein Mann, der nur für seine Kunst lebt – veranlasst hat, sein Publikum im Stich zu lassen und durch die Nacht zu rasen? Ich glaube übrigens, wir fahren nach Nordwesten!«

Mich beängstigte das Tempo der Droschke, und ich machte mir Sorgen um meine Sicherheit und um die armen Pferde, deren Hufe über das Kopfsteinpflaster dröhnten.

»Welche Gründe er auch haben mag – selbst wenn wir ihn einholen sollten, ist er uns keine Erklärung schuldig«, wandte ich mürrisch ein.

»Trotzdem werde ich ihn fragen!«, beharrte Holmes. »Und ich habe durchaus ein Recht dazu, denn schließlich habe ich nicht nur eine beträchtliche Summe bezahlt, um ihn zu hören, sondern auch noch an einem ungemütlichen Winterabend das Haus verlassen. Glaub mir, er wird mir Rede und Antwort stehen, und ich bin überzeugt, dass etwas Schreckliches passiert ist, das ihn zu dieser Flucht bewogen hat!«

In einer Kurve wurde er fast auf meinen Schoß geschleudert, richtete sich aber wortlos wieder auf. Ich betrachtete sein Gesicht mit den hohen Wangenknochen und scharfen Augen. Er glich einem Raubvogel, der Beute gesichtet hat.

»Ich weiß, wo wir sind!«, rief ich gleich darauf erstaunt. »Die nächste Querstraße ist Baker Street! Wir sind fast zu Hause!«

»Du hast recht, Watson«, stimmte er gelassen zu. »Sollen wir hier anhalten oder …«

»Da wär'n wir, Leute!«, rief der Kutscher stolz. »Der Kerl, dem ich folgen sollt, hämmert da vorn an 'ne Haustür. Wenn Sie sich nicht sputen, lässt ihn wer ein und Sie kriegen ihn nicht mehr!«

Holmes stieg aus. »Vielen Dank! Sie haben Ihre Sache sehr gut gemacht.« Er drückte dem Mann eine Münze in die Hand und verzichtete großzügig auf das Wechselgeld.

Ein eisiger Windstoß fegte mir ins Gesicht, als auch ich ausstieg. Wir befanden uns etwa ein Dutzend Meter von Holmes' Haustür entfernt, an die Vassily Golkov verzweifelt mit beiden Fäusten trommelte. Bevor ich mich zu diesem sonderbaren Benehmen äußern konnte, wurde die Tür geöffnet und Mrs Hudsons Gesicht tauchte in dem Spalt auf.

»Wer sind Sie, junger Mann?«, fragte sie empört. »Und was fällt Ihnen ein, solchen Lärm zu machen und anständige Menschen zu erschrecken? Können Sie nicht die Klingel benutzen?«

»Ich muss Sherlock Holmes sehen!«, rief Golkov mit schriller Stimme. »Es ist ungeheuer wichtig … bitte! Ich flehe Sie an, fragen Sie ihn, ob er mich empfangen will!«

Sogar von unserem Standort aus konnte ich im Licht einer Straßenlaterne erkennen, dass Mrs Hudson nicht so recht wusste, was sie machen sollte. Der Zustand des jungen Mannes erregte offenbar ihr Mitleid.

»Mr Holmes ist nicht zu Hause«, sagte sie – als wir zum Konzert fuhren, hatte sie uns einen genussreichen Abend gewünscht –, »aber wenn Sie …« Die gute Frau verstummte, als Holmes schnellen Schrittes die Straße überquerte. »Nanu, Mr Holmes! Ist etwas passiert, Sir?«, fragte sie erstaunt.

Ich hatte meinen Freund gerade eingeholt, als der Geigenvirtuose herumwirbelte. Sein Gesicht spiegelte grenzenlose Erleichterung und jähe Hoffnung wider.

»Mr Holmes? Mr Sherlock Holmes? Sir, ich brauche dringend Ihre Hilfe! Ich bin mit meiner Weisheit am Ende und weiß, dass nur Sie allein mich retten können!«

Ein solcher Appell hätte auf Holmes niemals seine Wirkung verfehlt, doch aus dem Munde eines musikalischen Genies waren diese Worte natürlich doppelt schmeichelhaft, und Eitelkeit gehörte nun einmal zu seinen größten Schwächen.

»Am besten kommen Sie herein und erzählen mir, was Sie so bekümmert«, lud er Golkov ein. »Das ist mein Kollege, Dr. Watson. Sie können ihm genauso vertrauen wie mir.« Ohne eine Antwort abzuwarten, dankte er Mrs Hudson durch ein Nicken und ging an ihr vorbei die Treppe hinauf. Der Violinist und ich folgten.

In der Bibliothek zog Holmes sein Cape aus und deutete auf einen Stuhl. Sein junger Besucher ließ sich dankbar darauf fallen, ohne das Sakko aufzuknöpfen, das sein einziger Schutz gegen die Winterkälte gewesen war. Ich betrachtete die beiden Männer, die sich frappierend ähnlich sahen, obwohl Holmes etwa fünfzehn Jahre älter war. Sie hatten den gleichen schlanken Körperbau, und ihre Anmut beruhte auf einem perfekten Zusammenspiel von

Muskeln und Elan, ähnlich wie bei Raubkatzen. Beide setzten ihren ganzen Geist und Willen ein, um etwas zu vollbringen, das für sie von überragender Bedeutung war.

Golkov begann sofort zu sprechen, sehr lebhaft und mit einem leichten Akzent, den ich nicht einordnen konnte.

»Ich stamme von einer unbedeutenden Familie ab, kenne nicht einmal meinen Vater … und bedauerlicherweise kann meine Mutter mir in dieser Hinsicht nicht weiterhelfen …«

Holmes' Miene verdüsterte sich. Er schätzte solche persönlichen Bekenntnisse nicht, und Golkovs Anspielung auf die lockere Moral seiner Mutter fand er geschmacklos.

Sein Unmut entging dem jungen Mann nicht, und er fuhr hastig fort: »Sie denken bestimmt, dass ich es an Respekt gegenüber meiner Mutter vermissen lasse, aber das ist nicht der Fall. Ich schätze sie sehr, aber ihre Schönheit war kein Segen, sondern ist ihr zum Verhängnis geworden …«

Peinlich berührt, errötete Holmes ein wenig, was bei ihm sehr selten vorkam.

»Ich erzähle Ihnen das alles«, erklärte Golkov, »weil solche Dinge für viele Leute sehr wichtig sind – auch für Hugo Carburton, den Vater von Miss Helena Carburton, die ich von ganzem Herzen liebe. Bis heute dachte ich, dass sie meine Gefühle erwidert, obwohl mein Ruf eher …« Er zuckte bedauernd die Schultern. »Nun ja, ich war wohl das, was man einen Frauenhelden nennt. Glauben Sie mir, ich bin nicht stolz darauf, aber ich war jung, und es schmeichelte mir, von so vielen hübschen jungen Damen umworben zu werden, die keinen Unterschied zwischen der Musik und dem Musiker sahen.«

Holmes runzelte die Stirn. »Sie haben mein Mitgefühl, Mr Golkov, aber es steht nicht in meiner Macht, Mr Carburton zu einer günstigeren Einschätzung Ihres Charakters zu bewegen.«

»Nein, nein!«, winkte Golkov ab. »Natürlich nicht! Ich bin nicht aus diesem Grund zu Ihnen gekommen. Heute ist etwas wirklich Schlimmes passiert, und Sie sind meine einzige Hoffnung! Ich bin Ausländer, aber Ihr Name ist sogar in Paris, Rom oder Berlin bekannt; man weiß auch, dass Sie Musik lieben, besonders das Violinspiel.«

Holmes schaute etwas freundlicher drein, doch obwohl er besänftigt war, glaubte ich immer noch einen leichten Groll zu spüren, weil Golkov das Konzert so kurzfristig abgesagt hatte. Private Sorgen durften den beruflichen Verpflichtungen eines Musikers nicht in die Quere kommen. Die Kunst musste wichtiger sein als ein gebrochenes Herz oder irgendwelche Auseinandersetzungen mit dem Vater der Liebsten.

Golkov hatte sichtlich Mühe, nicht von seinen Gefühlen überwältigt zu werden. Sein Gesicht verzerrte sich vor Schmerz. »Heute Abend hat jemand meine Violine gestohlen!«, brach es aus ihm heraus. »Meine Stradivari!« Seine Qual war so groß, als hätte er einen Arm oder ein Bein verloren.

Holmes war entsetzt. Er erbleichte und versteifte sich am ganzen Körper.

»Das ist ja schrecklich! Erzählen Sie mir alles, jede Einzelheit! Lassen Sie nichts aus.«

Ich überlegte, ob ich Mrs Hudson bitten sollte, uns Tee zu bringen. Mir wäre durchaus danach zumute gewesen, aber Holmes und Golkov schienen ihre Umgebung völlig vergessen zu haben und benötigten keine körperliche Stärkung, deshalb verzichtete auch ich darauf.

»Ich wohne in der Dudley Street«, erklärte der Musiker, »und ich habe meine Geige stets bei mir.«

Holmes nickte. »Natürlich.«

»Heute Nachmittag hat Helena mich besucht …«

»Um welche Zeit?«, unterbrach ihn Holmes.

»Gegen halb fünf«, antwortete Golkov. »Sie hat versucht, ihren Vater umzustimmen, aber es war ihr nicht gelungen. Er schien entschlossener denn je zu sein, unsere Treffen zu verhindern, und er würde ihr niemals erlauben, mich zu heiraten.«

Ich konnte Carburtons Einstellung gut verstehen. Golkov war zwar einer der brillantesten Geigenvirtuosen der zweiten Jahrhunderthälfte, aber auch ein etwas schillernder Charakter. Er reiste durch ganz Europa und wurde überall gefeiert und verehrt. Helena Carburton würde an seiner Seite ein unbeständiges Wanderleben führen müssen, sie wäre unter fremden Menschen, in unvertrauter Umgebung, völlig abhängig von einem Mann, der charmant, aber möglicherweise verantwortungslos war. Jeder Vater hätte Bedenken, einer solchen Heirat zuzustimmen. Aber ich behielt meine Meinung für mich.

»Und die Stradivari?«, kam Holmes auf die Hauptsache zurück.

»Sie lag in ihrem Kasten im Wohnzimmer, wo ich geübt hatte. Ich ging in die Küche, stellte Wasser auf und wartete darauf, dass es kochte. Draußen war es sehr kalt, und ich wollte Helena eine Tasse Tee anbieten. Das tue ich immer. Nach einigen Minuten folgte sie mir in die Küche.«

»Verständlich.« Holmes wartete ungeduldig auf den Höhepunkt der Geschichte.

»Wir hielten uns etwa zehn Minuten dort auf«, fuhr Golkov fort. »Als das Wasser kochte, goss ich den Tee auf. Wir kehrten ins Wohnzimmer zurück und unterhielten uns weiter, immer über das eine Thema. Sie schien fest entschlossen, ihrem Vater zu trotzen und mich zu heiraten – notfalls in Paris.«

»Und dann?«, drängte Holmes.

Golkovs Miene verdüsterte sich. »Dann nahmen wir Abschied voneinander ... Sie küsste mich ...« Seine Stimme klang rau, als spürte er diesen Kuss noch immer auf den Lippen, und er schluckte. »Als sie gegangen war, öffnete ich meinen Geigenkasten. Es lag eine Violine darin, aber ich sah auf den ersten Blick, dass es nicht die Stradivari war, sondern ein minderwertiges Instrument ... ein totes Stück Holz!«

Holmes starrte ihn bestürzt an. »Sie hat Ihre Geige mitgenommen? Aber das hätten Sie doch sehen müssen! War die Tür während ihres Besuchs unverschlossen?«

»Nein, ich schloss ab, sobald sie meine Wohnung betreten hatte, und ich sperrte erst wieder auf, als sie ging. Ich bin mir des Wertes meiner Violine durchaus bewusst, Mr Holmes. Ich hätte sie längst nicht mehr, wenn ich nicht so vorsichtig wäre.«

»Aber sie war da, bevor Miss Carburton kam, und nach ihrem Aufbruch war das Instrument verschwunden. Ich nehme an, dass es Ihnen aufgefallen wäre, wenn sie eine andere Geige mitgebracht hätte?«

»Selbstverständlich. Sie hatte nur ein winziges Täschchen bei sich, in das nicht viel mehr als ein Taschentuch passt. Sie ist sogar gezwungen, zu Fuß zu mir zu kommen, weil ihr Vater ihr zur Strafe kein Geld mehr gibt.«

Holmes' Stirn umwölkte sich noch mehr. »Dann muss sie jemanden eingelassen haben, während Sie in der Küche waren. Das scheint die einzig logische Erklärung zu sein.«

»Das ist aber noch nicht alles«, sagte Golkov jämmerlich. »Etwa eine halbe Stunde später brachte ein Botenjunge mir einen Brief ...«

»Eine Lösegeldforderung?«, rief Holmes. »Haben Sie den Brief dabei?« Er streckte begierig die Hand aus.

Wortlos händigte Golkov ihm das Schreiben aus und er las um meinetwillen laut vor:

Mr Vassily Golkov,
wenn Sie Ihre Stradivari wiedersehen wollen, werden Sie mir die exakte Geldsumme bezahlen, die beim morgigen Wohltätigkeitskonzert zugunsten des Babcock-Waisenhauses eingenommen wird.
Zeit und Ort der Geldübergabe werde ich Ihnen mitteilen, sobald ich in der Zeitung gelesen habe, dass Sie des Diebstahls beschuldigt werden. Tun Sie das nicht, werde ich aus Ihrer Violine Streichhölzer für meinen Haushalt machen.
Muss ich ausdrücklich erwähnen, dass das auch passieren wird, sollten Sie die Polizei benachrichtigen?

Holmes schaute mit funkelnden Augen und verzerrtem Gesicht auf. »Der Mann ist ein Ungeheuer! Ich könnte ihn auch als Barbaren bezeichnen, aber das wäre eine Beleidigung der Wilden, die nur aus Unwissenheit zerstören. Diese Kreatur kennt den Wert Ihrer Geige genau und will sie trotzdem zerstören! Überlassen Sie diese Angelegenheit mir, Mr Golkov! Dr. Watson und ich werden einen Plan ersinnen. Sie müssen nur meine Anweisungen genau befolgen. Versprechen Sie mir das?«

»Natürlich! Natürlich!«, rief Golkov eifrig. »Sie verstehen, dass ich sozusagen zwischen zwei Stühlen sitze? Ich kann kein Geld stehlen, das den Waisen gehört. Welcher Unmensch würde so etwas tun? Doch wenn ich es nicht tue, wird meine herrliche Violine, die Stimme meiner Seele, vernichtet werden …« Er war den Tränen nahe.

»Kommen Sie morgen Nachmittag um zwei wieder her«, befahl Holmes. »In der Zwischenzeit werden Watson und ich nachdenken und Schlussfolgerungen ziehen. Morgen früh werde ich mir Ihre Wohnung ansehen. Seien Sie zu Hause. Und jetzt schlafen Sie sich erst einmal aus. Morgen Abend müssen wir zu einem Konzert, und vorher wird es noch viel Arbeit geben.«

»Ich werde alles verkaufen, was sich zu Geld machen lässt«, versprach Golkov. »Alle Geschenke, die ich erhalten habe ... aber auch das wird nichts nutzen! Es geht ihm nicht um das Geld – er will mich ruinieren!«

»Ja, ja, das ist mir auch klar«, stimmte Holmes zu. »Treiben Sie trotzdem auf, so viel Sie nur können. Und jetzt lassen Sie uns bitte in Ruhe überlegen und planen. Gute Nacht!«

Sobald wir allein waren, ergriff ich das Wort. »Bestimmt steckt Hugo Carburton dahinter! Er will um jeden Preis verhindern, dass seine Tochter diesen Musiker heiratet. Golkov kann nicht riskieren, dass seine Geige zerstört wird, und wenn er auf die Lösegeldforderung eingeht, wird die Polizei ihn höchstwahrscheinlich schnappen. Man wird ihn wegen Diebstahls verurteilen und einsperren. Doch selbst wenn man ihm nichts nachweisen kann – welche Frau mit auch nur einem Funken Anstand würde einen Mann heiraten, der im Verdacht steht, Waisen bestohlen zu haben? Außerdem wäre jede junge Frau zutiefst gekränkt, wenn ihr so deutlich vor Augen geführt würde, dass ein Musikinstrument ihrem Liebsten mehr als sie bedeutet.« Ich bilde mir ein, ziemlich viel von Frauen zu verstehen, mehr als Holmes, der sich nur selten mit ihnen abgibt.

»Natürlich ist es Carburtons Plan, mein Liebster«, stimmte er zu. »Das liegt ja auf der Hand. Verwirrend ist nur, dass sie an dieser Intrige beteiligt zu sein scheint. Ich wundere mich nicht, dass der arme Golkov so verstört ist. Vielleicht will sie auf diese Weise seine Liebe zu ihr auf die

Probe stellen, aber das wäre abscheulich, ein grausames und sinnloses Unterfangen, das purer Eitelkeit entspringt und mit Liebe nichts zu tun hat.«

»Dann wirst du ihm kaum helfen können«, murmelte ich enttäuscht. Ich weiß nicht, was ich erwartet hatte – auf jeden Fall eine zuversichtlichere Antwort.

Er warf mir einen finsteren Blick zu. »Ich gebe mich nicht so leicht geschlagen, Watson, das müsstest du eigentlich wissen! Morgen werde ich herausfinden, auf welche Weise der Austausch der Instrumente vonstattenging. Jetzt muss ich darüber nachdenken, wie wir auf Carburtons Forderungen eingehen können, ohne dass Golkov seine Ehre verliert oder gar seine Karriere im Gefängnis beendet.« Er verzog den Mund. »Ich habe im Augenblick keine Lust, selbst zu musizieren. Ich glaube, recht ordentlich zu spielen, doch verglichen mit Golkov höre ich mich dabei wie eine quietschende Tür an. Stattdessen werde ich meine beste Pfeife anzünden und rauchen. Bitte stör mich nicht. Gute Nacht, Watson – schlaf dich aus, denn morgen werde ich vermutlich deine ganze Kraft und deinen Mut benötigen!«

Am Morgen begaben wir uns zu Golkov in die Dudley Street. Es war, wie er erwähnt hatte, ein sehr gepflegtes Haus. In der Halle achtete ein Portier auf das Kommen und Gehen und trug jeden Besucher in ein Buch ein.

»Guten Morgen, meine Herren«, sagte er liebenswürdig, aber seine fast militärisch anmutende Haltung verriet, dass wir nicht an ihm vorbeikommen würden, wenn wir nicht erklärten, zu wem wir wollten.

»Guten Morgen«, erwiderte Holmes aufgeschlossen. »Wir möchten Mr Golkov besuchen. Würden Sie uns bitte sagen, wie wir zu seinen Räumen gelangen?«

»Das werde ich gern tun, aber vorher muss ich den Jungen raufschicken, ob Mr Golkov zu Hause ist und heute Morgen Besuch empfängt. Wen soll ich melden?«

»Sie schicken erst einen Pagen zu ihm?«, fragte Holmes interessiert.

»So ist es, Sir.«

»Könnten Sie uns in der Zwischenzeit einige Fragen beantworten? Mein Name ist Holmes, und das ist mein Kollege Dr. Watson.«

Der Portier machte große Augen. »Sherlock Holmes, Sir?«

»Ja.«

»Meines Wissens gibt es hier keine geheimnisvollen Vorkommnisse, geschweige denn ein Verbrechen.«

»Noch nicht«, entgegnete Holmes. »Wir hoffen, ein Verbrechen verhindern zu können. Hat jemand Mr Golkov gestern am Spätnachmittag besucht?«

»Ja, Mr Holmes, Miss Helena Carburton kam um Viertel vor fünf, vielleicht auch etwas früher.«

»Kennen Sie sie?«

»O ja, Sir, sie hat Mr Golkov schon mehrere Male besucht. Eine sehr nette junge Dame, die sehr an ihm zu hängen scheint.«

Holmes verzog das Gesicht, als hätte er in eine Zitrone gebissen. »Würden Sie bitte ganz genau beschreiben, was Sie gesehen haben? Lassen Sie bitte nichts aus.«

Der Portier schaute etwas besorgt drein. »Hoffentlich ist ihr nichts zugestoßen … Eine so charmante junge Dame. Mr Golkov ist ihr sehr ergeben.«

»Soviel ich weiß, erfreut sie sich bester Gesundheit«, sagte Holmes ungeduldig. »Bitte schildern Sie mir ihren gestrigen Besuch in allen Einzelheiten.«

»Ja, Sir. Sie kam herein …«

»Erinnern Sie sich daran, wie sie gekleidet war?«

»Sie trug ein dunkelblaues Cape mit weißem Pelzkragen, Sir. Es stand ihr ausgezeichnet.«

»Hatte sie irgendetwas bei sich?«

»Nein, Sir, nur eine dieser winzigen Damentaschen … jedenfalls beim ersten Mal.«

»Beim ersten Mal? War sie denn zwei Mal da?«

»Ja, Sir, sie kam etwa zehn Minuten später ein zweites Mal und hatte einen Geigenkasten bei sich. Der Page trug ihn hinauf und ließ sie in die Wohnung, denn die Tür war wieder abgeschlossen. Sie sagte, Mr Golkov sei in der Küche und würde ihr Klopfen nicht hören.«

»Einen Geigenkasten!«, wiederholte Holmes, aber seiner Miene war anzusehen, dass diese Auskunft ihm keine Genugtuung verschaffte.

»Ja, Sir. Ich habe sie nicht gesehen, als sie das erste Mal wegging, weil der Page mich für kurze Zeit vertreten hat. Aber beim zweiten Mal, ungefähr um Viertel vor sechs, habe ich sie gesehen.«

»Mit dem Geigenkasten?«

»Ohne den Kasten, Sir, sie hatte wieder nur die kleine Handtasche bei sich und den weißen Muff. Sie verabschiedete sich wie immer sehr höflich von mir.«

Holmes runzelte die Stirn. »Sie ging also hinauf, kam herunter, als der Junge Sie vertrat, ging mit einem Geigenkasten wieder hoch und verließ das Haus schließlich ohne den Geigenkasten.«

Der Portier überlegte. »Stimmt, Sir. Meine Pause dauerte nur etwa zehn Minuten.«

»Und in dieser Zeit ging sie und kam dann wieder?«

Der Page hatte seinen Auftrag erledigt und meldete, dass Mr Golkov die Herren mit Freuden empfangen werde. Holmes musterte ihn argwöhnisch. »Du warst ziemlich lange weg.«

»Es sind drei Treppen, Sir«, verteidigte der Junge sich. »Schneller geht's nicht, Sir, tut mir leid.«

»Drei Treppen? Wohnt Mr Golkov in der obersten Etage?«

»Ja, Sir.«

»Interessant! Sehr interessant! Ich glaube, mir kommt eine Idee, Watson. Vielleicht besteht doch noch Hoffnung.« Er wandte sich an den Pagen. »Erzähl mir doch bitte, junger Mann, was Miss Carburton trug, als sie gestern Nachmittag Mr Golkov besuchte. Beschreib sie so genau, wie du kannst.«

Der Bursche warf seinem Vorgesetzten einen fragenden Blick zu.

»Antworte!«, befahl ihm der Portier. »Das ist Mr Sherlock Holmes. Sag ihm alles, was du weißt.«

Der Junge riss die Augen vor Staunen weit auf. Holmes' Ruhm war sogar zu ihm gedrungen.

»Jawohl, Sir!« Er überlegte mit angestrengt gefurchter Stirn. »Sie hat so 'n dunkelblaues Cape angehabt, mit 'nem weißen Pelzkragen, und darunter 'nen Rock und wunderschöne Stiefel, ganz sauber und glänzend, so als müsst sie nie 'nen Fuß auf Straßen setzen, die wo nicht gefegt sind. Und natürlich hat sie 'nen Hut aufgehabt.«

»Großartig!«, rief Holmes. »Ja, es besteht Hoffnung, Watson! Danke, meine Herren, Sie haben uns sehr geholfen.« Er lächelte ihnen dankbar zu. »Komm, Watson, wir müssen unverzüglich Erkundigungen über die Familie Carburton einziehen. Ich bin jetzt zuversichtlich, diesen Fall doch zur allgemeinen Zufriedenheit lösen zu können – natürlich mit Ausnahme von Mr Hugo Carburton! Komm, wir dürfen keine Zeit verlieren!«

Es war nicht schwierig, Näheres über die Carburtons in Erfahrung zu bringen. Von einem Gentleman, dem er einmal einen großen Gefallen erwiesen hatte, bekam Holmes alle Auskünfte, die er benötigte.

Hugo Carburton stammte aus einer alten und sehr angesehenen Familie. Sein Sohn hatte die dritte Tochter eines Herzogs geheiratet. Seine ältere Tochter Jeannie war mit dem zweiten Sohn eines Grafen verlobt. Seine jüngere Tochter hatte sich allerdings bedauerlicherweise in einen ausländischen Geigenspieler fragwürdiger Herkunft und dem Ruf eines Weiberhelden verliebt.

»Gefährdet sie die Familienehre?«, wollte Holmes wissen.

»Leider«, bestätigte sein Freund. »Zweifellos wird ihr Vater sie noch zur Vernunft bringen, obwohl sie eine sehr eigensinnige junge Frau ist. Nach dem Tod ihrer Mutter hat sie zu viel Freiheit genossen. Eine traurige Geschichte … Sie setzt das Glück ihrer Schwester aufs Spiel …«

»Watson, ich habe einen Plan, der alle retten kann«, sagte Holmes, als wir in der Baker Street am Kamin saßen, um uns aufzuwärmen. Jedenfalls war ich für meine Person heilfroh, der Kälte entronnen zu sein; Holmes schien sich des grässlichen Wetters vor lauter Begeisterung gar nicht mehr bewusst zu sein.

»Dazu brauche ich allerdings deine tatkräftige Hilfe, mein Freund«, fuhr er fort, »und sie ist mit einem gewissen Risiko verbunden. Ich würde Folgendes vorschlagen …«

Vieles von dem, was an jenem Abend geschah, hat Holmes mir erst später berichtet, aber damit Sie nicht den Faden verlieren, werde ich die Ereignisse in der richtigen Reihenfolge schildern.

Das Wohltätigkeitskonzert für das Babcock-Waisenhaus, von dessen Erlös die Kinder zu Weihnachten gutes Essen und Geschenke bekamen, fand in einem großen Saal unweit der Shaftesbury Avenue statt. Mehrere Künstler hatten sich bereit erklärt, auf ihre Gage zu verzichten, und es war ein wichtiges gesellschaftliches Ereignis. Ich konnte leider nicht dort sein, weil Holmes mir andere Aufgaben zugeteilt hatte, aber er selbst war zugegen, und seine schlanke Gestalt fiel im Abendanzug allgemein auf. Noch auffälliger war allerdings Vassily Golkov, der ein grünes Samtjackett und eine besonders breite Krawatte trug. Jeder starrte den extravagant gekleideten Musiker mit den wirren Haaren an, und das war auch beabsichtigt. Unser ganzer Plan hing davon ab, dass Golkov des Diebstahls beschuldigt wurde, denn andernfalls könnte es zu dem ungeheuerlichen Vandalismus, der Zerstörung einer Stradivari, kommen. Mir ist völlig unverständlich, wie irgendein Mensch, der sich als zivilisiert bezeichnet, eine solche Tat auch nur in Erwägung ziehen kann, es sei denn in unmittelbarer Lebensgefahr.

Wie schon gesagt, die vornehme Londoner Gesellschaft war bei dem Konzert zahlreich vertreten. Die Damen trugen kostbare Roben und waren mit Juwelen behängt. Es wurde gelacht und gescherzt, denn alle waren so kurz vor Weihnachten gut gelaunt und wollten unter Beweis stellen, dass sie ein Herz für arme Waisen hatten.

Draußen in der Kälte und im Nebel, wo nur die Gaslaternen wie bleiche Monde etwas Licht spendeten, bereitete ich mich auf meinen Einsatz vor. Ich fror erbärmlich und befürchtete, dass etwas schiefgehen könnte. Wenn ich meine Rolle nicht erfolgreich spielte, lief ich Gefahr, verletzt zu werden oder gar im Gefängnis zu landen. Ich gebe zu, dass ich bei dieser Vorstellung meinen ganzen Mut zusammennehmen musste, denn öffentliche Entehrung und Ächtung wäre für mich ein fast noch schlimmeres Schicksal als der Tod.

Trotzdem war ich fest entschlossen, meinen Freund nicht im Stich zu lassen. Wie er ausdrücklich betont hatte, hing der Erfolg des ganzen Unternehmens genauso von mir wie von ihm selbst ab, und ich wollte sein Vertrauen nicht enttäuschen.

Das Konzert soll herrlich gewesen sein, und ich bedauere sehr, es versäumt zu haben. Ich liebe Musik, besonders romantische Musik, etwa gefühlvoll intonierte Balladen. Stattdessen musste ich zitternd von einem Bein aufs andere treten!

Nach dem donnernden Schlussapplaus verschwand Golkov hinter dem Bühnenvorhang, um seinen Künstlerkollegen zu gratulieren und danach auch den Impresario zum großen Erfolg zu beglückwünschen.

Holmes hatte das schon vor ihm getan, und als Golkov auftauchte, entschuldigte er sich bei dem Konzertveranstalter. Jetzt galt es, den schwierigsten Teil des Plans in die Tat umzusetzen. Mit seinen seltsam geformten, eigens zu diesem Zweck angefertigten Schlüsseln verschaffte er sich Zugang zum Büro des Impresarios, öffnete den Tresor und nahm die Einnahmen des Abends an sich. Als er das Büro verließ, fiel er niemandem auf, denn er besaß die seltene Gabe, nach Bedarf zu einer völlig farblosen Person zu werden, die man zwar sah, aber sofort wieder vergaß. Dazu brauchte er keine Verkleidung, er änderte nur seinen Gang und seine Haltung.

Beim Impresario angelangt, wurde er wieder der vor Vitalität sprühende Sherlock Holmes, verwickelte den Mann in ein Gespräch und gratulierte ihm noch einmal zu dem gelungenen Abend.

Währenddessen schlüpfte Golkov ins Büro, schloss die Tür und verschwand durchs Fenster.

Holmes fragte interessiert nach dem Erlös des Konzerts.

Der Impresario nannte eine ansehnliche Summe, und Holmes erklärte, er sei von einer prominenten Persönlichkeit, die anonym bleiben wolle, beauftragt worden, eine großzügige Spende zu überreichen.

Der Impresario errötete vor Freude und bat ihn in sein Büro, um eine Quittung auszuschreiben und das Geld in sichere Verwahrung zu nehmen.

Natürlich sah er auf den ersten Blick, dass der Tresor geöffnet und leer war und dass das Fenster zum niedrigen Dach offen stand. Der arme Mann war entsetzt und wandte sich in seiner Not verständlicherweise an Holmes, den berühmtesten Detektiv der Welt. Er wollte den Diebstahl nicht publik machen und hoffte, dass Holmes den Schuldigen wie ein Kaninchen aus dem Hut zaubern würde.

Stattdessen schaute Holmes sich gründlich im Büro um, stellte allen Anwesenden viele Fragen und riet schließlich dazu, die Polizei zu benachrichtigen. Widerwillig erklärte der Impresario sich dazu bereit.

Lestrade tauchte am Tatort auf, kummervoll und wichtigtuerisch wie immer, befragte alle, was sie gesehen und gehört hatten, und stimmte gegen Mitternacht ausnahmsweise mit Holmes überein, dass an der Identität des Täters kein Zweifel bestand. Golkov war von mehreren Zeugen gesehen worden, als er das Büro betrat, aber niemand hatte ihn herauskommen sehen. Offenbar hatte er das Geld geraubt und war durch das Fenster geflüchtet, während Holmes sich mit dem Impresario unterhielt. Jetzt ließ es sich natürlich nicht mehr vermeiden, die Öffentlichkeit zu informieren und nach Golkov zu fahnden.

Die Morgenzeitungen berichteten in großen Schlagzeilen von dem Diebstahl, und Golkovs Bild wurde in schwärzesten Farben gemalt. Niemand wusste ein gutes Wort über ihn zu sagen. Der Musiker, dessen Talent als Gottesgabe gerühmt worden war, hatte sich von einem Tag zum anderen in den leibhaftigen Teufel verwandelt. Die Liebe und Verehrung, die man ihm entgegengebracht hatte, war in Wut und Hass umgeschlagen.

»Gut«, kommentierte Holmes, während er im Wohnzimmer auf und ab ging, wo mehrere Zeitungen verstreut lagen. »Sehr gut.« Aber er sah alles andere als erfreut aus. Ich wollte nicht fragen, ob er irgendeinen Fehler in unserem Plan entdeckt hatte, denn eigentlich glaubte ich eher, dass er unter der Kritik litt, die er zu spüren bekommen würde, wenn er den nächsten Akt inszenierte. Holmes ist ein sehr stolzer Mann. Er würde es verärgert abstreiten, aber ihm liegt viel an der positiven Meinung anderer Menschen. Plumpe Schmeicheleien lehnt er ab, aber ich habe oft gesehen, wie erfreut er ist, wenn seine erstaunliche Intelligenz und Beobachtungsgabe gebührend geschätzt werden, und ich ahnte, welche Überwindung es ihn kostete, sein Licht ausnahmsweise unter den Scheffel zu stellen.

Golkov hatte Carburtons Bedingungen akzeptiert und nur darum gebeten, dass Holmes den Austausch von Stradivari und Geld durchführen solle, nachdem er selbst sich jetzt vor der Polizei verstecken müsse.

Holmes riss Mrs Hudson Carburtons Antwort aus der Hand, ohne sich bei ihr zu bedanken, und schlitzte den Umschlag hastig auf. Mir fiel auf, dass seine Hand zitterte.

»Komm, Watson«, sagte er grimmig. »Jetzt wird sich herausstellen, ob wir gewonnen oder verloren haben. In wenigen Stunden wissen wir mehr.« Er nahm seinen Mantel vom Garderobenständer im Flur, stülpte seinen Hut auf und eilte aus dem Haus, ohne sich nach mir umzudrehen.

Es war bitterkalt, der Himmel war grau, und der aufkommende Wind verhieß baldigen Schneefall. Trotzdem waren viele Leute unterwegs, um Weihnachtsgeschenke zu besorgen. Kinder kreischten aufgeregt, Pferdehufe dröhnten, Droschkenräder polterten auf den nassen Straßen. Dieser Lärm übertönte fast einen Leierkastenmann, der, von einigen Sängern begleitet, Weihnachtslieder spielte.

Holmes sprang von der Bordsteinkante auf die Straße und schwenkte wild den Arm, um eine Droschke anzuhalten. In seinem Übereifer riskierte er, beinahe überfahren zu werden. Ich zerrte ihn zurück und erntete dafür einen wütenden Blick. Er schüttelte mich ab und brüllte dem Kutscher zu, uns zum Regent's Park zu bringen.

Ich stieg hinter ihm ein und hätte fast das Gleichgewicht verloren, weil das Fahrzeug sich schon in Bewegung setzte und rasch an Tempo gewann. Während der Fahrt fiel kein einziges Wort, doch am Ziel befahl Holmes mir, in der Droschke zu warten. Er selbst stieg aus, und ich wusste natürlich, dass er den Erlös des Konzerts bei sich trug. Trotz seines Verbots war ich heftig versucht, ihm zu folgen, weil ich dem Erpresser alle möglichen Schandtaten zutraute.

Meine Befürchtungen erwiesen sich jedoch als unbegründet, denn nach wenigen Minuten kam Holmes zurück und trug einen Geigenkasten. Er sprang in die Droschke und wies den Kutscher an, uns in die Baker Street zurückzubringen.

»Ist es die Stradivari?«, fragte ich, obwohl seine zufriedene Miene eigentlich alles verriet.

»Selbstverständlich, Watson! Glaubst du, ich hätte mich nicht davon überzeugt? Dem Mann lag nichts an dem Instrument – an dem Geld übrigens auch nicht viel. Er will nur Golkov ruinieren, und für seine Zwecke ist es viel günstiger, wenn die kostbare Violine sich wieder im Besitz des Musikers befindet.«

»War es Hugo Carburton?«

»Natürlich … wer denn sonst?«

Ich hatte es gewusst, trotzdem freute mich die Bestätigung. Der ganze Plan war sehr nervenaufreibend, und der letzte Teil, von dem alles abhing, mochte immer noch scheitern.

Wieder konnte ich Holmes nicht begleiten, aber ich wusste, welch schwerer Weg vor ihm lag. Aufgeregt lief ich in unserem Wohnzimmer hin und her, während ich mir ausmalte, was sich abspielte.

Er erzählte es mir später, aber nicht in allen Einzelheiten. Vieles musste ich an seinem Gesicht ablesen, doch das fiel mir nicht schwer, obwohl er meinen Blick mied und seine auf dem Schoß gefalteten Hände anstarrte.

Von der Baker Street hatte er sich in Lestrades Büro begeben.

»Nanu, guten Morgen, Mr Holmes«, begrüßte ihn der Inspector überrascht. »Was kann ich heute für Sie tun? Wenn Sie wissen wollen, ob wir Golkov schon geschnappt haben, muss ich Sie leider enttäuschen, aber er kann uns auf Dauer nicht entkommen, dazu ist er viel zu berühmt. Sobald er irgendwo auftritt, verhaften wir ihn.«

»Das ist mir klar!«, knurrte Holmes, zwang sich dann aber mit enormer Anstrengung zu einem demütigen Ton. »Ich befürchte, wir … ich … könnten vorschnell geurteilt haben.«

»O nein«, entgegnete Lestrade zuversichtlich. »Es liegt auf der Hand, dass er es getan hat. Gar keine Frage, Mr Holmes. Ausnahmsweise waren wir uns einig, und wir hatten völlig recht. Höchst bedauerlich, dass wir den Schurken noch nicht gefunden haben! Wenn Sie mir dabei helfen könnten, wäre ich Ihnen außerordentlich dankbar –

und ebenso hundert oder mehr kleine Waisen, die um ein schönes Weihnachtsfest bangen müssen.« Er schüttelte den Kopf. »Das ist etwas, das ich einfach nicht verstehen kann, Mr Holmes. Wie kann ein Mann, der berühmt ist und Geld hat, Kinder berauben? Haben Sie dafür eine Erklärung? Jetzt hat er alles verloren, allen Respekt, alle Bewunderung, und wird im Gefängnis landen. Glauben Sie, dass er ein bisschen verrückt sein könnte?«

»Vielleicht gibt es eine andere Erklärung«, sagte Holmes mit schmalen Lippen. »Wir sollten zusammen Golkovs Weg verfolgen, den er nach Verlassen der Konzerthalle genommen haben könnte.«

»Ich weiß nicht, wozu das gut sein sollte«, brummte Lestrade.

»Bitte tun Sie mir den Gefallen«, beharrte Holmes.

Lestrade gab nach, vielleicht um ihrer alten Freundschaft willen, obwohl seiner Miene anzusehen war, dass er diese Mühe für überflüssig hielt.

Von dem Hintereingang der Konzerthalle aus, wo das Dach am niedrigsten war, gingen sie die Gasse in Richtung Straße entlang. Lestrade schimpfte bei jedem Schritt leise vor sich hin. Holmes spähte von einer Seite zur anderen, als hoffte er, etwas Wichtiges zu entdecken.

Am Ende der Gasse blieb er stehen und rief: »Aha!«

»Was ist?«, wollte Lestrade wissen. »Ich sehe nichts, nur eine schmale Straße. Weit und breit keine Menschenseele, niemand, den man fragen könnte … falls Sie darauf gehofft haben sollten.«

»Der springende Punkt ist Ihnen entgangen, Lestrade – wie immer!«, bemerkte Holmes ungewöhnlich sarkastisch. »Wenn Sie auf der Flucht sind und die Verfolger Ihnen dicht auf den Fersen sein könnten – welchen Weg würden Sie einschlagen?«

Der Inspector schaute unschlüssig von einer Seite zur anderen.

»Schnell!«, rief Holmes. »Man ist hinter Ihnen her, Mann! Stehen Sie nicht herum und halten Maulaffen feil!«

»Ich würde diese Richtung einschlagen«, sagte Lestrade beleidigt. »Da vorne ist eine Hauptstraße, wo ich leicht in der Menge untertauchen und dann eine Droschke mieten könnte. Als Mr Golkov würde es mir ja nicht an Geld fehlen, und außerdem würde ich mich als Mr Golkov in den Seitenstraßen nicht gut auskennen und nicht riskieren wollen, mich zu verirren oder in eine Sackgasse zu geraten.«

»Ausgezeichnet!«, stimmte Holmes zu. »Sie können ja auf einmal logisch denken.« Er ging so rasch in Richtung der Shaftesbury Avenue, dass Lestrade Mühe hatte, mit ihm Schritt zu halten.

Gleich um die Ecke stand ein Sandwichverkäufer, an den ich selbst mich nur allzu gut erinnere!

»Guter Mann«, redete Holmes ihn an, »waren Sie gestern Abend gegen halb zehn auch hier?«

»Ja, Sir«, antwortete der Verkäufer. »Manchmal haben die Leute, die wo aus dem Theater kommen, ein bisschen Kohldampf, und da kann ich ordentlich was verdienen.«

»Freut mich, das zu hören. Haben Sie zufällig einen jungen Mann mit wirren Haaren und in einem grünen Samtjackett gesehen, der es so eilig hatte, als würde er verfolgt?«

»Na klar hab ich den gesehen, bloß war er's, der den anderen Kerl verfolgt hat ... den Räuber, schätz ich mal.«

»Was?«, mischte Lestrade sich aufgeregt ein. »Was sagen Sie da?«

»Er ist hinter dem Burschen hergerannt, der wo die armen Waisen beraubt hat«, wiederholte der Sandwichverkäufer geduldig. »Das war so 'n großer Typ, mit Schultern wie 'n Ochse, mit 'nem Schnurrbart und 'nem Stock in der

Hand, so als wollt er wem den Schädel einschlagen. Ich sag's Ihnen ganz offen, ich selbst hätt's mir zweimal überlegt, ob ich hinter dem herrennen soll!«

Lestrade fragte ihn weiter aus, aber er blieb bei seiner Geschichte, die genau der Wahrheit entsprach – nur dass ich meine Schultern nicht unbedingt mit denen eines Ochsen vergleichen würde!

»Verdammt!« Der Inspector starrte Holmes bestürzt an. »Wir haben Golkov zu Unrecht verdächtigt! Wir müssen herausfinden, was dem armen Teufel zugestoßen ist. Hoffen wir, dass es noch nicht zu spät ist!«

Sie mussten die Spur der beiden Männer etwa zwei Meilen weit verfolgen, bis Augenzeugen berichteten, dass der junge Mann mit den wirren Haaren und der Samtjacke den älteren schnurrbärtigen Burschen eingeholt habe. Es war zu einer Prügelei gekommen, und der junge Mann hatte einen Schlag über den Schädel abbekommen und war halb bewusstlos auf dem Kopfsteinpflaster zusammengebrochen, aber zuvor hatte er den anderen ordentlich verdroschen, der heilfroh gewesen war, den aufgebrachten Zuschauern zu entkommen.

»Verdammt!«, fluchte Lestrade wieder, empört über die Launen des Schicksals. »Fast hätte Golkov ihn geschnappt!«

»Ja, hat ganz den Anschein«, gab Holmes zu.

»Anschein?«, schnaubte Lestrade. »Golkov ist kein Dieb! Sie haben sich geirrt, Mr Holmes, zum ersten Mal, soweit ich mich erinnern kann!« Diese Feststellung bereitete ihm große Genugtuung. »Jetzt müssen wir den armen Golkov finden. Jemand muss ihn bei sich aufgenommen haben. Wer mag es gewesen sein?« Er schaute in die Runde von alten Männern, Jungen und Waschfrauen, die Beiträge zu der Geschichte geliefert hatten.

»Die alte Gertie war's«, sagte einer der Männer. »Die sammelt jeden auf und füttert ihn durch, wenn's sein muss.« Er deutete auf eine schmale Tür, deren obere Hälfte früher verglast gewesen war. Jetzt hielt nur ein Stück Sackleinen die Kälte ab.

In Gerties Kammer fanden sie einen sehr ungeduldigen Golkov, der angeblich unter so starkem Kopfweh litt, dass er seine erbärmliche Umgebung noch gar nicht richtig wahrgenommen hatte.

»Na, junger Mann, Sie haben ja für helle Aufregung gesorgt!« Lestrade war sehr erleichtert, dass dem Violinvirtuosen nichts Schlimmeres zugestoßen war. »Mr Holmes hat Sie für den Dieb gehalten.« Das musste er natürlich ausdrücklich betonen. »So steht's auch in allen Zeitungen, aber das werden wir gleich morgen richtigstellen.«

Golkov starrte Holmes ängstlich an, der ihm unmerklich zuzwinkerte, um ihn zu beruhigen, dass seine Stradivari gerettet war.

Der Musiker wandte sich an Lestrade. »Ich habe das Geld! Ich konnte es dem Schurken abnehmen, bevor er das Weite gesucht hat!« Er holte das Geld hervor, das er durch den Verkauf seiner Wertgegenstände aufgetrieben hatte. Vielleicht war es nicht die exakte Summe, aber der Konzertveranstalter würde bestimmt nicht jede Guinee nachzählen, geschweige denn die Direktion des Waisenhauses, die dankbar und überglücklich sein würde, dass die Einnahmen aus der Wohltätigkeitsveranstaltung gerettet worden waren.

Holmes, Lestrade und Golkov begaben sich nach Scotland Yard. Der Musiker war der Held des Tages, und Holmes ertrug heldenhaft Lestrades gutmütigen Spott. Als er in die Baker Street zurückkehrte, saß ich müde am Kamin und stärkte mich mit einem Brandy.

»Nun?«, fragte ich ungeduldig.

»Sehr zufriedenstellend«, antwortete er knapp, doch als er meine gebeugten Schultern sah und sich an meinen Beitrag zum Gelingen des Plans erinnerte, fügte er weich hinzu: »Vielen Dank!«

»Ganz zufriedenstellend ist die Sache trotzdem nicht«, murmelte ich. »Golkov hat zwar seinen guten Ruf und seine Violine zurück, aber Miss Carburtons Rolle bei diesem üblen Spiel ist und bleibt unverzeihlich.«

Holmes sah selbstzufrieden aus. »Wenn man ihre Situation bedenkt, kann ich ihr Verhalten verstehen.«

»Nun, ich nicht!«, widersprach ich hitzig. »Ich finde es erbärmlich.«

»Sie ist in den Sohn eines Grafen verliebt und kennt die Vorurteile der vornehmen Gesellschaft.«

»Was?« Ich war wie vom Donner gerührt.

Holmes lächelte. »Miss Jeannie Carburton, Watson! Die sauberen Stiefel, die der Page erwähnte, haben mich auf des Rätsels Lösung gebracht. Der angebliche zweite Besuch, bei dem der Junge ihr die Tür aufschließen musste … Geschickt geplant und ausgeführt, aber ich vermute, dass sie jetzt nicht mehr so stolz auf sich ist.«

»Oh … O ja, ich verstehe!« Auch ich lächelte, weil ich glücklich war, dass Golkov sich nicht in seiner Liebsten getäuscht hatte.

Am Abend besuchten wir Golkov in der Dudley Street, und ich freute mich besonders, dass Miss Helena Carburton bei ihm war. Sie war eine äußerst liebenswürdige und mutige junge Frau, die bereit war, den Zorn ihres Vaters zu ertragen und auf ihre gesellschaftliche Stellung zu verzichten, um mit dem Mann zu leben, den sie liebte.

»Ich werde Ihnen nie genug danken können!« Golkovs Augen strahlten vor Bewunderung für Holmes wie die eines Kindes, das zum ersten Mal den Zauber von Weihnachten erlebt. »Sie haben Ihren Ruf der Unfehlbarkeit geopfert, um meine Ehre und meine Stradivari zu retten! Sie sind wirklich ein edler Mensch …«

Er legte einen Arm um Miss Carburtons Taille, und auch sie schaute Holmes voller Respekt und Bewunderung an.

Natürlich genoss Holmes diese Anerkennung, doch er war gerecht genug, um auf mich zu deuten. »Ohne Watson hätte ich das nicht erreicht!«

Golkov errötete. »Natürlich! Dr. Watson, bitte verzeihen Sie meine Undankbarkeit. Wären Sie nicht bereit gewesen, die Rolle des Bösewichts zu spielen … ich hatte Angst, dass die Leute, die mich retten wollten, Sie ernsthaft verletzen würden …«

Ich betastete unauffällig meine blauen Flecken. »Nicht weiter schlimm … Manchmal muss man etwas riskieren, um der Gerechtigkeit zum Sieg zu verhelfen!« Aber ich gebe zu, dass ich mich über Miss Carburtons bewundernden Blick freute, der jetzt mir galt.

»Wir sind Ihnen zu ewigem Dank verpflichtet«, wiederholte Golkov und errötete erneut. »Ich kann Ihnen nicht einmal ein gebührendes Honorar überreichen … Ich musste schließlich den Erlös des Konzerts ersetzen …«

Auch Helena Carburton errötete, weil sie sich für ihren Vater schämte, aber sie sagte kein Wort.

Golkov nahm sie noch fester in den Arm. » … aber sobald ich genug Geld verdiene, werde ich mich erkenntlich zeigen«, versprach er.

Holmes zuckte mit den Schultern. »Ich will kein Geld

von Ihnen, Mr Golkov. Was ich besitze, reicht für meine Bedürfnisse völlig aus. Aber Sie könnten mich auf andere Art und Weise entlohnen … für einen Tag …«

»Für einen Tag?« Golkov starrte ihn verständnislos an, doch dann begriff er … und wurde leichenblass.

Holmes brachte es nicht über sich, seine Bitte deutlicher zu formulieren.

Langsam durchquerte Golkov das Zimmer, hob den Geigenkasten auf und drückte ihn wie ein Kind an seine Brust. Dann übergab er Holmes wortlos seine geliebte Stradivari.

»Nur für den Weihnachtstag«, versprach Holmes. »Am nächsten Morgen bringe ich sie Ihnen unversehrt zurück.«

Golkov verbeugte sich. »Ich würde sie keinem anderen Menschen anvertrauen«, sagte er leise, »aber Sie haben es verdient, Mr Holmes.«

Lestrade strahlte übers ganze Gesicht, als er das Geld dem Waisenhaus übergab. Ich verbrachte einen einsamen Weihnachtstag am Kamin, aß Mrs Hudsons besten Kuchen und lauschte der Musik aus dem Nebenzimmer, wo ein Mann dem besten Saiteninstrument auf Erden himmlische Töne entlockte, die seine Gefühle besser zum Ausdruck brachten, als Worte es jemals vermocht hätten.

Gillian Linscott

Ein Skandal im Winter

Zu Beginn waren der Silberfuchs und sein dicker Bär für uns im Hotel Edelweiß nur unbedeutende Zerstreuungen. Weihnachten und Neujahr im Edelweiß, das war, als befände man sich auf einer Insel in einer glitzernden weißen Wüste oder einem äußerst luxuriösen Ozeandampfer, der durch den Schnee statt übers Meer fährt. Wir waren ungefähr hundert Personen und vom Rest der Welt abgeschnitten, ja sogar vom Rest der Schweiz, und hatten nur uns, um uns zu unterhalten und einander Gesellschaft zu leisten. 1910 gehörte es zu den wenigen Hotels, die infrage kamen, um diesem neumodischen Wintersport nachzugehen. Das kleinere »Berghaus« auf der anderen Straßenseite kam nicht in Betracht, daher fielen seine etwa ein Dutzend Gäste kaum ins Gewicht. Und die Dorfbewohner in ihren Holzhäusern, in deren Erdgeschoss jeweils der Kuhstall lag, zählten überhaupt nicht. Gelegentlich sahen Amanda und ich beim Spazierengehen, wie sie von ordentlich gestapelten Holzhaufen Scheite hineintrugen oder mit Mistgabeln voll schmutzigem Stroh herauskamen, von dem weiße Dampfsäulen in die blaue Luft aufstiegen. Sie gehörten zum Tal wie die Felsen und Tannen, aber sie liefen weder Ski noch Schlittschuh, daher hatten sie keinen Platz in unserer Welt – abgesehen von den Schlitten. Davon gab es im Dorf zwei. Einer, ein nüchternes Gefährt, wurde von einem kleinen, kräftigen rostbraunen Pferd gezogen, an dessen Geschirr ein paar symbolische Glöckchen hingen. Er brachte die Gäste und ihr Gepäck vom nächsten Bahnhof hierher. Der andere, der, auf den es Amanda und mir ankam, war ein schlankes schwarzes und scharlachrotes Gefährt, schnell wie der Bergwind und voll klirrender Silberglocken, und wurde von einem geschmeidigen honigfarbenen kleinen Haflinger mit silbriger Mähne und silbrigem Schwanz gezogen, der zu den Glöckchen passte. Ein Vergnügungsschlitten ohne Sinn, bis auf den, die Gäste des Edelweiß zu unterhalten. Wir hatten ihn in dem zertretenen Schnee draußen halten gesehen, wo der gut aussehende junge Besitzer mit der langen Peitsche und dem blonden Schnurrbart geduldig wartete. Manchmal durften wir bleiben und zuschauen, wie er einer Dame und einem Herrn hineinhalf und ihnen die weiße Pelzdecke über den Schoß legte. Und dann fuhr er zischend und klingelnd durch den Schnee davon und schlug den Weg ein, der in den Tannenwald führte. Unsere Eltern hatten Amanda und mir versprochen, zu Neujahr als besondere Belohnung mit uns darin auszufahren. Darauf warteten wir ungeduldiger als auf Weihnachten.

Aber bis dahin waren es noch zehn Tage, und so lange hatten wir selbst für unsere Unterhaltung zu sorgen. Wir liefen auf der Eisbahn hinter dem Hotel Schlittschuh. Wir winkten unserem Vater zum Abschied zu, wenn er morgens mit seinen Skiern und seinem Bergführer davonging. Dann saßen wir auf der Hotelterrasse und tranken heiße Schokolade mit dicken Sahnehäubchen, während Mutter schrieb und Briefe las. Wenn wir dachten, Mutter sehe es nicht, wetteiferten Amanda und ich darum, ob wir die ganze Schokolade so trinken konnten, dass das Sahnehäubchen am Boden der Tasse zurückblieb, um dann genüsslich und ungehörig die Sahne herauszulöffeln. Wenn Mutter aufblickte und uns erwischte, sagte sie, wir sollten uns nicht so kindisch benehmen, was, da Amanda elf und ich fast dreizehn war, gut und schön war; aber wir waren darauf angewiesen, aus der Schokolade so viel Unterhaltung herauszuschlagen, wie wir konnten. Die Wahrheit war, dass wir alle uns den größten Teil der Zeit zu Tode langweilten. Deswegen waren wir auch neugierig auf die Angelegenheiten der anderen Gäste, und Amanda und ich spitzten ständig die Ohren, um die kleinen Dramen aus den Gesprächen der Erwachsenen aufzuschnappen.

»Ich kann immer noch nicht glauben, dass sie das tun wird.«

»Nun, das hat jedenfalls der Oberkellner gesagt, und er muss es eigentlich wissen. Sie hat den Ecktisch mit Blick auf die Terrasse reserviert und gesagt, sie sollten zusehen, dass sie den Tokaier haben.«

»Derselbe Tisch wie letztes Jahr.«

»Und auch der gleiche Wein.«

Über die Croissants hinweg sahen unsere Eltern sich an, wobei sie das Mädchen, das uns den Kaffee einschenkte, demonstrativ nicht beachteten. (»Man nimmt keine Notiz von Dienstboten, Liebes, das stürzt sie nur in Verlegenheit.«)

»Ich bin mir sicher, dass es nicht wahr ist. Jede Frau mit ein bisschen Gefühl ...«

»Was macht dich so sicher, dass sie welches besitzt?«

Schweigen, während über unsere Köpfe hinweg Blicke gewechselt wurden. Ich wusste, was sie besagten, genau wie ich gewusst hatte, worum es in dem Gesprächsfetzen zwischen unseren Eltern, den ich am Abend unserer Ankunft zur Bettzeit mitbekommen hatte, gegangen war. » ... Auswirkungen, die es auf Jessica haben könnte.«

Mein Name. Rasch erwachte ich aus meinem Halbschlaf. Ich hielt die Augen geschlossen, hörte aber zu.

»Ich glaube, da brauchen wir uns keine Sorgen zu machen. Jessica ist robuster, als du denkst.« Die Stimme unserer Mutter. Für sie mussten wir robust sein, damit sie keine Zeit damit zu vergeuden brauchte, sich Sorgen um uns zu machen.

»Trotzdem erinnert sie sich bestimmt daran. So ein Erlebnis kann ein Kind fürs Leben zeichnen.«

»Liebling, sie reagieren nicht wie wir. In diesem Alter sind sie viel gleichgültiger.«

Selbst mit geschlossenen Augen verriet mir das Schweigen meines Vaters, dass er nicht überzeugt war, aber es war sinnlos, Einwände zu erheben, wenn meine Mutter sich etwas in den Kopf gesetzt hatte. Sie knipsten das Licht aus und schlossen die Tür. Eine oder zwei Minuten lag ich wach im Dunkeln und fragte mich, ob das, was ich gesehen hatte, mich fürs Leben zeichnen und wie sich das zeigen würde, und dann überlegte ich stattdessen, ob ich je in der Lage sein würde, Pirouetten auf dem Eis zu drehen wie das Mädchen aus Paris, und glitt dann in einen sehnsüchtigen, von Glöckchengeläut und dem Zischen von Kufen erfüllten Traum.

Das Gespräch zwischen meinen Eltern, bei dem es darum ging, was sie tun würde oder nicht, wurde durch einen kleinen Tumult unterbrochen, als zwei andere Gäste an ihren Tisch geführt wurden. Amanda fing meinen Blick auf.

»Der Silberfuchs und sein dicker Bär gehen Ski fahren.«

Beide Männer – ältere Herren, wie es uns vorkam, obwohl sie wahrscheinlich erst Ende fünfzig waren – trugen schwere Wollpullover, Kniehosen aus Tweed und dicke Socken, genau wie Vater. Er nickte den beiden über die

Tische hinweg zu und wünschte ihnen einen guten Morgen, worauf sie zurücknickten und ebenfalls grüßten. Selbst die schwere Sportkleidung konnte die Sonderbarkeit und distinguierte Art des großen Mannes nicht verbergen. Er war, glaube ich, der dünnste Mensch, den ich je gesehen hatte. Er ging nicht gebeugt wie so viele größere ältere Menschen, sondern lief aufrecht und leichtfüßig. Sein Gesicht mit der Adlernase war tief gebräunt wie bei einigen der älteren Dorfbewohner, aber im Gegensatz zu ihnen war es, abgesehen von zwei tiefen Furchen, die von seiner Nase zu den Mundwinkeln verliefen, faltenlos. Sein Haar war uns am stärksten aufgefallen. Es lag glatt um seinen Kopf wie eine Kappe aus purem poliertem Silber, ähnlich dem Knauf an einem teuren Spazierstock. Sein Begleiter war ohnehin korpulent und breitschultrig, aber seine Skikleidung betonte das noch. Er hatte einen schlurfenden Gang und neigte dazu, über Stühle zu stolpern. Sein Gesicht war rund und liebenswürdig, mit hellen, ziemlich wässrigen Augen und einem kurz geschnittenen weißen Schnurrbart, aber seine schimmernde Glatze war nur noch von einem dünnen Haarkranz umgeben. Er lächelte uns immer zu, wenn wir uns auf der Terrasse oder auf Fluren begegneten, und wirkte freundlich. Uns war aufgefallen, dass er dem Silberfuchs ständig alles abnahm, ihm den Kaffee eingoss, seine Briefe aufgab. Aus diesem Grund hatten wir uns in den Kopf gesetzt, der dicke Bär sei der Wärter des dünnen Weißhaarigen. Amanda meinte, der Silberfuchs würde wahrscheinlich bei Vollmond verrückt, und dann müsse der dicke Bär ihn einsperren und laut singen, damit die Leute sein Geheul nicht hörten. Ständig fragte sie Leute, wann der nächste Vollmond sei, aber bis jetzt hatte es niemand gewusst. Ich dachte, er sei wahrscheinlich in die Schweiz gekommen, weil er an der Schwindsucht litt und sterben würde, was erklärte, warum er so dünn war, und dass der dicke Bär sein Arzt wäre. Ich lauschte auf einen Hustenanfall, um meine Idee zu bestätigen, aber bis jetzt war er ausgeblieben. Als sie sich zum Frühstück setzten, beobachteten wir sie so eingehend, wie wir konnten, ohne dafür ausgescholten zu werden. Der dicke Bär schlug die Zeitung auf, die neben seinem Teller gelegen hatte, und las dem Silberfuchs daraus vor, der gelegentlich über seinem Kaffee nickte, als hätte er das alles schon gewusst. Es war die Londoner *Times*, und sie musste mindestens zwei Tage alt sein, weil sie mit dem Schlitten vom Bahnhof heraufgebracht werden musste.

»Er isst«, flüsterte Amanda.

Der Kellner hatte statt Croissants einen Toastständer und ein Steinguttöpfchen mit Oxford-Orangenmarmelade an ihren Tisch gebracht. Der Silberfuchs aß Toast wie jeder normale Mensch.

»Wer isst?«, fragte Vater.

Wir sahen betont zu ihm hin.

»Und, warum sollte er nicht essen? Zum Skifahren braucht man sehr viel Energie.«

Mutter, die ausnahmsweise Interesse zeigte, meinte, die beiden schienen zu alt zum Skifahren zu sein.

»Du wärest erstaunt. Dr. Watson ist nicht schlecht, aber der andere – na, der ist an Stellen, die so steil waren, dass nicht einmal der Bergführer es ausprobieren wollte, an mir vorbeigeflogen wie ein Vogel. Und stand am Ende aufrecht, wo die meisten von uns bloß ein großes Loch im Schnee hinterlassen hätten. Der Mann ist so rational, dass er vollkommen furchtlos ist. Man kommt an eine steile Stelle und denkt, man würde stürzen, und dann stürzt man auch in neun von zehn Fällen. Holmes kommt an dieselbe steile

Stelle, sieht keinen Grund, warum er sie nicht bewältigen könnte – also tut er es.«

Meine Mutter meinte, jeder wirklich rationale Mensch wäre so vernünftig, überhaupt nicht Ski fahren zu gehen. Ich hatte nur ein Wort aufgeschnappt.

»Der dicke Bär ist Arzt? Ist der Silberfuchs krank?«

»Nicht, dass ich wüsste. Ist da noch Kaffee in dieser Kanne?«

Und damit beließen wir es einstweilen. Man könnte einwenden, dass Amanda und ich gleich hätten erkennen müssen, wer die beiden waren, und ich vermute, neun von zehn Kindern in Europa hätten Bescheid gewusst. Aber wir führten, größtenteils durch unsere Mutter, ein ungewöhnliches Leben; und obwohl wir vieles wussten, was den meisten Mädchen unseres Alters unbekannt gewesen wäre, hatten wir von vielem anderen, was allgemein bekannt war, keine Ahnung.

Wir winkten Vater und seinem Führer nach, die mit den Skiern auf den Schultern im tiefen Schnee zwischen den Tannen verschwanden, und gingen dann zurück, um unsere Schlittschuhe zu holen. An der Auffahrt blieben wir stehen, um den nüchternen schwarzen Schlitten vorbeizulassen; den, der ins Tal zum Bahnhof fuhr. Niemand saß darin, aber die Decken lagen ordentlich zusammengefaltet bereit.

»Da kommt wohl jemand Neues«, meinte Amanda.

Ich wusste, dass Mutter mich ansah, aber sie sagte nichts. Als der Schlitten zurückkehrte, saßen Amanda und ich drinnen und absolvierten unsere Ferienlektüre, daher sahen wir nicht, wer darin saß; aber als wir später nach unten gingen, summte das Hotel vor Spannung; wie dieses Gefühl, das man bekommt, wenn ein Geiger seinen Bogen unmittelbar über die Saiten hält und einem die Note prickelnd am Rückgrat hinauf- und hinunterläuft, bevor man sie hört. Es war erst Nachmittag, aber über dem Tal brach schon die Abenddämmerung an. Wir durften ein letztes Mal nach draußen, bevor es dunkel wurde, und gingen wie üblich zur Eisbahn. Bunte elektrische Lichter warfen gelbe, rote und blaue Flecken auf die dunkle Oberfläche. Der Lahme mit dem Akkordeon spielte einen Strauss-Walzer, und einige Paare liefen dazu, wenn auch nicht besonders gut. Mehr Menschen drängten sich um die Holzkohlenpfanne am Rand der Eisfläche, wo ein Kellner kleine Gläser mit Glühwein ausgab. Vielleicht wusste der Mann mit dem Akkordeon, dass die Tänzer müde wurden, oder wollte selbst nach Hause, denn als der Walzer zu Ende ging, spielte er etwas Ungestümes, Zigeunerhaftes, zu dem das Tanzen schwerer fiel. Die Paare auf dem Eis probierten es ein paar Schritte lang, gaben dann lachend auf und gesellten sich zu den anderen, die um die Kohlenpfanne standen. Eine Weile blieb die Eisfläche leer, und der Lahme spielte für die Abenddämmerung und die dunklen Berge.

Dann glitt eine Gestalt auf das Eis hinaus. Dabei strahlte sie eine Entschlossenheit aus, die sie sofort von den anderen Schlittschuhläufern abhob. Sie pflegten stolpernd oder stolzierend herauszukommen, je nachdem, ob sie Anfänger waren oder sich für Könner hielten, aber Stolperer und Stolzierer wirkten gleichermaßen unsicher, da sie wussten, dass dies nicht ihr natürlicher Lebensraum war. Sie jedoch glitt völlig selbstverständlich über das Eis wie ein Schwan über das Wasser oder eine Schwalbe durch die Luft. Das Lachen erstarb, es wurde nicht weiter getrunken, und wir sahen zu, wie sie zu der Zigeunermusik ganz allein dahinschoss und Bögen und Kreise zog. Sie vollführte keine angeberischen Pirouetten wie das Mädchen aus Paris; sie verschränkte weder die Arme, noch heischte sie lächelnd um Aufmerksamkeit. Wahrscheinlich war sie auch keine besonders erfahrene Schlittschuhläuferin; bemerkenswert an ihr war die Art, wie sie die Eisbahn, die Musik und die Aufmerksamkeit als ihr rechtmäßig zustehend einforderte. Sie war nicht einmal zum Eislaufen gekleidet. Der schwarze Rock reichte bis auf ein paar Zoll fast an den Spann ihrer Schlittschuhe, und die schwarze Nerzjacke und die passende Kappe hatte sie wahrscheinlich auf der Herfahrt vom Bahnhof getragen. Aber sie war bereit gewesen und hatte geplant, genau auf diese Art ihre Rückkehr zu verkünden.

Ihre Rückkehr. Zuerst war ich so gebannt von ihrem Auftritt gewesen, dass ich sie nicht wiedererkannt hatte. Mir war aufgefallen, dass sie keine junge Frau, aber elegant war. Doch als ich einen kleinen Teil meiner Aufmerksamkeit wieder meiner Mutter zuwandte, wurde es mir klar. Sie stand so steif und kratzig da wie eine der Tannen und starrte wie alle anderen die Gestalt auf dem Eis an, doch auf ihrer Miene malte sich nicht Bewunderung, sondern eine Art Entsetzen. »Wie konnte sie nur?«, sagte dann eine Frauenstimme, nicht die meiner Mutter. »Also wirklich, wie konnte sie nur?«

Zustimmendes Gemurmel kam auf, und ich spürte, wie sich das Entsetzen zu etwas Alltäglicherem wandelte – gesellschaftlicher Missbilligung. Sobald die ersten Worte ausgesprochen waren, folgten andere, und scharfe Gesprächsfetzen kratzten wie Schlittenkufen, die über Schotter fahren.

»Erst ein Jahr her … wieder herzukommen … kein Respekt … Glück, dass sie nicht … nach alldem, was passiert ist …«

Meine Mutter legte uns beiden fest eine Hand auf die Schultern. »Zeit für euren Tee.«

Normalerweise hätten wir protestiert und gebettelt, noch ein paar Minuten bleiben zu dürfen, aber wir wussten, dass dies ernst war. Um von der Eisbahn aus ins Hotel zu gelangen, musste man einige Stufen zur Terrasse auf der Rückseite des Gebäudes hinaufsteigen und trat dann durch die großen Glastüren in den Frühstücksraum. Auf der Terrasse standen zwei Männer. Von dort aus konnte man die Eisbahn erkennen, und sie sahen hinunter und verfolgten das Geschehen. Der Silberfuchs und der dicke Bär. In dem Licht, das vom Frühstücksraum nach draußen fiel, sah ich die Augen des dünnen Mannes. Sie schauten härter und erbitterter drein als alles, was ich je gesehen hatte; noch härter als Eis. Da wir gut erzogen waren, hätten wir ihnen im Vorbeigehen normalerweise einen guten Abend gewünscht, aber Mutter schob uns wortlos nach drinnen. Sobald sie uns an den Tisch gesetzt hatte, ging sie auf die Suche nach Vater, der inzwischen vom Skifahren zurück sein musste. Ich wusste, dass sie über mich reden würden, und kam mir wichtig vor, machte mir aber Sorgen, ich könne dieser Bedeutung nicht gerecht werden. Schließlich hatte das, was ich gesehen hatte, nur ein paar Sekunden gedauert, und ich hatte nichts von dem empfunden, was ich angeblich hätte fühlen müssen. Abgesehen davon, dass ich ihn ein paarmal im Speisesaal gesehen hatte, hatte ich ihn nicht gekannt, bevor es passiert war, und nicht einmal gewusst, dass er tot war, bis man es mir später sagte.

Beim Abendessen an diesem Tag passierte das Gleiche wie auf der Eisbahn, nur ohne Zigeunermusik. In diesem Urlaub durften Amanda und ich zum Suppengang zu unseren Eltern hinunterkommen. Nach der Suppe sollten wir höflich Gute Nacht sagen, nach oben gehen und uns allein zu Bett legen. Menschen, die den ganzen Tag Schlittschuh und Ski gelaufen waren, hatten abends Hunger, daher richtete sich die Aufmerksamkeit normalerweise diskret auf die Schwingtüren, die in die Küche führten, und die Prozession der Kellner mit den silbernen Suppenterrinen. An diesem Abend war das anders. Die Aufmerksamkeit konzentrierte sich auf einen kleinen Tisch in der Ecke, neben dem Fenster. Ein Tisch, der wie alle anderen mit weißem Leinen, Silberbesteck, Tellern mit Goldrand und einer kleinen Reihe Kristallgläser gedeckt war. Ein Tisch für eine Person. Ein leerer Tisch.

»Sieht aus, als hätte sie kalte Füße bekommen«, meinte mein Vater. »Kann ich ihr nicht verübeln.«

Meine Mutter warf ihm einen ihrer Blicke zu, die besagten, dass er still sein solle, verkündete, heute sei der Abend, an dem wir Französisch sprächen, und bat mich in dieser Sprache, ihr bitte das Brot zu reichen.

Ich saß mit dem Rücken zur Tür und legte die Hand an den Brotkorb. Daher bemerkte ich nur, dass es im Saal still wurde.

»Nicht umdrehen«, zischte meine Mutter auf Englisch.

Ich drehte mich um, und da stand sie, in schwarzem Samt und Diamanten. Ihr Haar, das von mehr weißen Strähnen durchzogen war als in meiner Erinnerung vom vergangenen Jahr, hatte sie hochgesteckt und mit einem diamantenbesetzten Perlmuttkamm befestigt. Im letzten Jahr hatte meine Mutter, bevor es passiert war, bemerkt, sie sei für eine Opernsängerin im Ruhestand erstaunlich schlank. Dieses Jahr war sie mager, und über dem Mieder aus schwarzem Samt wirkten ihre Wangenknochen und Schlüsselbeine scharf genug, um damit Papier zu schneiden. Sie neigte elegant den Kopf, um dem Oberkellner zuzuhören, der sie wahrscheinlich begrüßte. Er lächelte, aber andererseits lächelte er jedem zu. Niemand sonst lächelte, als sie ihm zu dem Tisch in der weit, weit weg liegenden Ecke folgte. Man konnte fast das Knirschen hören, mit dem sich die Köpfe von ihr abwandten. Kein Auftritt in ihrer Bühnenkarriere konnte so nervenzermürbend gewesen sein wie dieser lange Weg durch den Speisesaal. Trotz der lautlosen Befehle, die meine Mutter jetzt ausstrahlte, hätte ich mich ebenso wenig von ihr abwenden können wie von Blondin, dem Seiltänzer, der die Niagarafälle überquert hatte. Wie so oft wurde mein Ungehorsam belohnt, denn ich sah, wie es geschah. Inmitten dieses schweigenden Speisesaals, unter ungefähr hundert Menschen, die so taten, als bemerkten sie sie nicht, sah ich, wie der Silberfuchs aufstand. Zwischen all den sitzenden Gästen wirkte er noch größer als sonst. Sein glattes, silbriges Haar schimmerte über seiner Nase, die einem Felssturz ähnelte, und dem eisigen Schwarz und Weiß seines Abendanzugs wie Schnee auf dem Matterhorn. Der dicke Bär zögerte kurz und folgte dann seinem Beispiel. Als sie auf ihrem einsamen Weg den Tisch der beiden passierte, verbeugte sich der dünne Weißhaarige mit der Würde eines Mannes, der sich nicht besonders oft zu verneigen braucht, und wieder tat der dicke Bär es ihm nach, wenn auch weniger elegant. Das Gesicht des dicken Bären war rot und wirkte verlegen, aber die Miene des anderen zeigte keine Veränderung. Sie blieb einen Moment stehen und erwiderte die Verbeugung der beiden mit einem Neigen ihres weißen Halses und ging dann weiter. Das Schweigen im Saal hielt an, bis der Oberkellner ihr den Stuhl herauszog und sie sich an ihren Tisch setzte. Dann marschierten wie auf ein Stichwort hin die Kellner mit ihren Suppenterrinen durch die Schwingtüren, und das Stimmengewirr und das Klirren von Besteck klang, als wäre ein Krieg ausgebrochen.

»Warum haben sie sich vor ihr verbeugt?«, fragte ich Mutter beim Frühstück. Ich wusste, dass das Thema verboten war, aber mir war auch klar, dass ich mich dabei in einer vage privilegierten Position befand, weil all das anscheinend Auswirkungen auf mich haben würde. Ich fragte mich, wann sie sich zeigen würden wie eine Geheimschrift auf einem Lorbeerblatt, das man an die Brust drückt, um es zu wärmen. Wenn ich vierzehn war, achtzehn?

»Stell keine dummen Fragen. Und du brauchst keine zwei Stück Zucker in deinem *café au lait*.«

Vater schlug vor, nach dem Mittagessen einen Ausflug in die Stadt im Tal zu unternehmen, um Weihnachtsgeschenke zu kaufen. Das sollte mich ablenken und funktionierte auch bis zu einem gewissen Grad, aber ich bekam die Frau trotzdem nicht aus dem Kopf. Später an diesem Vormittag ging ich, obwohl ich mir eigentlich eine gesundheitsfördernde Schneeballschlacht mit langweiligen Kindern liefern sollte, zu der rückwärtigen Terrasse, von der aus man die Eisbahn sah. Ich hoffte, sie dort wieder anzutreffen, aber das Eis war voll lärmender Anfänger, die kreischend dahinschlitterten. Ich hasste sie für ihre Gewöhnlichkeit.

Ich hatte mich abgewandt, sah zur Rückseite des Hotels und dachte an nichts Besonderes, als ich Schritte hinter mir hörte. »Hast du hier gestanden, als es passiert ist?«, fragte jemand.

Es war das erste Mal, dass ich die Stimme des Silberfuchses aus dieser Nähe hörte. Eine angenehme Stimme, tief, aber klar wie das Meer in einer Grotte. Er stand nur ein paar Meter von mir entfernt mit seinem groben Tweedjackett und einer Mütze mit Ohrenklappen da. Hinter ihm stand der dicke Bär. Er wirkte nervös und hatte sich einen Wollschal um den Hals gewickelt. Ich überlegte und sah noch einmal zum Dach hinauf und hinunter auf meine Füße.

»Ja, das muss ungefähr hier gewesen sein.«

»Holmes, finden Sie nicht, wir sollten die Mutter dieses kleinen Mädchens fragen? Vielleicht ist sie ja …«

»Meine Mutter war nicht dabei. Ich schon.«

Vielleicht hatte ich ja schon eine Ahnung davon, wie man sich in den Mittelpunkt stellt. Mir kam der Gedanke, dass es großartig wäre, wenn er sich vor mir verbeugen würde, so wie vor ihr.

»Ganz recht.«

Er verneigte sich nicht, wirkte aber erfreut.

»Sehen Sie, Watson, Miss Jessica reagiert überhaupt nicht hysterisch, oder?«

Ich sah, dass er das als Kompliment meinte, also neigte ich leicht den Kopf an seine Adresse, wie ich es vor dem Spiegel geübt hatte, wenn Amanda nicht hinschaute. Er lächelte, und in diesem Lächeln lag mehr Wärme, als man angesichts seiner Größe und Scharfsinnigkeit erwartet hätte.

»Ich nehme an, dass es dir nichts ausmacht, über das zu sprechen, was du gesehen hast.«

»Nicht das Geringste«, sagte ich huldvoll. Doch dann trieb mich meine Ehrlichkeit dazu, es zu verderben. »Nur, dass ich nicht besonders viel gesehen habe«, setzte ich hinzu.

»Es geht nicht darum, wie viel du gesehen hast, sondern wie deutlich. Ich frage mich, ob du Dr. Watson und mir freundlicherweise genau beschreiben würdest, was du gesehen hast, mit allen Einzelheiten, an die du dich erinnerst.«

Seine Stimme klang sanft, aber in den dunklen Augen, die mich durchdringend ansahen, lag nichts Weiches. Ich meine nicht, dass sie hart oder grausam dreinblickten, sondern nur, dass dort ebenso wenig Gefühle standen wie in der Linse einer Kamera oder eines Teleskops. Sie flößten mir ein merkwürdiges Gefühl ein, das nicht wirklich Angst war, aber so, als wäre ich auf eine Art real geworden, wie ich es vorher nicht gewesen war. Ich wusste, dass es wichtiger war als alles andere, was ich je getan hatte, dass ich mich deutlich über das ausdrückte, was ich an diesem Tag vor einem Jahr gesehen hatte. Ich schloss die Augen und dachte angestrengt nach.

»Ich habe genau hier gestanden. Ich wartete auf meine Mutter und Amanda, weil wir spazieren gehen wollten und Amanda wie immer einen ihrer Pelzhandschuhe verloren hatte. Ich sah ihn fallen, und dann prallte er auf das Dach über dem Speisesaal und rutschte darauf herunter. Der Schnee geriet ebenfalls in Bewegung, sodass er zusammen mit dem Schnee herunterstürzte. Er ist genau da drüben gelandet, wo dieser Stuhl steht, und der ganze Rest des Schnees fiel auf ihn, sodass man nur seinen Arm herausragen sah. Der Arm bewegte sich nicht, aber ich wusste nicht, dass er tot war. Viele Menschen kamen herbeigerannt und begannen, den Schnee von ihm wegzuschieben, aber dann sagte jemand, ich sollte das nicht sehen, also haben sie mich weggebracht und Mutter gesucht, deswegen war ich nicht dabei, als sie ihn vom Schnee befreit haben.«

Außer Atem unterbrach ich mich. Der dicke Bär wirkte unbehaglich und sah mich mitleidig an, aber der Blick des Silberfuchses hatte sich nicht verändert.

»In welche Richtung hast du gesehen, während du auf deine Mutter und Schwester gewartet hast?«

»Zur Eisbahn. Ich habe die Schlittschuhläufer beobachtet.«

»Aha. Das heißt, du hast mit dem Rücken zum Hotel gestanden.«

»Ja.«

»Und trotzdem hast du den Mann fallen gesehen?«

»Ja.«

»Warum hast du dich umgedreht?«

Daran hatte ich keinen Zweifel. Das war auch der Teil meiner Geschichte, über den sich damals alle die meisten Sorgen gemacht hatten.

»Er hat geschrien.«

»Was hat er geschrien?«

»›Nein‹.«

»Wann hat er das gerufen?«

Ich zögerte. Das hatte mich noch nie jemand gefragt, weil die Antwort offensichtlich war.

»Als er gefallen ist.«

»Selbstverständlich, aber an welchem Punkt seines Absturzes? Ich gehe davon aus, dass es war, bevor er auf dem Dach über dem Speisesaal gelandet ist, denn sonst hättest du dich nicht rechtzeitig umgedreht, um es zu sehen.«

»Ja.«

»Und du hast dich umgedreht und ihn durch die Luft fallen gesehen?«

»Holmes, ich finde, Sie sollten nicht …«

»Ach, seien Sie doch still, Watson. Nun, Miss Jessica?«

»Ja, er befand sich in der Luft und fiel.«

»Und zu diesem Zeitpunkt hatte er den Schrei schon ausgestoßen. Also, an welchem Punkt hat er geschrien?«

Ich wollte schlau und erwachsen wirken, um einen guten Eindruck auf ihn zu machen.

»Wahrscheinlich, als sie ihn aus dem Fenster gestoßen hat.«

Jetzt malten sich die meisten Emotionen auf dem Gesicht

des dicken Bären. Er kniff die Augen zusammen, wurde rot und wedelte flehend mit seinen in Pelzhandschuhen steckenden Händen, sodass er mehr denn je wie ein Bär wirkte. Doch dieses Mal richtete sich sein Protest nicht an seinen Freund, sondern an mich. Der Silberfuchs hob eine Hand, um ihn daran zu hindern, etwas zu sagen; aber auch seine Miene hatte sich verändert. Er hatte die Stirn gerunzelt, sodass jetzt ein spitzes »V« darauf zu stehen schien. Seine Stimme klang um eine Nuance weniger freundlich.

»Als wer ihn aus dem Fenster stieß?«

»Seine Frau, Mrs McEvoy.«

Ich fragte mich, ob ich »die Frau, vor der Sie sich gestern Abend verbeugt haben« hinzusetzen sollte, entschied mich aber dagegen.

»Hast du gesehen, wie sie ihn gestoßen hat?«

»Nein.«

»Hast du Mrs McEvoy am Fenster gesehen?«

»Nein.«

»Und doch erzählst du mir, Mrs McEvoy habe ihren Mann aus dem Fenster gestoßen. Warum?«

»Alle wissen, dass sie es getan hat.«

Der Gesichtsausdruck des dicken Bären verriet mir, dass ich einen großen Fehler begangen hatte, ich wusste nur nicht, welchen. Als freundlicher Mensch musste er das erraten haben, denn er versuchte, es mir zu erklären.

»Sieh mal«, begann er, »nach vielen Jahren mit meinem guten Freund Mr Holmes …«

Doch wieder wurde er mit einer Handbewegung zum Schweigen gebracht.

»Miss Jessica, Dr. Watson meint es gut, aber ich hoffe, er erlaubt mir, für mich selbst zu sprechen. Dass das Alter an sich Weisheit schenke, ist ein Trugschluss, doch was es unvermeidlich mit sich bringt, ist Erfahrung. Erlaubst du mir, dir aus meiner Erfahrung, wenn schon nicht aus meiner Weisheit heraus, einen kleinen Rat zu erteilen?«

Ich nickte; dieses Mal nicht huldvoll, sondern eingeschüchtert.

»Mein Rat ist folgender: Denk immer daran, dass niemand weiß, was alle wissen.«

Er setzte seine Stimme ein, wie ein Eisläufer sein Gewicht auf den Kufen verlagert, um Kurven zu fahren oder anzuhalten.

»Du sagst, alle wüssten, dass Mrs McEvoy ihren Mann aus dem Fenster gestoßen hat. Soweit ich weiß, bist du der einzige Mensch auf der Welt, der Mr McEvoy fallen gesehen hat. Und doch hast du, wie du mir erzählt hast, nicht gesehen, wie Mrs McEvoy ihn gestoßen hat. Wer also sind diese ›alle‹, die behaupten, Gewissheit über ein Ereignis zu besitzen, dem, soweit wir wissen, niemand beigewohnt hat?«

Es ist ein schreckliches Gefühl, die Antwort nicht zu wissen. Was macht neunzehn mal drei? Wie lautet das Partizip Perfekt von *faire*? Ich wollte seine Erwartungen erfüllen, aber er hatte unabsichtlich auf den Knopf gedrückt, der dieselbe Panik auslöste wie das Klassenzimmer. »Er war sehr reich«, platzte ich heraus, »und sie hat ihn nicht geliebt, und jetzt ist sie sehr reich und kann tun, was sie will.«

Wieder schossen die Pelzhandschuhe des dicken Bären hoch und wedelten durch die Luft. Wieder wurde er nicht beachtet.

»Aha, Mrs McEvoy ist reich und kann tun, was sie will? Kommt sie dir denn glücklich vor?«

»Holmes, woher soll ein Kind wissen …?«

Ich dachte an die Zigeunermusik, den schimmernden dunklen Pelz, die Perlen in ihrem Haar und stellte fest, dass ich den Kopf schüttelte.

»Nein. Und trotzdem kommt sie wieder her, genau ein Jahr nach dem Tod ihres Mannes, an den einzigen Ort auf der Welt, bei dem man erwarten würde, dass sie ihn um jeden Preis meidet. Sie kommt her, obwohl sie weiß, was die Leute über sie reden, sorgt dafür, dass jeder sie sehen kann, und zwar erhobenen Hauptes. Hast du überhaupt eine Vorstellung, was das einer Frau antun muss?«

Dieses Mal protestierte der dicke Bär wirklich und hörte nicht mehr auf. Wie konnte er von einem Kind erwarten, sich in die Gefühle einer reifen Frau hineinzuversetzen? Wie konnte er mir einen Vorwurf machen, weil ich den Klatsch der Älteren nachplapperte? Wirklich, Holmes, das ging zu weit. Auch dieses Mal schien der Silberfuchs ihm beizupflichten. Seine Stirn glättete sich, und er entschuldigte sich.

»Lass uns, wenn es gestattet ist, auf festeren Grund zurückkehren, nämlich zu dem, was du tatsächlich gesehen hast. Ich nehme an, das Hotel ist seit dem letzten Jahr nicht umgebaut worden.«

Noch einmal drehte ich mich um, um die Rückseite des Hotels anzuschauen. Soweit ich sehen konnte, war es genauso, wie es gewesen war: Die Glastüren führten vom Speisesaal und dem Frühstücksraum aus auf die Terrasse, und darüber befand sich ein mit Ziegelpfannen gedecktes, schräges Dach. Dann, über dem Vordach, erhoben sich die drei Gästeetagen des Hotels. Die meisten Leute nahmen sich die Zimmer in den beiden obersten, weil sie Balkone mit schmiedeeisernen Gittern hatten, auf denen man an sonnigen Tagen stehen und die Berge ansehen konnte. Darunter lagen die kleineren Zimmer. Sie waren weniger beliebt, weil sie sich direkt über der Küche und dem Speisesaal befanden, den Lärm und die Essensgerüche abbekamen und keine Balkone hatten.

»Das war das Zimmer, das sie letztes Jahr bewohnt haben, das zweite von rechts im obersten Stockwerk«, sagte der Silberfuchs zu dem dicken Bären. »Wenn er also gestoßen wurde, dann hätte man ihn nicht nur aus dem Fenster, sondern auch über das Balkongeländer befördern müssen. Dazu bräuchte es ziemlich viel Kraft, meinen Sie nicht auch?«

Seine nächste Frage richtete er an mich. Er wollte wissen, ob ich Mr McEvoy schon einmal gesehen hätte, bevor er aus dem Fenster gefallen sei, und ich sagte Ja, ein paarmal.

»War er ein kleiner Mann?«

»Nein, ziemlich groß.«

»Zum Beispiel so groß wie Dr. Watson hier?«

Der dicke Bär reckte die breiten Schultern wie für eine militärische Inspektion.

»Er war dicker.«

»Jünger oder älter?«

»Ziemlich alt. So alt wie Sie.«

Der dicke Bär stieß so etwas wie ein Schnauben aus, und seine Schultern sackten ein wenig nach vorn.

»Wir haben also einen Mann, der ungefähr so alt wie unser Freund Watson und beleibter ist. Findest du nicht, dass es einer Frau schwerfallen würde, ihn gegen seinen Willen irgendwo hinzustoßen?«

»Vielleicht hat sie ihn überrumpelt, hat ihm gesagt, er soll sich hinauslehnen, um etwas anzuschauen, und dann hat sie seine Beine vom Boden gehoben.«

Das war nicht meine eigene Theorie. Natürlich war der Vorfall letztes Jahr in allen Einzelheiten analysiert worden, und alle elterliche Sorge der Welt hätte das nicht vor mir verborgen halten können.

»Ein rührendes Bild. Sollen wir zu den Umständen zurückkehren, deren wir uns sicher sind? Was ist mit dem Schnee? Lag er letztes Jahr genauso hoch wie dieses?«

»Ich glaube schon. Letztes Jahr ging er mir bis über die Knie. Dieses Jahr reicht er nicht ganz so hoch, aber ich bin auch gewachsen.«

»Sicher werden über so etwas Aufzeichnungen geführt«, murmelte der dicke Bär.

»Sicher, aber wir sind auch für Miss Jessicas Beobachtungen dankbar. Dürfen wir dich noch mit einer weiteren Frage behelligen?«

Ziemlich argwöhnisch sagte ich Ja.

»Du hast uns erzählt, bevor du dich umgedreht und ihn fallen gesehen hättest, hättest du ihn ›Nein‹ schreien gehört. Was für ein ›Nein‹ war das?«

Ich war verwirrt. Das hatte mich noch niemand gefragt.

»War es ein wütendes ›Nein‹? Ein protestierendes ›Nein‹? Die Art von ›Nein‹, das man ausstoßen würde, wenn jemand einen über ein Balkongeländer stößt?«

Der andere sah aus, als wolle er wieder Einwände erheben, aber er schwieg. Die Augen des Silberfuchses blickten so durchdringend, dass es einen plätschernden Bach hätte gefrieren lassen. Als ich nicht sofort antwortete, zwang er sich sichtlich, sich zu entspannen, und seine Stimme klang weicher.

»Es fällt dir schwer, dich zu erinnern, nicht wahr? Alle waren sich so sicher, dass es eine spezielle Art von ›Nein‹ war, dass sich dieser Eindruck bei dir eingeprägt hat. Ich möchte, dass du etwas für mich tust, wenn du so freundlich sein willst. Ich möchte, dass du vergisst, dass Dr. Watson und ich hier sind, und dich hinstellst und hinunter zur Eisbahn siehst, genau wie letztes Jahr. Ich möchte, dass du alles andere aus deinem Kopf verbannst und dir vorstellst, es wäre wirklich letztes Jahr und du hörtest diesen Schrei zum ersten Mal. Tust du das?«

Ich wandte mich von den beiden ab. Zuerst sah ich zu

den Eisläufern dieses Jahres, und dann schloss ich die Augen und versuchte mich daran zu erinnern, wie es gewesen war. Ich spürte den grünen, kratzigen Schal um meinen Hals und die Kälte, die mir beim Warten in die Zehen und Finger kroch. Ich hörte den Schrei und hätte mich fast umgedreht und den Körper wieder fallen gesehen. Als ich die Augen öffnete und die beiden ansah, standen sie immer noch da und warteten geduldig.

»Ich glaube, es ist mir wieder eingefallen.«

»Und was für ein ›Nein‹ war es?«

Es stand deutlich in meinen Gedanken, aber es fiel mir schwer, es in Worte zu fassen.

»Es … es war, als hätte er noch etwas sagen wollen, wenn er Zeit dazu gehabt hätte. Nicht nur Nein. Nein und noch etwas dazu.«

»Nein und was noch?«

Ein weiteres Schweigen, während ich darüber nachdachte, und dann schaltete sich der dicke Bär ein.

»Hätte es ein Name sein können, mein Kind?«

»Setzen Sie ihr keine neuen Ideen in den Kopf. Du hast gemeint, er hätte nach dem Nein noch etwas sagen wollen, aber du weißt nicht, was, stimmt's?«

»Ja, so etwas wie Nein, nicht rennen oder Nein, heute gibt's keinen Kuchen, nur dass es das nicht war. Etwas, das man nicht tun soll.«

»Oder etwas, das nicht da ist, wie der Kuchen?«

»Ja, so etwas. Aber so kann es nicht gewesen sein, oder?«

»Kann es nicht? Wenn etwas auf eine spezielle Art passiert ist, dann ist es passiert, da gibt es kein Kann oder Kann-nicht.«

Das war so ein Satz, wie ihn Gouvernanten sagten, aber er lächelte jetzt, und mir ging durch den Kopf, dass etwas von dem, was ich gesagt hatte, ihm gefiel.

»Ich sehe deine Mutter und deine Schwester kommen, daher fürchte ich, wir müssen dieses äußerst nützliche Gespräch beenden. Ich bin dir für deine Beobachtungsgabe sehr verpflichtet. Erlaubst du mir, dir noch weitere Fragen zu stellen, wenn mir welche einfallen?«

Ich nickte.

»Ist das ein Geheimnis?«

»Möchtest du das denn?«

»Holmes, ich finde, Sie sollten diese junge Dame nicht ermuntern …«

»Mein lieber Watson, meiner Beobachtung nach kann man einem Kind nichts Kostbareres schenken als ein Geheimnis.«

Meine Mutter kam mit Amanda über die Terrasse heran. Der Silberfuchs und der dicke Bär grüßten sie, indem sie sich an die Hüte tippten, und wünschten uns viel Vergnügen bei unserem Spaziergang. Als sie mich später fragte, worüber wir geredet hätten, sagte ich, sie hätten mich gefragt, ob der Schnee im letzten Jahr genauso tief gewesen sei, und behielt das Geheimnis, dass wir jetzt Partner waren, für mich. In meiner Phantasie wurde ich sein Auge und sein Ohr. Bei dem Kinderfest am Nachmittag des Heiligabends redeten die Eltern leise miteinander, weil sie glaubten, wir wären ganz vertieft in die Bescherung, die rund um den Hotelweihnachtsbaum stattfand. Aber es hätte schon mehr gebraucht als den Portier in rotem Gewand und weißem Bart oder seine drei Holzgänse an einer Schnur, um mich von meiner Mission abzulenken. Ich lauschte und merkte mir jeden Gesprächsfetzen für die nächste Gelegenheit, bei der er mir wieder Fragen stellen würde. Und ich beobachtete Mrs McEvoy, wenn sie an Heiligabend und am ersten Weihnachtstag in ihren schwarzen Kleidern und mit ihren Juwelen blass und hoch aufgerichtet durch das Hotel ging und Schweigen hinter sich herzog wie die Schleppe eines langen Kleides.

Meine große Stunde kam am zweiten Weihnachtstag. Auf dem Hotelgelände fand eine weitere Schneeballschlacht statt, dieses Mal auch für die Eltern. Ich hielt mich von allem fern und wartete an einer kleinen Gruppe kahler Birken, und tatsächlich kamen der Silberfuchs und der dicke Bär zu mir herüber.

»Ich habe eine Menge über sie herausgefunden«, verkündete ich.

»Ach, tatsächlich?«

»Er war ihr zweiter Mann. Sie hatte vorher einen anderen, den sie mehr geliebt hat, aber der ist an einem Fieber gestorben. Das war vor langer Zeit auf einer Reise nach Ägypten.«

»Vor zehn Jahren.«

Die Stimme des Silberfuchses kam wie von weit her. Er sah mich nicht einmal an.

»Sie hat Mr McEvoy vor drei Jahren geheiratet. Die meisten Leute sagten, wegen seines Geldes, aber bei der Feier war eine amerikanische Dame, die sagte, Mr McEvoy sei sehr nett gewesen, wenn man ihn besser kannte, und hätte sich für Musik und Gesang interessiert. Also war es vielleicht eine dieser Ehen, in denen die Partner einander gern mögen, ohne verliebt zu sein, verstehen Sie?«

Ich fand, ich hatte das ganz gut gemacht. Ich hatte versucht, mich wie meine Mutter anzuhören, wenn sie sich mit ihren Freundinnen unterhielt, und für mich hatte es überzeugend geklungen. Ich war enttäuscht, weil er nicht reagierte, also fuhr ich mein stärkstes Geschütz auf.

»Es ist nur so, dass sie ihn nach der Hochzeit nicht mehr mochte, weil sie die Sache mit seinem Auge herausfand.«

»Seinem Auge?«

Endlich eine Reaktion, aber sie kam vom dicken Bären, nicht vom Silberfuchs. Ich suchte nach dem richtigen Wort und hielt mich daran fest.

»Er hat es geworfen. Er hatte ein Auge geworfen. Auf andere Damen, und das gefiel ihr nicht.«

Ich hoffte, sie hatten verstanden, dass es um eine besondere Art ging, jemanden anzusehen. Ich wusste selbst nicht ganz genau, was für eine, aber die Erwachsenen, die bei der Feier unter sich gesprochen hatten, hatten es bestimmt verstanden. Anscheinend hatte ich diese beiden hier jedoch überschätzt, denn sie standen nur da und starrten mich an. Vielleicht war der Silberfuchs doch nicht so klug, wie ich gedacht hatte. Ich grub meinen letzten Informationsfetzen aus; etwas, das jeder begreifen würde.

»Ich habe ihren Vornamen herausgefunden. Sie heißt Irene.«

Der dicke Bär räusperte sich. Der Silberfuchs sagte nichts. Über meinen Kopf hinweg beobachtete er die Schneeballschlacht.

»Holmes, ich finde wirklich, wir sollten Jessica jetzt mit ihren kleinen Freunden spielen lassen.«

»Noch nicht. Ich wollte sie noch etwas fragen. Erinnerst du dich noch an das Personal, das letzte Weihnachten im Hotel gearbeitet hat?«

Das war ein schrecklicher Abstieg. Ich war mit dem Kopf voller Liebe, Geld und Ehegeschichten zu ihm gekommen, und er fragte mich nach den Domestiken. Vielleicht wirkte meine enttäuschte Miene wie Dummheit, denn seine Stimme wurde ungeduldig.

»Die Leute, die sich um euch gekümmert haben, die Portiers, die Kellner und die Zimmermädchen, besonders die Zimmermädchen.«

»Sie sind dieselben … glaube ich.« Ich ließ sie an mir

vorbeiziehen. Da war Petra mit den dicken Zöpfen, die uns unsere Schokolade brachte, die dicke Renata, die unsere Betten machte, und die grauhaarige Ulrike, die hinkte.

»Keiner ist ausgeschieden?«

»Ich glaube nicht.«

Dann erinnerte ich mich plötzlich an blonde Locken, die unter dem Häubchen eines Zimmermädchens hervorsprangen, an die helle Stimme, mit der sie sang, während sie unbeschwert wie ein Vögelchen die Flure fegte.

»Da war noch Eva, aber die hat geheiratet.«

»Wen hat sie geheiratet?«

»Franz, den Mann mit dem Schlitten.«

Während ich sprach, flog er die Auffahrt entlang. Die Silberglöckchen klingelten, und das kleine Pferd wirkte im Sonnenschein wie vergoldet.

»Eine gute Partie für ein Zimmermädchen in einem Hotel.«

»Oh, letztes Jahr hatte er den Schlitten noch nicht. Er war bloß Unterportier.«

»In der Tat. Watson, ich glaube, wir müssen mit diesem Schlitten fahren. Würden Sie uns beim Oberportier eine Fahrt buchen?«

Ich hoffte, er würde mich einladen, sie zu begleiten, doch er sagte nichts davon. Trotzdem schien er wieder guter Laune zu sein – obwohl ich mir nicht vorstellen konnte, dass etwas von dem, was ich gesagt hatte, damit zu tun haben könnte.

»Miss Jessica, ich bin dir erneut zu Dank verpflichtet. Vielleicht muss ich dich um noch einen Gefallen bitten, aber alles zu seiner Zeit.«

Widerwillig lief ich zu der Schneeballschlacht, während die beiden durch den Schnee zurück ins Hotel schritten.

Als wir an diesem Nachmittag spazieren gingen, fuhren sie auf der Auffahrt in Franz' Schlitten an uns vorbei. Es sah nicht nach einer Vergnügungsfahrt aus. Franz' hübsches Gesicht wirkte ernst, und Holmes sah starr vor sich hin. Statt am Ende der Hotelzufahrt zum Wald abzubiegen, wandten sie sich nach links, in Richtung Dorf. Auch unser Spaziergang führte uns ins Dorf, denn Vater wollte einen alten Mann aufsuchen, um sich einen Wanderstock schnitzen zu lassen. Als wir die kleine Hauptstraße entlanggingen, sahen wir Schlitten und Pferd vor einem hübschen Holzhaus mit grünen Fensterläden stehen, das neben der Kirche lag. Ich wusste, dass das Franz' Haus war, und fragte mich, was aus seinen Passagieren geworden war. Ungefähr eine halbe Stunde später, nachdem wir Vaters Stock bestellt hatten, gingen wir wieder die Straße entlang, und da standen Holmes und Watson mit Eva, dem Mädchen vom letzten Jahr, auf dem Balkon vor dem Haus. Sie schien aufmerksam auf etwas zu lauschen, das Holmes erzählte, und ihre herabhängenden Schultern verrieten mir, dass sie nicht glücklich war.

»Warum redet der Silberfuchs mit ihr?«

Amanda wurde gehörig ausgescholten, weil sie andere Leute anstarrte und Fragen nach Dingen stellte, die sie nichts angingen. Ich war älter und klüger, daher sagte ich nichts, sondern barg mein Geheimnis im Herzen. Hatte Eva ihn gestoßen? Würde sie jetzt ins Gefängnis gesperrt? Ich spürte einen Anflug von schlechtem Gewissen, denn wenn ich ihm nicht von Eva erzählt hätte, hätte er nicht von ihr gewusst; aber es war nicht stark genug, um mir die Freude zu verderben. Später schaute ich aus unserem Fenster, um zu sehen, ob der Schlitten zurückkam, aber an diesem Tag tauchte er nicht wieder auf. Stattdessen sah ich kurz vor dem Dunkelwerden, wie Holmes und Watson zurückkehrten und zu Fuß die Auffahrt heraufkamen. Sie gingen schnell und redeten nicht miteinander.

Am nächsten Morgen kam der dicke Bär zur Kaffeezeit zu meiner Mutter. »Ob Sie wohl erlauben würden, dass Miss Jessica mich zu einem kurzen Spaziergang auf die Terrasse begleitet?«

Mutter zögerte, aber der dicke Bär war offensichtlich äußerst ehrbar, und außerdem konnte man die Terrasse vom Kaffeesalon aus sehen. Ich zog Mütze, Cape und Handschuhe an und trat mit ihm durch die Glastür in die kalte Luft hinaus. Wir standen da und sahen zur Eisbahn hinunter, an genau derselben Stelle wie beim ersten Mal, als sie mich angesprochen hatten. Ich wusste, dass das kein Zufall war. Die Nervosität des dicken Bären und die Anspannung in seiner Stimme, die er vollkommen erfolglos zu verbergen versuchte, ließen keinen Zweifel daran. Auch an der Terrasse war etwas merkwürdig – auf ihr bewegten sich viel mehr Menschen, als es an einem kalten Morgen normalerweise der Fall gewesen wäre. Es mussten ungefähr zwei Dutzend sein, die in steifen kleinen Grüppchen herumstanden, miteinander redeten und warteten.

»Wo ist Mr Holmes?«

Der dicke Bär sah mich an. Seine Augen tränten von der Kälte.

»Die Wahrheit, meine Liebe, ist, dass ich nicht weiß, wo er steckt oder was er tut. Er hat mir beim Frühstück meine Anweisungen erteilt, und seitdem habe ich ihn nicht mehr gesehen.«

»Anweisungen über mich?«

Bevor er antworten konnte, gellte der Schrei. Es war der Schrei eines Mannes, der die Luft zerriss wie ein Sägeblatt, und er bildete ein Wort. Das Wort war »Nein«. Mir stockte der Atem, als ich mich umdrehte, und genau wie letztes Jahr flog eine dunkle Gestalt durch die Luft, um die die Kleider herumflatterten. Die Menschen auf der Terrasse keuchten alle gleichzeitig auf, und dann traf die Gestalt mit einem dumpfen Geräusch auf den tiefen Schnee auf dem Dach des Restaurants und begann hinunterzurutschen. Wieder hörte ich ein »Nein«, aber dieses Mal war es meine eigene Stimme, weil ich noch vom letzten Jahr wusste, was als Nächstes kommen würde – das Schlittern über das steile Dach, wobei er immer mehr Schnee mitnehmen würde, und der Sturz auf die Terrasse, nur ein paar Meter von mir entfernt, und der Arm, der aus dem Schnee ragen würde.

Zuerst war die Erinnerung so stark, dass ich glaubte, es zu sehen. Ich brauchte ein paar Sekunden, um zu begreifen, dass es sich nicht so abspielte. Die Gestalt war ein Stück neben der fraglichen Stelle aufgeschlagen, und statt direkt das Dach hinunterzurutschen, wurde sie zu einem kleinen Ziergeländer an seinem Rand getragen, wo das Hotel an den Anbau grenzte, und schob dabei einen Keil aus Schnee vor sich her. »Er hat angehalten«, sagte jemand ungläubig. Ja, die Gestalt war liegen geblieben. Statt über das Dach auf die Terrasse hinunterzustürzen, war sie gegen das Geländer getragen worden, wo sie in ihrer weißen Hülle lag wie ein länglicher Schneeball, einen Meter vor dem Rand. Dann setzte sie sich, von der Hüfte abwärts mit Schnee verkrustet, auf und hielt sich mit einer Hand am Geländer fest. Falls der Mann einen Hut getragen hatte, als er aus dem Fenster gesprungen war, dann hatte er ihn im Fallen verloren, denn sein feuchtes Haar leuchtete über seinem lächelnden, gebräunten Gesicht silbrig. Das Lächeln wirkte nach innen gerichtet, als wisse nur er zu schätzen, was er getan hatte.

Dann brach allgemeines Stimmengewirr aus. Einige Leute schrien nach einer Leiter, andere rannten los. Der Rest spekulierte untereinander darüber, was passiert war, bis jemand drei Stockwerke über uns ein weit offenes Fenster entdeckte.

»Ihr Fenster. Mrs McEvoys Fenster.«

»Er ist von Mrs McEvoys Balkon gefallen, genau wie letztes Jahr.«

»Aber er ist nicht ...«

Irgendwann legte der dicke Bär mir eine Hand auf die Schulter. Jetzt beugte er sich zu mir herunter, sah mir nervös ins Gesicht und sagte, wir sollten hineingehen und Mutter suchen. Ich wünschte, er würde mir aus dem Weg gehen, denn ich wollte den Silberfuchs auf dem Dach sehen. Dann kam Mutter, umweht von Parfümduft und Dramatik. Natürlich musste ich hineingehen, aber ich hatte noch gesehen, wie die Leiter gebracht wurde und der Silberfuchs sie ein wenig steif, aber würdevoll hinabstieg. Und noch etwas geschah. Gerade, als er von der Leiter stieg, wurde die Glastür zur Terrasse geöffnet, und sie kam heraus. Als es passiert war, war sie nicht dort gewesen, aber jetzt trat sie in ihrer schwarzen Pelzjacke zwischen den Menschen hindurch, als wären sie gar nicht da, reichte ihm die Hand und dankte ihm.

An diesem Abend aß sie wie in den Tagen zuvor allein an ihrem Tisch, aber sie brauchte länger, um ihn zu erreichen. Ihr langer Weg durch den Speisesaal wurde noch länger, weil alle mit ihr sprechen wollten, sich nach ihrer Gesundheit erkundigen und ihr sagen, wie sehr sie sich freuten, sie wiederzusehen. Es war, als wäre sie erst heute Nachmittag angekommen und nicht schon vor fünf Tagen. Auf ihrem Tisch standen mehrere Blumensträuße, die extra aus der

Stadt heraufgebracht worden sein mussten, und daneben Champagner in einem silbernen Kühler. Der Silberfuchs und der dicke Bär grüßten sie, als sie an ihrem Tisch vorbeigingen, aber mit einem normalen, höflichen Nicken, nicht wie an jenem ersten Abend. Dafür schenkte sie ihnen ein Lächeln, das strahlte wie die aufgehende Sonne.

Wie üblich wurden wir ins Bett geschickt, nachdem wir unsere Suppe gegessen hatten. Amanda schlief sofort ein, aber ich lag wach und war wütend, weil ich von allem, was wichtig war, ausgeschlossen wurde. Das Wohnzimmer unserer Eltern lag neben unserem, und ich hörte, wie sie, immer noch aufgeregt, hereinkamen. Dann, kurz darauf, klopfte es an der Tür unserer Suite, und ich hörte leise Stimmen und meinen Vater, der ein wenig perplex sagte, ja, sie möchten doch bitte hereinkommen. Dann die Stimmen der beiden, zuerst die des dicken Bären, der sich nervös entschuldigte, weil es so spät sei, unterbrochen von der des Silberfuchses. »Tatsache ist, dass wir Ihnen eine Erklärung schuldig sind, besser gesagt, Ihrer Tochter. Dr. Watson schlug vor, wir sollten sie Ihnen unterbreiten, damit Sie in Zukunft, wenn Jessica alt genug ist, entscheiden können, ob Sie ihr davon erzählen.«

So ganz einfach wollten sie mein Geheimnis verraten. Ich hätte nicht wütender sein können, hätte ich eine Truhe voll Gold besessen und zusehen müssen, wie jemand es auf einer belebten Straße verschleuderte. Mein erster Gedanke war, im Nachthemd ins Nebenzimmer zu stürzen und zu verlangen, dass er mit mir redete, nicht mit ihnen. Dann siegte die Vorsicht; ich stieg zwar aus dem Bett, ging aber nur zur Tür und öffnete sie einen Spaltbreit, damit ich besser hören konnte, und tappte zurück ins Bett. Ich hörte, wie Stühle gerückt wurden, Menschen sich daraufsetzten, und dann die Stimme des Silberfuchses.

»Zu Beginn sollte ich erklären, dass Dr. Watson und ich aus Gründen, auf die wir hier nicht einzugehen brauchen, davon überzeugt waren, dass Irene McEvoy ihren Mann nicht in den Tod gestürzt hat. Die Frage war, wie wir das beweisen sollten, und in dieser Hinsicht war das Zeugnis Ihrer Tochter unabdingbar. Sie allein hat Mr McEvoy fallen gesehen, und nur sie hat gehört, was er rief. Das präzise Gehör der Kindheit hat – nachdem gewisser erwachsener Unsinn daraus gelöscht war – dieses Geräusch so exakt aufgenommen wie ein Phonograph und wusste, dass es genau gesagt nur ein halber Schrei war und Mr McEvoy, hätte er Zeit gehabt, noch etwas hinzugesetzt hätte.«

Eine Pause. Ich saß mit der Tagesdecke um den Hals im Bett und spitzte die Ohren, damit mir kein Wort entging, das er mit seiner leisen, klaren Stimme sprach.

»Nein … und noch etwas. Die Frage war nur, was. Mr McEvoy hatte damit gerechnet, dass etwas dort sein würde und war in seinem letzten Gedanken auf Erden verblüfft darüber, dass es nicht vorhanden war; ein so großes Erstaunen, dass er versuchte, es mit seinem letzten Atemzug herauszuschreien. Die Frage war, was das gewesen sein könnte.«

Schweigen, das Warten auf eine Antwort, aber niemand sagte etwas.

»Wenn Sie von der Terrasse aus zur Rückseite des Hotels aufsehen, wird Ihnen etwas Offensichtliches auffallen. Der zweite und dritte Stock besitzen Balkone. Der erste Stock nicht. Das von Mr und Mrs McEvoy bewohnte Zimmer hatte einen Balkon. Jemand, der in dieser Suite wohnte, wäre sich dieses Umstands bewusst gewesen. Ihm wäre aber, außer er wäre ein besonders guter Beobachter gewesen, nicht unbedingt aufgefallen, dass die Zimmer im ersten Stock keine Balkone haben. Bis es zu spät war. Ich stellte die Theorie auf, dass Mr McEvoy tatsächlich nicht aus dem Fenster seines eigenen Zimmers gestürzt war, sondern aus einem tiefer liegenden Zimmer, das jemand anderem gehörte, was die letzten Worte erklärt, zu denen er ansetzte. ›Nein … kein Balkon.‹«

Meine Mutter keuchte auf. »Mein Gott«, sagte mein Vater.

»Sobald ich zu diesem Schluss gelangt war, stellte sich die Frage, was Mr McEvoy im Zimmer von jemand anderem zu suchen hatte. Diebstahl konnte ich ausschließen, denn er war ein sehr reicher Mann. Er hätte jemanden treffen können. Die nächste Frage war, wen. Und hier konnte uns Ihre Tochter zufällig behilflich sein, und zwar auf eine Art, die zu verstehen sie noch zu jung ist. Sie hat uns in aller Unschuld anvertraut, dem Klatsch der Erwachsenen entnommen zu haben, dass der verstorbene Mr McEvoy gern ein Auge auf andere Frauen warf.«

Mein Vater begann zu lachen und unterdrückte es dann. Meine Mutter sagte »Aha«, in einem Tonfall, der mir für später Schwierigkeiten verhieß.

»Sobald meine Aufmerksamkeit in diese Richtung gelenkt worden war, erschien die Lösung offensichtlich. Mr McEvoy hielt sich zu etwas, das man als galante Episode umschreiben könnte, im Zimmer von jemand anderem auf. Aber der Unfall geschah am Vormittag. Hat in der gesamten Weltgeschichte je eine Dame eine romantische Verabredung für diese Tageszeit getroffen? Daher handelte es sich um keine Dame. Also habe ich mich gefragt, welche Personengruppe am ehesten am Vormittag in Hotelzimmern anzutreffen ist, und die Antwort lautete …«

»Lieber Himmel, das Zimmermädchen!«

Das war die Stimme meiner Mutter, und Holmes war offensichtlich nicht erfreut über die Unterbrechung.

»Allerdings. Mr McEvoy hatte sich mit einem Zimmermädchen getroffen. Ich habe mich umgehört, um festzustellen, ob seit letztem Weihnachten ein junges, attraktives Zimmermädchen das Hotel verlassen hat. Es gab ein solches Mädchen namens Eva. Sie hatte den Unterportier geheiratet und als Mitgift so viel Geld in die Ehe gebracht, dass er diesen eleganten kleinen Schlitten kaufen konnte. Nun mag ein umsichtiges Zimmermädchen eine anständige Mitgift zusammenbringen, indem sie Trinkgelder spart, aber ein Blick auf diesen Schlitten verrät, dass man Evas Mitgift eher als, nun ja, … unanständig beschreiben könnte.«

Noch ein Auflachen von meinem Vater, das abbrach; auf was für einen Blick von meiner Mutter hin, konnte ich mir vorstellen.

»Dr. Watson und ich sind zu Eva gefahren. Ich habe ihr erklärt, was ich kombiniert hatte, und sie, das arme Mädchen, hat es bestätigt und noch Einzelheiten hinzugefügt – die Stimme der Hausdame draußen, Mr McEvoys eingespielte, aber unbedachte Taktik, Zuflucht auf dem Balkon zu suchen. Sie mögen jetzt einwenden, dass die junge Eva sofort hätte eingestehen sollen, was passiert war …«

»Allerdings.«

»Aber halten Sie sich ihre Lage vor Augen. Sie hätte nicht nur ihre Stellung im Hotel, sondern auch ihre Verlobung mit dem schönen Franz verwirkt. Und schließlich stand gar nicht zur Debatte, dass jemand vor Gericht kommen würde. Die mondäne Welt war es vollkommen zufrieden, die Geschichte von Mr McEvoys zufälligem Fenstersturz zu kolportieren – während sie insgeheim eine Unschuldige als seine Mörderin verurteilte.«

»Aber Mrs McEvoy muss das doch gewusst haben«,

meinte meine Mutter und klang ausnahmsweise ziemlich kleinlaut. »Warum hat sie nichts gesagt?«

»Ah, um das zu beantworten, muss man etwas über Mrs McEvoys Geschichte wissen, und zufällig sind Dr. Watson und ich in dieser Position. Vor langer Zeit, vor ihrer ersten glücklichen Ehe, wurde Mrs McEvoy von einem Prinzen geliebt. Er war, muss ich zugeben, kein besonders bewunderungswürdiger Prinz, aber trotzdem ein Prinz. Können Sie sich vorstellen, wie sich eine Frau mit diesem Hintergrund dabei gefühlt hat, von einem Mann, der sein Vermögen mit Badezimmerausstattungen verdient hat, in einem Hotel mit einem Zimmermädchen betrogen zu werden? Können Sie begreifen, dass eine stolze Frau sich vielleicht lieber für eine Mörderin halten lässt, als sich dieser Demütigung auszusetzen?«

Wieder Schweigen. »Ja«, hauchte meine Mutter. »Ja, ich glaube, das kann ich. Die arme Frau«, setzte sie dann hinzu.

»Irene McEvoy hat noch nie Mitleid gebraucht.« Und dann fuhr er in einem anderen Ton fort. »So, jetzt wissen Sie Bescheid. Und nun ist es Ihre Entscheidung, wie viel davon, wenn überhaupt, Sie zu gegebener Zeit an Jessica weitergeben.«

Man hörte, wie Menschen von Stühlen aufstanden. »Und Ihre … ähem … Demonstration heute Morgen?«, fragte mein Vater dann.

»Ach, dieses kleine Schauspiel. Ich wusste, was geschehen war, aber um Mrs McEvoys willen war es notwendig, der Welt ihre Unschuld zu beweisen. Ich konnte Eva nicht als Zeugin aufrufen, da ich ihr mein Wort gegeben hatte. Ich hatte die Neigung des Dachs und die Tiefe des Schnees berechnet und war wissenschaftlich überzeugt davon, dass ein Mann, der von Mrs McEvoys Balkon fiele, nicht auf der Terrasse landen würde. Das Ergebnis kennen Sie.«

Man wünschte einander recht verhalten eine gute Nacht, und die Besucher wurden hinausbegleitet. Durch den Türspalt erhaschte ich einen Blick auf sie. Als sie an dem Spalt vorbeikamen, ließ der Silberfuchs, dessen Bewegungen normalerweise so präzise waren, seine Pfeife fallen und musste sich hinknien, um sie aufzuheben. Im Knien sahen mich seine leuchtenden Augen durch den Spalt an, und er lächelte, ein merkwürdiges, kurzes Lächeln, das niemand sonst bemerkte. Er hatte die ganze Zeit gewusst, dass ich zuhörte.

Als die beiden gegangen waren, saßen Mutter und Vater lange schweigend da.

»Wenn er sich geirrt hätte«, meinte Vater schließlich, »hätte er sich dabei umgebracht.«

»Wie beim Skifahren.«

»Er muss sie sehr geliebt haben.«

»Er liebt nur seine eigene Logik.«

Aber andererseits war meine Mutter schon immer die weniger Romantische von beiden.

Edward D. Hoch

Der Weihnachtsklient

Am Weihnachtstag des Jahres 1888, als ich bei Mr Sherlock Holmes in seiner Wohnung in der Baker Street logierte, wurde unser geruhsamer Feiertag durch das Eintreffen eines höchst ungewöhnlichen Klienten unterbrochen. Mrs Hudson hatte uns bereits für später zu ihrem Gänsebraten eingeladen, und als wir sie auf der Treppe hörten, nahm ich an, sie wolle uns über die Abendessenszeit unterrichten. Stattdessen verkündete sie Erstaunliches.

»Ein Gentleman möchte Mr Holmes sehen.«

»Am Weihnachtstag?« Ich war entgeistert über diese gedankenlose Unterbrechung und legte meine Ausgabe des *Christmas Annual* weg, in der ich gelesen hatte. Holmes, der in seinem Sessel am Kamin saß, wirkte eher neugierig denn verärgert.

»Mein lieber Watson, wenn jemand am Weihnachtstag unsere Hilfe sucht, dann muss die Sache extrem dringlich sein – entweder das, oder die arme Seele ist heute so einsam, dass sie sich an niemand anderen wenden kann. Bitte schicken Sie ihn herauf, Mrs Hudson.«

Unser Besucher erwies sich als gut aussehender Mann mit einem recht jugendlichen Gesicht, obwohl sein langes weißes Haar und die Falten an seinem Hals mir verrieten, dass er höchstwahrscheinlich Mitte fünfzig war. Er war etwas unter sechs Fuß groß, aber schmal gebaut, und sein frisches Gesicht vermittelte den Eindruck äußerster Reinlichkeit. Holmes begrüßte ihn mit einem freundlichen Handschlag.

»Wir wünschen Ihnen frohe Weihnachten, Sir. Ich bin Sherlock Holmes, und das hier ist mein lieber Freund und Kollege Dr. Watson.«

Der Mann schüttelte mir ebenfalls die Hand und sprach mit leiser Stimme. »Charles Lutwidge Dodgson. Ich freue mich, Sie kennenzulernen, Sir, und i-ich danke Ihnen dafür, dass Sie sich an diesem festlichsten Tag des Jahres die Zeit nehmen, mich zu empfangen.«

Während er sprach, bemerkte ich ein leichtes Stottern, das seine Oberlippe beim Sprechen zittern ließ. »Bitte nehmen Sie doch Platz«, sagte Holmes, und Dodgson wählte den Lehnsessel zwischen uns. »Jetzt erzählen Sie uns, was Sie am Weihnachtstag herführt. Gewiss eine äußerst dringliche Angelegenheit, da sie Sie daran hindert, den Weihnachtsgottesdienst in Christ Church oben in Oxford zu leiten.«

Seine Worte schienen unseren schlanken Besucher zu bestürzen. »Kennen Sie mich, Sir? Hat sich meine Schande schon so weit herumgesprochen?«

Sherlock Holmes lächelte. »Ich weiß nichts über Sie, Mr Dodgson, nur, dass Sie Geistlicher und höchstwahrscheinlich Mathematiker am Christ Church College in Oxford sind, dass Sie unverheiratet sind und dass Sie, seit Sie heute in London ankamen, ein unangenehmes Erlebnis hatten.«

»Sind Sie ein Zauberer?«, fragte Dodgson sichtlich außer Fassung. Ich hatte schon oft erlebt, wie Holmes Besucher verblüffte, aber ich genoss den Anblick immer noch.

Holmes seinerseits griff beiläufig nach Pfeife und Tabak. »Nur jemand, der seine Mitmenschen genau beobachtet, Sir. In Ihrer Westentasche sehe ich ein kleines Heftchen stecken, auf dem der Name des Autors mit Reverend Charles Dodgson, Christ Church, angegeben ist. Und daneben eine Rückfahrkarte nach Oxford. Wenn Sie vor dem heutigen Tag nach London gekommen wären, dann würden Sie die Fahrkarte sicherlich nicht mehr griffbereit mit sich herumtragen. Außerdem bemerke ich auf der Titelseite Ihres Heftchens gewisse fortgeschrittene mathematische Gleichungen, die Sie, zweifellos auf der Zugfahrt von Oxford, mit Bleistift hingeworfen haben. Da Sie nur eine Rückfahrkarte bei sich tragen, nehme ich an, dass Sie allein gekommen sind; und welcher verheiratete Mann würde es wagen, seine Frau am Weihnachtstag allein zu lassen?«

»Was ist mit dem unangenehmen Erlebnis?«, erinnerte ich Holmes.

»Sie werden bemerken, Watson, dass die Hosen unseres Besuchers an den Knien abgeschabt und schmutzig sind. Während der Zugfahrt hätte er das gewiss bemerkt und sie abgeklopft. Daher sieht es aus, als sei er seit seiner Ankunft in London gestürzt oder auf die Knie gestoßen worden.«

»Sie haben in praktisch allem recht, Mr Holmes«, erklärte Charles Dodgson. »Ich habe die mathematische Fakultät in Oxford vor sieben Jahren verlassen, aber i-ich lebe immer noch am Christ Church College, meiner Alma Mater.«

»Und was führt Sie heute nach London?«

Dodgson holte tief Luft. »Ihnen muss klar sein, dass ich Ihnen dies in höchster Vertraulichkeit erzähle. Was ich jetzt sagen werde, ist mir äußerst peinlich, obwohl ich Ihnen schwöre, dass ich mich k-keines moralischen Unrechts schuldig gemacht habe.«

»Fahren Sie fort«, bat Holmes und zündete seine Pfeife an.

»Ich werde erpresst.« Nachdem er das ausgesprochen hatte, hielt er einen Moment inne, als erwarte er eine schockierte Reaktion von Holmes oder mir. Als diese ausblieb, fuhr er fort. »Vor einigen Jahren, als diese Kunst noch in ihren Anfängen steckte, verlegte ich mich auf die Fotografie. Besonders angetan hatten es mir Porträtfotografien, von Erwachsenen und Kindern. I-ich ließ gern junge Mädchen in verschiedenen Kostümen posieren. Mit der Erlaubnis ihrer Eltern habe ich manchmal auch Aktstudien angefertigt.« Seine Stimme war zu einem leisen Flüstern herabgesunken, und mir fiel auf, dass sein starres Lächeln ein wenig schief wirkte.

»Mein Gott, Dodgson!«, rief ich aus, bevor ich mir Einhalt gebieten konnte.

Er schien mich nicht zu hören, da er sich Holmes zuwandte. Ich fragte mich, ob sein Gehör geschädigt war. Holmes qualmte seine Pfeife, als hätte man ihm gerade ein verzwicktes Rätsel vorgelegt. »War das, nachdem Sie Ihre Priesterweihe empfangen haben?«

»Ich setze manchmal ›Reverend‹ vor meinen Namen, aber ich bin nur Diakon. Ich ha-habe das Priesteramt nie angestrebt, weil mir durch meinen Sprachfehler das Predigen schwerfällt. Ma-manchmal ist es schlimmer als heute. Ich höre außerdem auf einem Ohr nicht gut.«

»Erzählen Sie mir von den Bildern. Wie alt waren die Mädchen?«

»Für gewöhnlich vorpubertär. Ich habe die Fotografien in aller Unschuld aufgenommen, da-das müssen Sie wissen. Ich habe auch Erwachsene fotografiert, Persönlichkeiten wie Ellen Terry, Tennyson und Rossetti.«

»Bekleidet, nehme ich an«, sagte Holmes leise lächelnd.

»Ich weiß, dass mein Tun von vielen Bekannten missfällig betrachtet wurde«, erklärte unser weißhaariger Besucher. »Aus diesem Grund habe ich vor ungefähr acht Jahren die Fotografie aufgegeben.«

»Was ist dann der Grund für diese Erpressung?«

»Da muss ich ins Jahr 1879 zurückgehen, als ich meine

Abhandlung *Euklid und seine modernen Rivalen* veröffentlicht habe. Obwohl das breite Publikum wenig Notiz davon nahm, war ich erfreut, dass es in mathematischen Kreisen für einige Aufregung sorgte. Einer der Männer, die damals Kontakt zu mir aufnahmen, war ein Professor, der den Lehrstuhl für Mathematik an einer unserer kleineren Universitäten innehatte. Wir begannen eine zwanglose Freundschaft, und er erfuhr von meinem Interesse an der Fotografie. Später, na-nachdem ich mit der Fotografie abgeschlossen hatte, fotografierte er anscheinend selbst. Im letzten Sommer war ich am Strand von Brighton, wo ich ein reizendes kleines Mädchen kennenlernte. Wir plauderten eine Weile, und ich fragte sie, ob sie nicht in der Brandung waten wolle. Ich trug einige Sicherheitsnadeln bei mir und habe damit ihren Rock hochgesteckt, damit sie wa-waten konnte, ohne dass er nass wurde.«

Ich konnte mich nicht mehr zurückhalten. »Was Sie da erzählen, ist pervers! Die unschuldigen Kinder …«

»Ich schwöre Ihnen, dass ich nichts Böses getan habe!«, beharrte er. »Aber irgendwie hat dieser ehemalige Freund dafür gesorgt, dass mich jemand dabei fotografierte, wie ich dem kleinen Mädchen den Rock hochsteckte. Jetzt benutzt er diese Bilder, um mich zu erpressen.«

»Was führt Sie heute nach London«, fragte Holmes, »und welch unangenehme Umstände haben Sie hergebracht, um bei mir Hilfe zu suchen?«

»Der Professor hat vor einigen Monaten Kontakt zu mir aufgenommen und mich bedroht und erpresst. Für diese am Strand aufgenommenen Bilder verlangte er eine große Geldsumme.«

»Und wie kam er zu der Vorstellung, dass ein pensionierter Mathematiklehrer, selbst einer aus Oxford, eine große Summe Geldes besitzen könne?«

»Ich ha-hatte einigen Erfolg mit meinen Schriften. Sie haben mich nicht reich gemacht, aber ich bin auskömmlich versorgt.«

»War Ihre Abhandlung über Euklid so erfolgreich?«, fragte Holmes in tadelndem Ton.

»Einige meiner anderen Schriften …« Er schien nicht weitersprechen zu wollen.

»Was ist heute geschehen?«

»Der Professor verlangte, ich solle mich hier an der Paddington Station mit ihm treffen und einhundert Pfund mitbringen. Ich kam wie mir geheißen mit dem Mittagszug aus Oxford herunter, aber er wartete nicht am Bahnhof auf mich. Stattdessen wurde ich von einem Bettler angegriffen, der mich auf der Straße niederstieß, nachdem er mir eine eigentümliche Botschaft übergeben hatte.«

»Haben Sie Anzeige bei der Polizei erstattet?«

»Wie könnte ich? Mein Ru-ruf …«

»Also sind Sie hierhergekommen?«

»Ich war mit meinem Latein am Ende. Ich wusste von Ihrer Reputation und hoffte, Sie könnten mir helfen. Dieser Mann hat mich in seinen Klauen. Er wird mir all mein Geld abknöpfen und auch meinen Ruf ruinieren.«

»Bitte sagen Sie mir den Namen dieses Erpressers«, sagte Holmes und griff nach einem Bleistift.

»Er heißt Moriarty – Professor James Moriarty.«

Sherlock Holmes legte seinen Bleistift ab und lächelte leise. »Ich glaube, ich werde Ihnen behilflich sein können, Reverend Dodgson.«

In diesem Moment unterbrach uns Mrs Hudson mit der Nachricht, die Weihnachtsgans werde in dreißig Minuten serviert. Wenn wir geneigt seien, dürften wir gern früher auf einen weihnachtlichen Sherry hinunterkommen. Holmes stellte ihr Dodgson vor, und dann geschah etwas

Bemerkenswertes. Sie starrte ihn durch ihre Brille an und wiederholte seinen Namen, als wolle sie sich vergewissern, richtig gehört zu haben. »Reverend Charles Dodgson?«

»Das ist richtig.«

»Es wäre mir ein Vergnügen, wenn Sie sich zu uns gesellen würden. Es ist genug für vier da.«

Holmes und ich wechselten einen Blick. Mrs Hudson hatte noch nie auch nur mit einem Besucher gesprochen, ganz zu schweigen davon, dass sie einen zum Essen eingeladen hatte. Aber immerhin war Weihnachten, und vielleicht wollte sie nur gastfreundlich sein.

Während sie Dodgson nach unten begleitete, wandte ich mich im Flüsterton an Holmes. »Was ist das mit Moriarty? Sie haben dieses Jahr einmal von ihm gesprochen, in Verbindung mit der Affäre um das Tal der Angst.«

»In der Tat, Watson. Wenn er Dodgsons Erpresser ist, dann begrüße ich die Gelegenheit, ihn erneut herauszufordern.«

Während des Essens sprachen wir nicht von den Problemen unseres Besuchers. Mrs Hudson unterhielt ihn mit Geschichten über ihre kleinen Nichten und deren gelegentliche Besuche in der Baker Street. »Ich lese ihnen oft vor«, erklärte sie und wies auf ein kleines Regalbrett mit Kinderbüchern, die sie für solche Gelegenheiten vorhielt. »Alle Kinder sollten mit guten Büchern in Berührung kommen.«

»Da bin ich ganz und gar Ihrer Meinung«, antwortete Dodgson.

Während wir noch die letzten Bissen unserer süßen Mince Pies aßen und Mrs Hudson damit beschäftigt war, den Tisch abzuräumen, griff Holmes das Thema, das Dodgson zu uns geführt hatte, erneut auf. »Wenn Sie und Professor Moriarty gute Bekannte waren, woher rührt dann diese neue Feindschaft zwischen Ihnen?«

»Ich vermute, es war das Buch. Moriartys berühmtestes Buch über die reine Mathematik ist *Die Dynamik eines Asteroiden.* Als ich daraufhin mein eigenes, eher humoristisches Werk, *Die Dynamik eines Partikels,* veröffentlichte, glaubte er, die Satire sei auf ihn gemünzt. Ich versuchte zu erklären, es handle sich um ein Oxford betreffendes Thema, den Wahlkampf zwischen Gladstone und Gathorne Hardy, aber davon wollte er nichts hören. Seitdem schien er nach Wegen zu suchen, mich zu vernichten.«

Holmes aß den letzten Bissen von seiner Pastete. »Exzellent, Mrs Hudson, exzellent! Ihre Kochkunst ist ein Genuss!«

»Danke, Mr Holmes.« Sie zog sich in die Küche zurück, während er seine Pfeife hervorholte, aber nicht anzündete.

»Erzählen Sie mir von dieser kryptischen Botschaft, die Sie vorhin erhalten haben.«

»Ich kann sie Ihnen sogar zeigen.« Er griff in seine Tasche und zog ein zusammengefaltetes Stück Papier hervor. »Das hat mir der Bettler gegeben. Als ich ihn aufzuhalten versuchte, hat er mich niedergeschlagen und ist geflüchtet.«

Holmes las die Nachricht zweimal, bevor er das Papier an mich weiterreichte.

Am Benjamin-Caunt-Tag,
unter seinem Antlitz, hoch erhoben,
entrichten Sie Ihren Betrag,
dass Ihre Schande aufgehoben.

Um eins soll'n Sie kommen
auf der Hutmacher-Uhr, wenn Sie versteh'n.
Hab's der Alten weggenommen,
unter die Erde und nicht mehr geseh'n.

»Das ergibt keinen Sinn, Holmes«, war meine erste Reaktion. »Das ist nur ein Kindervers, und nicht einmal ein guter.«

»Ich kann mir keinen Reim darauf machen«, gestand Dodgson. »Wer ist dieser Benjamin Ca-Caunt?«

»Er war Preisboxer«, bemerkte Holmes. »Ich erinnere mich daran, dass mein Vater von ihm gesprochen hat.« Ratlos betrachtete er die Nachricht. »Nach dem, was ich über Moriarty weiß, würde es zu ihm passen, alles in diesen Versen zu enthüllen, und seine Herausforderung an uns ist es, sie zu entziffern.«

»Was ist mit Caunts hoch erhobenem Antlitz?«, fragte ich.

»Es könnte eine Statue oder ein Porträt an einem hoch gelegenen Ort sein. Sein Tag könnte sein Geburtstag sein, der Tag eines besonderen Sieges oder vielleicht sein Todestag. In meinen Akten oben habe ich nichts über den Mann, und die Bibliotheken öffnen erst in zwei Tagen wieder.«

»Und was ist mit dem verrückten Hutmacher?«

In diesem Moment war Mrs Hudson aus der Küche zurück und hörte meine Frage. »Meine Nichte zieht den Märzhasen vor, Mr Dodgson«, meinte sie zu ihm. »Aber andererseits mögen kleine Mädchen für gewöhnlich weiche, pelzige Tiere.« Sie trat an das kleine Bücherregal und nahm einen schmalen Band heraus. »Sehen Sie? Hier ist meine Ausgabe Ihres Buchs. Das andere besitze ich ebenfalls.«

Sie hielt ein Exemplar von *Alice im Wunderland* in der Hand.

Holmes schlug sich mit der Hand an die Stirn, als schmerze ihn sein Versagen. »Ich muss heute mit den Gedanken woanders sein! Selbstverständlich! Sie sind der

Autor von *Alice* und *Alice hinter den Spiegeln,* unter dem Pseudonym Lewis Carroll!«

Charles Dodgson lachte leise. »Das scheint ein offenes Geheimnis zu sein, obwohl ich es weder bestätige noch abstreite.«

»Das wirft ein völlig neues Licht auf die Angelegenheit«, erklärte Holmes, legte seine Pfeife weg und wandte sich an Mrs Hudson. »Danke dafür, dass Sie mein Gedächtnis aufgefrischt haben.« Wieder betrachtete er die Nachricht.

Ich rätselte selbst darüber und wandte mich dann an unseren Klienten. »Moriarty muss von Ihrer Schriftstellerei wissen, da er auf den verrückten Hutmacher anspielt.«

»Natürlich weiß er davon. Aber was bedeutet die Botschaft?«

»Ich glaube, Sie sollten über Nacht in der Stadt bleiben«, erklärte Holmes ihm. »Vielleicht klärt sich morgen alles auf.«

»Warum denn das?«

»Die Nachricht spricht von Benjamin Caunts Tag, und er war Preisboxer. Und morgen ist natürlich der zweite Weihnachtstag – Boxing Day.«

Charles Dodgson schüttelte staunend den Kopf. »Das ist des verrückten Hutmachers selbst würdig!«

Mrs Hudson fand ein freies Zimmer, in dem Dodgson die Nacht verbrachte. Am Morgen klopfte ich an die Tür und lud ihn ein, mit uns zu frühstücken. Holmes hatte einen großen Teil der Nacht wach in seinem Sessel verbracht, über seinen Büchern und Akten gebrütet und Stadtpläne und diverse Listen studiert. Dodgson fragte sofort, ob er etwas entdeckt habe, aber die Antwort meines Freundes fiel düster aus. »Überhaupt nichts, Sir! In ganz London finde ich keine Statue, die dem Boxer Benjamin Caunt errichtet ist, noch existiert ein besonders Porträt von ihm.

Und gewiss keines an einer hoch gelegenen Stelle, wie der Vers andeutet.«

»Was soll ich denn tun?«

»Die ganze Angelegenheit erscheint höchst eigenartig. Sie tragen die erpresste Summe bei sich. Warum hat dieser Bettler sie nicht einfach genommen, statt Ihnen noch eine Nachricht zuzustecken?«

»Das ist Moriartys Werk«, beharrte Dodgson. »Er will mich demütigen.«

»Nach meinem begrenzten Wissen über den guten Professor interessiert er sich mehr für finanziellen Profit als für Demütigungen.« Holmes griff nach einem weiteren von mehreren Stadtführern, die er besaß, und begann ihn durchzublättern.

»Sind Sie Moriarty je begegnet?«, erkundigte sich unser Besucher.

»Noch nicht«, antwortete Holmes. »Aber eines Tages … Hallo, was ist das?« Sein Blick war auf etwas in dem Buch, das er überflog, gefallen.

»Ein Porträt von Caunt?«

»Noch besser. Dieser Reiseführer erklärt, dass unser bekanntester Glockenturm, der Big Ben, möglicherweise nach Benjamin Caunt benannt ist, der 1858, als die Glocke in der Gießerei von Whitechapel gegossen wurde, ein bekannter Boxer war. Andere Bücher führen den Namen Big Ben auf Sir Benjamin Hall zurück, den damaligen Beauftragten für öffentliche Bauten. Die Wahrheit ist aber unwichtig. Worauf es ankommt, ist, dass Big Ben, also die Uhr, sich allerdings hoch über dem Parlament und der Themse befindet.«

»Dann soll er Moriarty heute – am Boxing Day – um ein Uhr unter dem Big Ben treffen«, sagte ich. Endlich wurde es mir klar.

Aber Charles Dodgson war sich nicht so sicher. »Die Uhr des verrückten Hutmachers, also die, die er in der Tasche trug, gab den Tag an, aber nicht die Uhrzeit.«

Sherlock Holmes lächelte. »Ich beuge mich Ihrer überlegenen Kenntnisse über *Alice im Wunderland*.«

»Aber was bedeutet das für uns?«, fragte ich und schenkte mir noch eine Tasse Frühstückstee ein. »Die Zahl eins in der Nachricht muss sich eher auf eine Uhrzeit denn auf ein Datum beziehen. Sicher sollen Sie ja nicht bis Neujahr mit der Zahlung der Bestechungssumme warten, und die erste Zeile spricht von Benjamin Caunts Tag. Es muss der zweite Weihnachtstag sein!«

»Einverstanden«, sagte Holmes. »Ich schlage vor, wir drei fahren zum Big Ben und sehen, was uns dort um ein Uhr erwartet.«

Das Wetter war angenehm; sogar ein paar Sonnenstrahlen drangen durch die vertrauten winterlichen Wolken. Das Wenige an Schnee, das letzte Woche gefallen war, war lange geschmolzen, und die Temperatur bewegte sich einige Grad über dem Gefrierpunkt. Wir nahmen eine Droschke zur Westminster Abbey, wo unser Ziel auf der anderen Straßenseite lag, und mischten uns unter die Weihnachtsspaziergänger, die das schöne Wetter genossen.

»Kein Anzeichen dafür, dass dort jemand wartet«, bemerkte ich, als wir auf die Westminster Bridge zugingen.

Holmes musterte die Passanten mit Adleraugen. »Es ist erst fünf vor, Watson. Aber ich schlage vor, Mr Dodgson, dass Sie ein Stück vorgehen. Wenn niemand Sie aufhält, bevor Sie die Brücke erreichen, bleiben Sie einen Moment stehen und kommen hierher zurück.«

»Haben Sie eine Beschreibung von Moriarty?«, fragte ich, während Dodgson vorging wie ihm geheißen.

»Er wird nicht selbst kommen, sondern einen seiner Handlanger schicken. Umso gefährlicher.«

»Wonach sollen wir Ausschau halten?«

Er schien an das Gedicht zu denken. »Nach einer alten Dame, Watson.«

Aber es war keine alte Dame allein unterwegs; niemand, der innehielt, als warte er auf jemanden oder versuche, sich Charles Dodgson zu nähern. Dieser hatte die Brücke erreicht und trat auf dem Gehsteig den Rückweg an, wobei er um einen kleinen Jungen herumging, der mit Kreide ein grobes Bild auf den Gehweg zeichnete.

Holmes' Neugier war geweckt. Als der Junge fertig gezeichnet hatte und davonrannte, blieb er stehen, um das Bild zu betrachten. »Was sagt Ihnen das, Watson?«

Ich sah nichts als einen kunstlos gezeichneten Kreis, an dessen innerem Rand ähnlich wie bei einer Uhr Zahlen von eins bis einunddreißig standen. Ein Pfeil schien auf die Zahl sechsundzwanzig zu zeigen, das heutige Datum.

»Gewiss nichts weiter als eine Kinderzeichnung«, meinte ich.

Dodgson hatte sich wieder zu uns gesellt, und als er die Kreidezeichnung erblickte, fuhr er verblüfft zusammen. »Das ist die Uhr des verrückten Hutmachers, die Daten statt der Uhrzeit anzeigt. Wer hat das gezeichnet?«

»Ein Junge«, sagte Holmes. »Zweifellos von Moriarty bezahlt und auf dessen Anweisung. Er wird inzwischen mehrere Straßen weit weg sein.«

»Aber was bedeutet das?«, fragte Dodgson.

»*›Um eins soll'n Sie kommen/auf der Hutmacher-Uhr‹*«, zitierte Holmes aus dem Gedächtnis. »Die Uhr zeigt nicht die Zeit, sondern nur das Datum. Daher ist der Ausdruck ›auf der Hutmacher-Uhr‹ wörtlich zu nehmen. Sie müssen sich auf die Kreidezeichnung der Uhr stellen.«

Dodgson gehorchte und zog die verblüfften Blicke von Passanten auf sich. »Und jetzt?«

Ich war derjenige, dem ein Kistchen auffiel, das ungefähr die Größe meiner Arzttasche aufwies und hübsch verpackt an der östlichen Mauer des Big Ben stand. »Was ist denn das?«, fragte ich und bückte mich, um es aufzuheben. »Vielleicht sind ja Ihre Bilder darin.«

»Watson!«

Holmes hatte den Schrei ausgestoßen, während ich das Kistchen auszuwickeln begann. Blitzschnell war er an meiner Seite und riss es mir, gerade, als ich es öffnen wollte, aus der Hand. »Was haben Sie, Holmes?«

»Ein Uhr!«, brüllte er, während die große Glocke über unseren Köpfen die Stunde schlug. Er rannte mehrere Schritte und schleuderte das Kistchen dann mit aller Kraft auf den Fluss hinaus. Sein Arm war stark, aber sein Wurfgeschoss hatte das Wasser noch lange nicht erreicht, als das Kistchen mit einem grellen Lichtblitz und einem Knall wie von einem Kanonenschuss explodierte.

In der Nähe der Westminster Bridge hatte die Explosion zwei Spaziergänger leicht verletzt, und wir waren alle aufgewühlt. Innerhalb von Minuten war die Polizei überall, und irgendwie war ich nicht einmal erstaunt, als fünfzehn Minuten später unser alter Freund Inspector Lestrade von Scotland Yard vor Ort eintraf.

»Ah, Mr Holmes, es hieß, Sie seien in diese Angelegenheit verwickelt. Ich hatte mir ruhige Feiertage erhofft.«

»Das Geschenkkistchen enthielt eine Höllenmaschine«, erklärte ihm Holmes, der seine Fassung zurückgewonnen hatte. »Bevor ich es weggeworfen habe, habe ich einen Blick auf eine Uhr und ein paar Stangen Dynamit erhascht. Sie war so eingestellt, dass sie um ein Uhr hochgehen würde, genau die Zeit, zu der Mr Dodgson hier zum Big Ben gelockt wurde.«

Schmal und frettchengleich wie immer trat Lestrade vor, um mir ein Staubkorn vom Mantel zu schnippen. »Und, Dr. Watson, ich hoffe, Sie sind dabei nicht verletzt worden.«

»Mir geht es gut«, gab ich schroff zurück. »Mr Dodgson hier war das Ziel des Angriffs, zumindest vermuten wir das.«

Um uns herum hatte sich eine Menschentraube gebildet, und Lestrade hatte es offensichtlich eilig, uns von hier zu entfernen. »Kommen Sie, kommen Sie, hier steht eine Polizeikutsche. Vertagen wir uns in mein Büro am Scotland Yard, um der Sache auf den Grund zu gehen.«

Ich machte mir Sorgen um Charles Dodgson, der sich seit der Explosion in einem Schockzustand zu befinden schien. »Warum will er mich umbringen?«, fragte er immer wieder. »Ich war doch bereit, ihm seine hundert Pfund zu zahlen.«

»Professor Moriarty hat größere Beute im Visier als hundert Pfund«, versicherte ihm Holmes.

»Aber was?«

Die Polizeikutsche setzte sich in Bewegung, und Lestrade schrie dem Kutscher Anweisungen zu. Holmes sah hinaus zu der großen Zahl Bobbys und von Pferden gezogenen Polizeifahrzeugen, die die Explosion auf den Plan gerufen hatte. »Für einen Feiertag haben Sie eine Menge Männer hier draußen.«

»Das ist der Big Ben, Mr Holmes – eine von Londons geheiligten Institutionen! Wir nehmen das nicht auf die leichte Schulter. Dahinter könnte eine revolutionäre Gruppe stecken.«

»Das bezweifle ich«, antwortete Holmes lächelnd.

Er sagte nichts weiter, bis wir das schäbige Polizeigebäude am Scotland Yard erreicht hatten. »Unser neues Gebäude wird bald fertig sein«, teilte Lestrade uns ein wenig entschuldigend mit. »Kommen wir nun zur Sache.«

Charles Dodgson erzählte seine Geschichte ein wenig stockend. Er erklärte, wie er am Weihnachtstag zu Holmes gekommen war, nachdem er an der Paddington Station angegriffen worden war. Die Episoden mit den jungen Mädchen versuchte er diskret zu behandeln, aber Lestrade bohrte nach, bis er sich ein vollständiges Bild machen konnte. »Sie werden erpresst!«, fuhr er hoch. »Sie hätten sofort Anzeige bei der Polizei in Oxford erstatten sollen.«

»Leichter gesagt als getan«, gab der Weißhaarige zurück. »Hundert Pfund sind kein schlechter Preis dafür, meinen Ruf und meine Ehre zu retten.«

An dieser Stelle schaltete sich Sherlock Holmes ein. »Ihnen ist doch wohl klar, Lestrade, dass die Verschwörung gegen Mr Dodgson nur eine Ablenkung ist, eine falsche Fährte. Und wenn das ein Ablenkungsmanöver ist, warum kann eine Bombe am Big Ben nicht auch eins sein?«

»Was meinen Sie?«

»Wir müssen uns noch einmal mit Moriartys kryptischer Botschaft befassen. Alles ist aufgeklärt, bis auf die letzten beiden Zeilen: *›Hab's der Alten weggenommen, /unter die Erde und nicht mehr geseh'n.‹«*

»Ein Nonsens-Reim«, beharrte Dodgson. »Nichts weiter.«

»Aber Ihre eigenen Nonsens-Reime haben für gewöhnlich eine Bedeutung«, betonte Holmes. »Ich gestehe, dass ich Ihr Werk nur wenig kenne, aber ich weiß sehr gut über die kriminelle Szene in London Bescheid. Ich frage

Sie, Lestrade, auf welche alte Frau sich der Vers beziehen könnte.«

»Ich habe keine Ahnung, Holmes.«

»Eine alte Frau zu bestehlen, wäre ähnlich wie die Erpressung eines pensionierten Professors aus Oxford. Außer, es ist eine besondere alte Dame.«

Lestrade wich das Blut aus dem Gesicht. »Sie meinen doch wohl nicht ...« – seine Stimme sank zu einem Flüstern herab » ... Queen Victoria!«

»Nein, nein, ich meine den bizarren Ausdruck des Dramatikers Sheridan; *die alte Dame von der Threadneedle Street.*«

Lestrade und ich sprachen die Worte gleichzeitig aus. »Die Bank von England!«

»Genau«, sagte Holmes. »Die Bombe am Big Ben hat praktisch alle heute im Dienst befindlichen Polizeikräfte dorthin gezogen. Das Bankenviertel, das am Feiertag ohnehin geschlossen ist, ist so gut wie ungeschützt. Ich würde vermuten, dass in diesem Moment Moriartys Männer die Bank von England ausrauben und durch ihren Tunnel *unter der Erde* flüchten.«

»Mein Gott!«, rief Dodgson aus. »Ist so etwas möglich?«

»Nicht nur möglich, sondern bei Professor Moriarty wahrscheinlich. Lestrade, wenn Sie mir eine Karte des Gebiets in einem großen Maßstab bringen, dann zeige ich Ihnen, wo genau Sie diesen Tunnel finden.«

»Wenn Sie das können«, sagte Dodgson, »dann sind Sie wahrhaftig ein Zauberer.«

»Wohl kaum«, meinte Holmes lächelnd. »Wenn man unter einer Straße einen Tunnel zwischen Gebäuden gräbt, dann wählt man ganz natürlich den kürzesten Weg.«

Weniger als eine Stunde später sahen Holmes, Dodgson und ich aus sicherer Entfernung zu, wie Lestrades Männer die tunnelgrabenden Bankräuber, die keinen Widerstand leisteten, festnahmen. Moriarty war leider nicht unter ihnen.

»Eines Tages, Watson«, erklärte Holmes zuversichtlich. »Eines Tages werden wir einander gegenüberstehen. Jedenfalls, Mr Dodgson, glaube ich, dass Ihre Probleme sich erledigt haben. Diese ganze Erpressung war fingiert, und nachdem Sie jetzt bei den Behörden reinen Tisch gemacht haben, kann niemand mehr einen Vorteil daraus ziehen, Sie zu erpressen.«

»Ich kann Ihnen nicht genug danken, Sir«, sagte der weißhaarige Autor. »Was bin ich Ihnen für Ihre Dienste schuldig?«

»Betrachten Sie es als Weihnachtsgeschenk«, erklärte Holmes und wedelte mit der Hand. »Und jetzt haben Sie, wenn ich mich nicht irre, gerade noch genug Zeit, den nächsten Zug zurück nach Oxford zu erwischen. Wir bringen Sie noch zur Paddington Station, um Ihnen eine ereignislose Heimreise zu wünschen.«

Laurie R. King

Marys Weihnachten

Vor den tragischen Ereignissen, die ihre Familie im Herbst 1914 ereilten (Die Gehilfin des Bienenzüchters, Locked Rooms [keine deutsche Übersetzung; Anm. d. Übers.]) *schien Mary Russell eine glückliche Kindheit verlebt zu haben. Sie war zudem alles andere als konventionell, wie es bei einem christlichen Vater aus Amerika und einer jüdisch-englischen Mutter, die zwei erschreckend intelligente Kinder auf zwei Kontinenten großzogen, durchaus zu erwarten war. Zu diesen wunderlichen Eigenarten gehört auch ein Geschenk, das Mary als junges Mädchen bekommt – und bis ins Erwachsenenalter behält – und welches, ähnlich wie Holmes' Deerstalker-Mütze, einmal zu ihrem Markenzeichen werden sollte: das Wurfmesser, das sie in ihrem Stiefel trägt.*

*

Jedes kleine Mädchen sollte einen Onkel Jake haben.

Das schwarze Schaf, der Halunke unserer Familie, dessen Missetaten meine ganze Kindheit über immer dazu dienten, mich vor den schlimmen und doch so aufregenden Folgen schlechten Betragens zu warnen. Als Onkel Jake sich im Alter von vier Jahren bei einer Zugreise davonschlich, wurde er von Apachen entführt. Als Onkel Jake als Halbwüchsiger von daheim weglief und zum Zirkus ging, wurde er fast von einem Löwen aufgefressen.

Als Onkel Jake zu seinem vierzehnten Geburtstag einen Band mit Sherlock-Holmes-Geschichten bekam und anfing, in ganz Boston vermeintlichen Verbrechern nachzustellen, richtete einer davon seine Pistole auf den Jungen, der ihm auf den Fersen war.

Und das Erstaunlichste an allem war, dass sich all diese belehrenden Erzählungen als wahr herausstellten.

*

»Russell, das kann ich kaum glauben.«

Ich blinzelte, wandte meinen Blick vom Feuer ab und hin zu dem Mann, der mir tief zusammengesackt im Korbsessel am Kamin gegenübersaß. »Lassen Sie Ihre Augenbraue wieder sinken, Holmes. All diese Geschichten waren wirklich wahr. Nun, zumindest war an allen etwas Wahres dran.«

»Wieso habe ich dann vorher nie etwas von diesem legendären Onkel gehört?«

»Und wie viele Jahre kannten Sie Watson schon, bevor Sie ihm erzählten, dass Sie einen Bruder haben?«

»Das ist nicht im Geringsten das Gleiche.«

»Nein, natürlich nicht. Vielleicht wollte ich ja nur sichergehen, dass Sie nicht entsetzt Reißaus nehmen, und warteten, um mich zu ehelichen und eine ehrbare Frau aus mir zu machen.«

Daraufhin schnellte auch seine andere Braue in die Höhe, entweder bei der Vorstellung, dass Sherlock Holmes entsetzt Reißaus nahm, oder dem Gedanken, dass ich einmal ehrbar werden könnte. Ich gab nach.

»Jake ist schon lange fort. Und ich denke … nun, ich hänge nicht gern Dingen nach, die mich an meine Eltern erinnern.«

Er wandte sich wieder der Pfeife zu, die er gestopft hatte, bevor meine Gedanken beim wohligen Knistern des abendlichen Feuers abgeschweift waren.

»Wenngleich ich zugeben muss«, fuhr ich fort, »dass Sie zu einem gewissen Maß recht haben könnten: Ich kann nur schwerlich wissen, ob all die Geschichten, die man sich über Jake erzählte, gänzlich wahr waren. Doch konnte ich manche tatsächlich überprüfen, und ich kannte den Mann gut. Es gibt wenig, das mich bei ihm überraschen würde.«

Holmes warf sein verglühtes Streichholz in die oft geleimte Römerschüssel, die der Alte Will im Garten ausgebuddelt hatte. »Er ist gestorben?«

»Ich glaube schon.« Seine ausgestreckte Hand erstarrte, die rechte Augenbraue zuckte erneut nach oben. »Jake hat mich geliebt. Allein der Tod hätte ihn davon abhalten können, mich zu besuchen.«

»Ach, wirklich? Ich könnte mir eine ganze Reihe von …«

»Ja, ich weiß. Und es stimmt, eine Gefängnisstrafe ist beileibe nicht unmöglich. Vielleicht sollte ich Ihnen einfach von ihm erzählen.«

Der Korbsessel gab eine wahre Symphonie aus Knirschlauten von sich, als er seine langen Beine hin zum Feuer streckte. Er verschränkte die Finger über seinem einstmals weißen Morgenmantel und machte sich darauf gefasst, zu lauschen.

Doch, einmal unterbrochen, verweigerte meine Zunge ihren Dienst. Was hätte ich über den Bruder meines Vaters denn schon sagen können, das am Ende nicht auf den Satz hinauslief: »Auch *er* hat mich verlassen«? Onkel Jake hatte sich alle Mühe gegeben, mir Leid zu ersparen, am Ende jedoch …

»Nun«, ermutigte mich Holmes, »haben diese Geschichten über die Verfehlungen des Burschen denn dabei geholfen, Sie im Zaum zu halten?«

Der Gedanke bracht mich zum Grinsen.

*

Die abschreckenden Geschichten über Jakes Beinahe-Katastrophen hatten genau den gegenteiligen Effekt auf meinen jungen und beeinflussbaren Geist, sprich, die Verlockung, in seine Fußstapfen zu treten, wurde schier unwiderstehlich. Insbesondere nachdem im Jahr 1908 – infolge eines derart schockierenden Vorfalls, dass nie davon gesprochen wurde – verboten worden war, ihn im Familienkreis auch nur zu erwähnen. Wobei mit »Familienkreis« die Hörweite meiner Großeltern gemeint war.

Aus irgendeinem Grund hatte meine Mutter eine Schwäche für ihren Schwager. Seine wenigen leibhaftigen Auftritte waren unvergesslich – was zweifellos erklärte, wieso sie so derart selten waren. Ich kann nicht älter als sieben oder acht gewesen sein, als eine Sommerbrise ihn in einem Heißluftballon über den Ärmelkanal zu uns nach Sussex trug. Sogar die Landung glückte ihm, und das zur allgemeinen Überraschung a) auf festem Boden und b) keine Meile von unserem Haus entfernt.

Denn Onkel Jake hatte noch etwas Besonderes an sich: Selbst meine Mutter, die theologische Einwände gegen das Konzept hegte, musste zugeben, dass Onkel Jake einen Schutzengel besaß. Die Apachen brachten ihn zurück, dem Löwen schmeckten seine Schuhe nicht, die Hand des Verbrechers verzagte beim Unschuldsblick des kleinen, blonden, blauäugigen Jake – und auch Jahre später blieb der sonst so wechselhafte Wind über dem Kanal in den Stunden seines Überflugs wundersam konstant. Als der

Punkt am Horizont gewachsen war, sich genähert hatte und erkennbar geworden war und schließlich angefangen hatte, abzusinken, wuselte und stolperte bereits die halbe Einwohnerschaft East Deans darunter umher, die Augen unverwandt emporgerichtet.

Hätten wir das Jahr 1914 geschrieben, er wäre abgeschossen worden. Doch der Krieg lag noch ein halbes Dutzend Jahre entfernt, so weit wie jede beliebige Tragödie, und so glitt der Amateurluftschiffer langsam Richtung Erde, schrammte über Dächer und entging nur haarscharf einem Zusammenstoß mit unserem Kirchturm. Der Korb verfing sich in den Baumwipfeln an der Straße Richtung Eastbourne, riss sich dann, ohne viel Schaden zu nehmen, wieder los und überwand mit Glück noch eine sehr robuste Mauer, bevor der große Bausch in sich zusammenfiel und der Korb mit einem dumpfen Schlag im Vorgarten der Padgets niederging. Es war schwer zu sagen, wer das breitere Grinsen auf dem Gesicht trug: der kleine Mann, der aus der Weidengondel kletterte, oder die Kinderschar, die um ihn herumsprang wie ein umgekippter Eimer Gummibälle. Selbst meinem Vater, um einen Ausdruck erwachsener Missbilligung bemüht, fiel es schwer, seine Mundwinkel zu kontrollieren. Onkel Jake drängte sich durch die erste Reihe der Schaulustigen, beständig aufgeregte Häupter tätschelnd, bis er vor den Füßen des Größeren und Älteren zum Stehen kam. Mein Vater blieb standhaft, blickte ihn beharrlich mit strenger, missmutiger Miene an. Onkel Jake legte den Kopf schief, das schalkhafte Grinsen nun noch breiter, bis Vater schließlich aufgab, auf den Bruder zuging und ihn fest in seine Arme schloss.

Damals blieb Jake eine Woche bei uns, brachte uns bei, wie man jene Mini-Heißluftballons bastelt, die auch Himmelslaternen genannt werden, etwa dreißig Zentimeter breite Lampions, die durch die Hitze einer kleinen Flamme in die Höhe steigen: Es war reine Magie, mit anzusehen, wie diese leuchtenden Kugeln sich in den Nachthimmel erhoben und davonschwebten. Für den Rest des Sommers (in dem es, zum Glück für Felder und Reetdächer, regelmäßig regnete) hatte man Schwierigkeiten, in irgendeinem Laden in den South Downs auch nur eine Kerze zu bekommen.

Dann am achten Tag – wieder typisch Jake – war er verschwunden, und alles, was von ihm zurückblieb, waren ein gefalteter Ballon, eine Gemeinde leidenschaftlicher Lampionbastler und das wehmütige Gefühl, von ihm mit einem Besuch beehrt worden zu sein.

Und dennoch konnten mein Bruder und ich die Enttäuschung besser als andere verkraften, da schon der September vor der Tür stand, was bedeutete, dass Weihnachten nur noch wenige Kalenderblätter entfernt war.

An dieser Stelle ist wohl eine Erklärung angebracht. Levi und ich waren jüdisch, weil Mama jüdisch war. Unser Vater hatte sich nie viel aus seinem amerikanischen Christsein gemacht, weshalb er bei der Heirat – oder schon lange zuvor, wie ich unsere Mutter kenne – bereitwillig zustimmte, dass alle Kinder aus der Ehe gemäß ihrer, und nicht seiner, religiösen Traditionen erzogen würden.

Außer, wenn es Weihnachten betraf. Ihm war völlig gleich, wie man das Fest nannte – im Familienkreis sprach Mama für gewöhnlich von der »Wintersonnenwende«, in Gesellschaft hingegen von »den Feiertagen«, obwohl sie sich gelegentlich verhaspelte und dem 25. Dezember seinen angestammten Namen gab –, doch bestand er auf den Großteil des Brimboriums: Gänsebraten, Plätzchen, Mistelzweige und morgendliche Geschenke – alles außer den Gottesdiensten und den allzu frommen Weihnachtsliedern.

Für Kinder war es das Beste beider Welten. Und was noch besser war: Um abseits des strengen Blicks unseres Großvaters in Ruhe feiern zu können – Mamas Vater war Rabbiner –, verließen wir still und heimlich London und zogen einen ganzen Monat lang in unser Ferienhaus in den South Downs, um dort einen Baum zu schmücken, das Haus mit köstlichen Gerüchen zu erfüllen und Vaters Ankunft zu erwarten.

In unserer Kindheit verbrachten wir nämlich viel Zeit ohne unseren Vater. Meine Mutter, mein Bruder und ich hatten unser Zuhause in San Francisco wenige Monate nach dem Erdbeben von 1906 und dem anschließenden Großbrand verlassen (den eigentlichen Grund dafür würde ich erst viel später erfahren). Bis 1912, als wir an die Pazifikküste zurückkehrten, lebten wir drei in England, derweil mein Vater, der die geschäftlichen Interessen der Familie in Kalifornien und Boston wahrzunehmen hatte, zweimal im Jahr die lange Reise durch einen Kontinent und über einen Ozean unternahm: in den langen Sommerferien und für einen zu kurzen Besuch im Winter.

Auch ohne Onkel Jakes Zutun war der Dezember also eine bedeutungsvolle Zeit. Wenn sich das Jahr dem Ende zuneigte, wuchs unsere Vorfreude. Anfang Dezember wurden unsere Hauslehrer entlassen, unsere Koffer vorausgeschickt, und wir nahmen einen Zug südwärts nach Eastbourne.

Manchmal warteten dort auf uns auch schon Pakete, die die Frau aus dem Dorf, die – ob wir da waren oder nicht – für uns den Haushalt führte, angenommen hatte: große und kleine Päckchen, voller Briefmarken oder ganz ohne, mit Absendern aus London, Amerika oder noch weiter entfernt. Die ordentlichsten – stets vollkommen quadratisch – stammten immer von unserer Großmutter aus Boston und waren erwartungsgemäß völlig unpassend, entweder bezüglich unseres Alters (das Spielzeug), unserer Körper (die Kleidung) oder unserer Interessen (die Bücher). Kaum weniger langweilig waren die Geschenke aus den Londoner Geschäften, die von unserer Mutter stammten, die nie recht verstanden hatte, dass es bei Weihnachten um Überraschung ging, und deshalb zuverlässig das nächste Buch einer Reihe, eine Schachtel unserer jeweiligen Lieblingssüßigkeiten und ein Kleidungsstück oder Gerät schenkte, das wir ihr gegenüber im November wohlweislich erwähnt hatten. Die Präsente unseres Vaters waren erheblich besser, obgleich sie ebenso rätselhaft wie aufregend sein konnten (wie in jenem Jahr, als er glaubte, ich könnte mich fürs Fliegenfischen begeistern) und uns oftmals erst erreichten, wenn wir im neuen Jahr längst wieder in London waren.

Doch der Inbegriff der Weihnachtsfeste meiner Kindheit waren die weit gereisten Päckchen mit Jakes schwungvoller Handschrift darauf. Nie ordentlich verpackt, selten quadratisch, fast immer aus irgendeinem entlegenen Winkel dieser Welt, waren Jakes Geschenke anscheinend eigens zu dem Zweck erschaffen worden, Eltern in den Wahnsinn zu treiben. Welcher Erwachsene würde einem Fünfjährigen schon eine Auswahl explosiver, ätzender und giftiger Chemikalien schicken – selbst wenn dieser Fünfjährige Levi Russell hieß? Oder einen Schrumpfkopf mit einem Poststempel aus Ecuador? Oder jene längliche Kiste, übersät mit mysteriösen Tuschezeichen und meinem Namen darauf, die einmal spät an Heiligabend eintraf und mir die ganze lange Nacht den Schlaf raubte. Und die, wie sich herausstellte, nachdem ich mich am nächsten Morgen durch Unmengen von Holzwolle gewühlt hatte, ein antikes japanisches Luftgewehr enthielt, mit prachtvoller Gravur, höllisch zielgenau.

Onkel Jakes Geschenke neigten dazu, kurz nach unserer Rückkehr nach London auf geheimnisvolle Weise zu verschwinden. Einige davon tauchten Jahre später in einem Lagerschuppen in Eastbourne wieder auf, von dem ich gar nicht wusste, dass die Familie ihn besaß. Andere waren, so vermute ich, anonym dem ein oder anderen Museum gespendet worden: Ein Speer aus Neuguinea im Pitt Rivers kam mir erstaunlich bekannt vor. Wieder andere waren weniger materiell und blieben der Familie für immer im Gedächtnis.

Zum Beispiel: Eines verschneiten Weihnachtsmorgens, wahrscheinlich 1909, verhieß ein Klopfen an der Tür weder die Ankunft eines Nachbarn noch von Sternsingern, sondern die eines dick eingepackten Mannes (in Wollsachen, wohlgemerkt, nicht in Geschenkpapier) mit schneebedeckten Stiefeln und einem Bündel Zettel in den eisigen Fingern. Mutter zog ihn rasch ins Haus, ließ ihn auftauen, gab ihm etwas zu essen und ein paar hochprozentige Getränke und nahm entgeistert wieder Platz, als der stark behaarte junge Bursche aufstand, sich kurz räusperte und eine Reihe von Gedichten vortrug, die auf den Blättern standen. Dann legte er die Zettel weg, schnappte seine Sachen, tippte sich respektvoll an den Hut und sagte: »Mir wurde aufgetragen, Ihnen mitzuteilen, dass Ihr Schwager Ihnen ein frohes Fest wünscht und im nächsten Jahr viel Poesie.« Dann stapfte er durch den Schnee wieder davon in Richtung Eastbourne.

Ein andermal geriet eine für den Londoner Zoo bestimmte Ladung Pinguine unerklärlicherweise auf Abwege und landete vor unserer Haustür. Da es der erste Weihnachtstag war und kaum Züge nach London fuhren und weil die armen Tiere sichtlich Bewegung sowie etwas zu fressen brauchten, durfte das gesamte Dorf bald staunend zusehen, wie siebzehn Antarktisbewohner englischen Hering verschlangen und in ihrer gefiederten Abendgarderobe die schneebedeckten Downs hinabschlitterten.

*

»Ihr Onkel durfte im Familienkreis nicht mehr erwähnt werden, und doch haben Ihre Großeltern ihn weiterhin finanziell unterstützt? Antike Luftgewehre und das Umleiten einer Schar von Pinguinen weist ja auf beträchtliche Mittel hin«, merkte Holmes an.

»Oh nein. Jake war ebenso vom Vermögen der Familie ausgeschlossen worden wie aus deren Unterhaltungen. Ich vermute, dass andere mit jener Eskapade, mit der er 1908 ungestraft davonkam, für den Rest des Lebens ausgesorgt hätten, nicht aber jemand wie er, der einmal benutzte Heißluftballons einfach zurücklässt oder einem Vagabundenkönig einen Rolls-Royce schenkt. Nein, Jake schlug sich irgendwie mit List und Tücke durch – und wenn seine Begabungen auch beträchtlich waren, so neigten sie doch zum Diebischen. Bei dem Vorfall, der das Fass schließlich zum Überlaufen und meine Mutter widerstrebend dazu brachte, die Meinung ihrer Schwiegereltern anzunehmen, kamen mein Bruder und ich ins Spiel. Eine Einführung ins Verbrecherleben, in so jungen Jahren.«

»Daher Ihre einstmalige Bemerkung, dass, so Sie mir nicht begegnet wären, aus Ihnen auch eine hervorragende Fälscherin oder Fassadendiebin geworden wäre.«

»Genau.«

*

Alles begann im Sommer 1911. Damals wies noch nichts darauf hin, dass dies das letzte Jahr unserer familiären Trennung sein sollte. Es war ein Juli wie jeder andere, den wir zuvor unter der Sonne von Sussex verbracht hatten, endlose Wochen, in denen wir auf eigene Faust durch die Gassen und Dörfer des südenglischen Hügellandes tollten. Ich war elf, Levi sechs, und mittlerweile kannte uns jeder Bauer und jede Hausfrau im Dreieck zwischen der Straße Richtung Lewes im Norden und dem Cuckmere River im Westen, wobei die Landstraße von Eastbourne nach Newhaven unsere Südgrenze markierte. (Und somit etwas außerhalb des Gebiets lag, in dem unser berühmter Nachbar Sherlock Holmes für gewöhnlich sein Unwesen trieb.)

Für die meisten diese Leute waren wir nur zwei Kinder in einer Bande freilaufender Gören – mit besseren Schuhen und Manieren als andere vielleicht, aber ebenso wahrscheinlich Quell irgendeines ausgebufften Schabernacks wie jede andere. Manche verjagten uns mit gellendem Gebrüll, einige gingen gar so weit, unseren Eltern von der ein oder anderen Untat zu berichten, die meisten aber schüttelten über unsere Streiche nur den Kopf und scheuchten uns davon.

Aber nicht alle. Unter unseren Nachbarn gab es zwei oder drei, um die wir einen großen Bogen machten, wiewohl wir sie nur allzu gerne malträtiert hätten, wären wir nur sicher gewesen, dabei unerkannt zu bleiben. Doch nach einem Gespräch mit unseren Eltern pflichteten Levi und ich ihnen bei, dass die Bestrafung dieser Schurken nicht einer Handvoll Minderjähriger oblag.

Einer davon war eine alte Frau in East Dean mit einer spitzen Zunge und einem bösartigen Hund. Der andere war der Besitzer eines heruntergekommenen Wirtshauses mit Pension an der Straße nach Lewes, dessen Drohung, Übeltätern mit der Schrotflinte auf den Leib zu rücken, man nur allzu gerne Glauben schenkte.

Letzterer war eine Person mit einer freudig ausgelebten Intoleranz gegenüber Fremden jedweder Couleur und Zugereisten sowie einer unverhohlenen Abneigung gegen alle Anhänger des jüdischen Glaubens. Ich war noch nie in seinem Wirtshaus gewesen, doch Onkel Jake war Stammgast, wann immer er in Sussex weilte – weniger wegen der guten Gesellschaft als aufgrund der Kartenspiele, die den Wirt finanziell über Wasser hielten. Aus einem Gespräch im Dorfladen, das ich zufällig belauscht hatte, erfuhr ich, dass Poker, im ländlichen England damals noch exotisch, der Grund für die vielen glänzenden Autos mit den Londoner Kennzeichen war, die an so manchem Freitagabend vor dem Gasthaus standen: Zimmer zu vermieten machte es einfacher, die Sperrstunde zu umgehen.

Meine Eltern hatten uns längst verboten, die Straße nach Lewes in der Nähe seines Etablissements zu betreten, wenn wir alleine waren – eine Meile in beide Richtungen. Das fiel uns nicht sonderlich schwer, spielte sich unser gesellschaftliches Leben doch meist südlich und westlich unseres Hauses ab. Doch damals, im Sommer 1911, erwarb die fragliche Person ein Automobil, ein schnittiges und funkelndes Gefährt, dem er all die Fürsorge und Pflege angedeihen ließ, die er seinem gastronomischen Betrieb verwehrte. Er fuhr zu schnell, und nachdem das Gerücht umging, er habe einen absichtlichen Schlenker über den gutmütigen und lahmen Hund eines Nachbarn gemacht, riet Mutter uns, auf den besser instandgehaltenen Straßen besonders vorsichtig zu sein, da wir, zwei jüdische Kinder obendrein, ihn womöglich erst zu spät heranbrausen hören würden.

Zum Glück verging der Sommer ohne auch nur eine nähere Begegnung, was sonst wohl ein unangenehmes Gespräch mit meinem Vater über einen Steinwurf durch die Windschutzscheibe des Wirts nach sich gezogen hätte. Wir kehrten zurück nach London, um dort den Herbst zu verbringen, mein Vater fuhr mit dem Schiff wieder nach Amerika, und Mutter, Levi und ich wappneten uns für die zwölf langen Wochen, die zwischen uns und unserer nächsten großen Freiheit lagen.

Endlich kam der Dezember und mit ihm ein Gefühl, das ich in der frischen Luft von Sussex bislang noch nie empfunden hatte: ein Hauch des Bittersüßen. Im nächsten Sommer würden wir *nicht* den Zug nach Sussex nehmen. Wir würden keine drei herrlichen Monate unbehelligt durch die Gegend streifen, mit Vater am Beachy Head schwimmen gehen, wilde Beeren pflücken und uns in braun gebrannte, strubbelhaarige Straßengören mit verschorften Knien verwandeln. Stattdessen hatte Mutter nach sechs langen Jahren eingewilligt, Vater nach San Francisco zu folgen und unsere Familie somit wieder zu vereinen.

Wir waren überglücklich – und doch …

Dieser Dezember könnte unser letzter Aufenthalt hier werden, auf Mutters geliebter Farm in Sussex.

Wir drei fuhren ein paar Tage früher als sonst südwärts, da meine Mutter aufgrund der erwartbar längeren Abwesenheit eine Menge mit dem Farmaufseher Patrick Mason würde planen müssen. Das sagte meine Mutter jedenfalls. Mir kam es allerdings so vor, als könnte Patrick den Hof auch ohne die Ratschläge der Eigentümer recht gut alleine führen, doch gegen ein paar zusätzliche Tage in Sussex hatte ich nichts einzuwenden.

Vielleicht ließ sich auch Mutter hier mehr von ihrem Gefühl als von praktischen Überlegungen leiten.

Weshalb auch immer, jedenfalls fuhren wir früh hin, was es zu einem jener Jahre machte, in dem Vater nicht von Anfang an dabei war. Und weil Vater nicht von Anfang an dabei war, übernahm stattdessen Mutter manche seiner angestammten Aufgaben.

Eine davon erforderte einen Besuch beim bösartigen Wirt, um bei ihm ein kleines Fass Bier zu bestellen, das man den Gästen des Hauses wie auch der Küche an den Feiertagen traditionell anbot. Man hätte meinen können, die Familie Russell würde Wirtschaftssanktionen gegen den Mann verhängen, doch aus welchem Grund auch immer waren sich meine Eltern einig, dass eine Strategie umgänglicher Freundlichkeit ihn womöglich eher umstimmen würde als offener Krieg. Ich für meinen Teil hätte ihm Rattengift in den Teekessel geschüttet, doch ich war noch nie eine Person, die leicht verzeiht.

Zwei Tage nach unserer Ankunft, unter dunklen schneeschwangeren Wolken, steuerte meine Mutter das Automobil behutsam über den Feldweg hinunter auf die Hauptstraße. Sie fuhr nur ungern, doch glaubte sie daran, man müsse sich seinen Ängsten stets direkt stellen, weshalb gar nicht infrage kam, auf Vater zu warten oder uns von Patrick fahren zu lassen. Levi und ich drängten uns unter schweren Reisedecken auf der Rückbank dicht zusammen, während sie nach vorn durch die beschlagene Windschutzscheibe spähte, im steten Glauben, dass jeden Augenblick ein Kind oder ein entlaufenes Pony vor ihr auf die Fahrbahn rennen würde.

Mutter fuhr stramme Schrittgeschwindigkeit.

Ihr Vorsatz, sich Ängsten stets unmittelbar zu stellen, beinhaltete zudem, unangenehme Dinge sofort zu erledigen. Unser erster Halt war somit das Haus des bösartigen Wirts – und da Mutter mitnichten glaubte, man müsse

Kinder schonen, wandte sie sich um, als wir zum Stehen kamen, und forderte uns auf, mit ihr zu kommen.

Ein Kind von Judith Russell zu sein war nicht immer leicht.

Levi und ich blieben ein ganzes Stück zurück, als Mutter durch den Schankraum bis zum Tresen stiefelte, wo der Wirt mit mürrischem Gesicht stand. Sie legte einen Zettel mit Vaters Namen auf die Theke und zählte ihm den Betrag für ein Fass Bier vor, während sie höflich auf den Schweigenden einplauderte. Als das Geld schließlich auf der Theke lag, steckte sie ihr Portemonnaie wieder weg, stemmte die Hände auf die Tischplatte und schaute ihn erwartungsvoll an. Levi und ich hielten den Atem an, doch da ihm nur die Wahl blieb, Mutters Bestellung anzunehmen oder unsere Familie als Kunden zu verlieren, griff er widerwillig nach dem Auftragsbuch und notierte sich die Angaben.

Mutter dankte ihm, setzte höflich noch hinzu, sein Winter Ale würde ihren Freunden stets ausgezeichnet schmecken, und wandte sich zum Gehen.

Man musste sie schon sehr gut kennen, um zu sehen, wie erleichtert sie war.

Sie war schon fast an der Tür angekommen, als der Mann ihr noch eine letzte Spitze mitgab, in einem so beiläufigen Ton, als würde er einen Scherz machen. »Weiß nicht, warum Leute wie ihr die Geburt des Heilands feiert, wo ihr ihn doch umgebracht habt!«

In den zwei Sekunden, bevor die Wut einsetzte, hätte selbst ein völlig Fremder den Schock in ihrer Miene sehen können. Sie blieb stehen. Ich rechnete damit, dass sie auf der Stelle kehrtmachen und mit all dem Spott und Scharfsinn, mit dem sie gewappnet war, auf den Mann losgehen würde – ja, ich wartete händereibend darauf –, stattdessen aber reckte sie lediglich das Kinn, nahm uns an der Hand und ging.

»Wieso hat er das gesagt?«, fragte ich sie.

»Ungebildete Menschen faseln eine Menge Unsinn, Mary.«

»Wenn er ungebildet ist, warum bist du dann nicht geblieben und hast mit ihm diskutiert?« Schließlich war das ihre Methode, wie sie mit der gelegentlichen Unwissenheit ihrer Kinder umging.

»Wenn bei einer Überzeugung Gefühle eine Rolle spielen, kann man mit Argumenten nur selten etwas ausrichten. Insbesondere, wenn es um einen Mann geht, der sich von den Worten einer Frau bedroht fühlt.«

»Aber denk doch mal dran, was er gesagt hat! Warum glaubt er, wir hätten Jesus umgebracht?«

Sie antwortete nicht, jedenfalls nicht an Ort und Stelle. Stattdessen stiegen wir wieder ins Auto und widmeten uns den restlichen Besorgungen des Tages – wenngleich sie uns im Teehaus von Alfriston tatsächlich eine unerwartet große Süßigkeit spendierte. Als wir wieder zu Hause waren, schickte sie mich jedoch ins Studierzimmer, um eine Ausgabe des Neuen Testaments zu holen, und wir fingen an, die entsprechenden Kapitel durchzuarbeiten. Die nächsten beiden Tage verbrachten wir mit der Beantwortung meiner Frage, wieso der Mann uns die Schuld an einem politischen Vorgang gab, der vor zweitausend Jahren stattgefunden hatte, bis der lange Tisch in der Bibliothek mit Büchern, Landkarten und Notizen in diversen Sprachen bedeckt war.

Nicht, dass die Frage geklärt worden wäre, nicht direkt jedenfalls, allerdings war ich fortan überzeugt, dass die Verfasser der Evangelien ihre Worte womöglich etwas sorgsamer gewählt hätten, hätten sie gewusst, dass die

Menschen ihre Schriften dereinst als das unsterbliche Wort Gottes lesen würden.

Am dritten Tag nahm das Leben wieder seinen normalen Lauf. Vaters Schiff sollte am nächsten Morgen einlaufen, und niemand wollte sein enttäuschtes Gesicht sehen, sollte es nicht genug Gebäck und Mistelzweige geben. Jeder Winkel unseres Hauses war erfüllt von köstlichem Backgeruch – Mutter hatte gerade Vaters Lieblings-Ingwerkuchen aus dem Ofen geholt, nur ein klein wenig verbrannt –, als es an der Küchentür klopfte. Ich öffnete, und vor mir stand ein furchtbar schmuddeliger Onkel Jake, mit reumütiger Miene, einem halbem Zentimeter Bartwuchs und einem edlen maßgeschneiderten Mantel, der unförmig und klamm wirkte, weil er offenbar tagelang darin geschlafen hatte.

Dazu ein blaues Auge, das sich an den Rändern bereits grün färbte.

Mutter schrie auf, griff nach ihm, um ihn ins Haus zu zerren, ließ seinen Arm dann aber wieder los, als er vor Schmerzen aufstöhnte. »Geprellte Schulter«, sagte er und stieg die kleine Stufe in die Küche so mühsam hinauf, als wäre sie meterhoch. Als er an mir vorüberging, zögerte ich zunächst, die Tür zu schließen: Die Küche duftete auf einmal nicht mehr ganz so lieblich.

Mutter setzte Wasser auf, schob ein Stück Kuchen auf einen Teller, und keine zwei Minuten später hatte er etwas im Magen und getrunken. Ihn die Treppe hoch ins Bad zu schaffen, dauerte allerdings ein wenig länger, doch sie stellte keine Fragen, klagte nicht, versorgte ihn lediglich mit frischer Kleidung, stellte ihm ein in eine Serviette eingewickeltes Sandwich und eine Flasche Bier auf den Tisch im Gästezimmer und wandte sich wieder ihrer Küchenarbeit zu.

»Was ist mit Onkel Jake passiert?«, wollte Levi wissen.

»Das werden wir bestimmt erfahren, wenn er sich ein wenig ausgeruht hat«, sagte Mutter und lenkte unsere Aufmerksamkeit wieder auf die meterlange bunte Girlande aus Papier, die wir gerade bastelten.

Doch wir hörten nichts vom schwarzen Schaf, das jetzt bei uns wohnte. Nicht am Nachmittag und nicht am Abend. Als ich am nächsten Morgen hinunter in die Küche kam, saß Mutter schon mit einer Tasse Tee am Tisch und las.

»Glaubst du, Onkel Jake ist gestorben?«, fragte ich sie.

»Ich habe ihn nachts herumlaufen hören«, antwortete sie zu meiner Erleichterung.

»Was ist mit ihm passiert?«

»Wenn er es uns sagen möchte, wird er es uns erzählen. Möchtest du mit Levi und mir mitkommen, um deinen Vater abzuholen, oder würdest du lieber hierbleiben?«

Das war eine schwierige Entscheidung, am Ende jedoch triumphierte meine Neugier in Bezug auf Jake (und meine Überzeugung, dass ich ihn dazu bringen könnte, es mir als Erste zu erzählen) über mein Verlangen, Vater zu rasch zu sehen.

Eine Stunde nachdem Mutter und Levi weggefahren waren und es im Haus noch immer totenstill war, bereute ich meine Entscheidung.

Eine weitere Stunde später rührte sich endlich etwas.

Es gelang mir, Kaffee aufzubrühen, bevor ich seine Schritte auf der Treppe hörte. Ich fegte gerade den letzten Rest vom Kaffeesatz zusammen, den ich verschüttet hatte, als er in der Tür erschien, jetzt frisch rasiert und mit einer wilden Mischung diverser Kleidungsstücke – einer alten Hose von einem seiner letzten Besuche, einem dicken Pullover mit hochgekrempelten Armen, der Vater gehörte, und einem Paar von Mutters zu großen Pantoffeln.

»Mary, Mary, meine Lieblingsnichte«, sagte er und trat zu mir, um mich zu umarmen. »Gütiger Himmel, Kind, du bist ja fast so groß wie ich! Wer hat dir erlaubt, eine so wunderhübsche junge Frau zu werden?«

Es stimmte, dass ich mich ein wenig bücken musste, um mich an seine Schulter anzuschmiegen, doch obwohl ich mich verändert hatte, hatte er es nicht: Sehnig wie immer, und noch immer wärmer als andere Menschen es zu sein schienen, verströmte er nun wieder seinen natürlichen Duft. Ich sog ihn ein, den Duft von Onkeln und exotischen Orten, und ich hätte ewig so dastehen können, wenn sein Bauch nicht plötzlich laut geknurrt hätte.

»Oh!«, sagte ich und wich zurück. »Du musst ja am Verhungern sein. Soll ich dir etwas zu essen machen?«

»Schauen wir mal nach, was die Speisekammer hergibt«, meinte er, und kurz darauf verrührte er prächtig gelaunt Eier und Kräuter zu einem perfekten Omelett, rieb genau die richtige Menge Käse darüber und pflückte den gebräunten Toast rechtzeitig vom Rost, bevor er allzu dunkel wurde. Er stellte mir eine Portion hin, lud sich selbst die gleiche Menge auf und setzte sich an den Küchentisch, wo er seinen Teller mit, wie es schien, nur einem raschen Schwung der Gabel leerte. Dann spülte er alles mit einem großen Schluck Kaffee herunter, ohne sich an den vielen Krümeln zu stören, die darauf herumtrieben.

Wir spülten und trockneten ab, wischten den Ofen und den Tisch, wobei wir uns die ganze Zeit unterhielten. Vielleicht war auch ich es nur, die ständig redete. Wie dem auch sei, jedenfalls antwortete er nicht auf meine kaum verhohlenen Nachfragen nach seinem Auge und seiner lädierten Schulter (wenn ich es mir recht überlege, habe ich tatsächlich nie erfahren, was ihm widerfahren ist), wiewohl er alles über Mutters Entscheidung erfuhr, zurück nach Kalifornien zu gehen. Als die Küche wiederhergestellt war, gingen wir ins Wohnzimmer, wo ich ganz behutsam Feuerholz nachlegte (mein Unvermögen in häuslichen Dingen bezog sich, damals wie heute, vor allem auf die Küche). Er ließ sich, ein Ächzen mühsam unterdrückend, auf dem Diwan nieder. Ich holte eine Wolldecke, damit er die Füße hochlegen konnte.

»Nun, Mary, was gibt es Neues in deinem Leben?«

Im Gegensatz zu anderen Erwachsenen schien sich Jake aufrichtig für das, was Kinder taten, zu interessieren. Er lauschte aufmerksam und mit gelegentlichen Kommentaren, als ich ihm von meinen Unterrichtsstunden im Herbst, meinen Plänen für die Zukunft (ich war noch immer zwiegespalten, ob ich einmal Chirurgin oder Bergsteigerin werden sollte, wobei mir klar wurde, dass Letzteres als Hobbys Ersteres als Beruf wegen möglicher Erfrierungen vielleicht ausschloss) und den lächerlichen Eskapaden einer meiner älteren Freundinnen erzählte, die vor Kurzem die Faszination von Jungen entdeckt hatte.

Er nickte, schüttelte den Kopf, zeigte Verständnis, dämmerte aber auch in der zunehmenden Wärme beinahe weg – bis ich anfing, ihm vom bösartigen Wirt zu erzählen. Seine Augen flogen wieder auf, während er mein Gesicht studierte. Er schwieg, und obwohl ich die Beleidigung anderen gegenüber vielleicht kleingeredet hätte, machte es mir nichts aus, dass Jake sah, wie aufgebracht ich war. Zum Schluss zupfte ich an einer ausgefransten Stelle meines Ärmels und lauschte dem Knistern des Feuers.

»Es war aber nicht nett von ihm, das zu sagen«, meinte er nach einer Weile.

»Es war gemein. Auch wenn Mutter mir erklärt hat, was es heißt und wie es dazu gekommen ist. Onkel Jake, musst du denn unbedingt weiter hingehen und dort Karten spielen?«

Er streckte die Hand aus und zog fest an einem meiner Zöpfe. »Vielleicht muss ich das. Aber wenn ich hingehe, verspreche ich dir, dass ich ihm nichts von meinem Geld gebe. Ist das da draußen etwa euer Auto?«

Das war es.

Nach meiner stürmischen Begrüßung wirkte der Handschlag zwischen Jake und Vater ganz besonders kühl, und beim Mittagessen merkte ich, wie im Zimmer etwas großes Unheilvolles Form annahm. Als wir fertig waren, verließen Vater und Jake uns, gingen hoch in Jakes Zimmer, wo sie lange hinter der geschlossenen Tür blieben, nur Vater kam einmal heraus, um den Verbandskasten und eine Schüssel Wasser zu holen.

Niemand verlor mehr ein Wort über das blaue Auge, die geprellte Schulter oder den Zustand seines Mantels.

An jenem Nachmittag hörte ich, wie Jake aus seinem Zimmer kam, den Flur entlangtapste und nach dem Rauschen der Toilettenspülung wieder zurückging. Als seine Tür erneut ins Schloss fiel, blickten Levi und ich uns an, legten unsere Bücher weg und schlichen die Treppe hoch. Ich klopfte an die Tür. Im Nu schaute Jake hinaus.

»Euer Vater hat mir befohlen, heute das Bett zu hüten. Aber er hat nicht gesagt, dass ich dabei allein sein muss. Wollt ihr beiden reinkommen?«

Wir wollten.

Wir spielten eine kurzweilige Stunde auf der Tagesdecke Faro. Als Levi keine Lust mehr hatte, immer zu verlieren, bat mich Jake, ihm das vierfüßige Frühstückstablett über die Beine zu stellen, und brachte uns Kartentricks bei – erst, wie man eine Karte mit einem Schnippen blitzschnell austauscht, dann, wie man sie vom Tisch verschwinden lässt.

Seine Hände waren geschickt – im Rückblick muss ich sogar sagen, dass er unfassbar geschickt war. Selbst nachdem wir wussten, wie die Tricks funktionierten, konnte keiner von uns beiden sehen, wie die Karte nach hinten geschnippt oder unter seinem ausgestreckten Arm in seinen Schoß befördert wurde. Während wir übten, vertrieb er sich die Zeit damit, Spielkarten quer durchs Zimmer in einen Papierkorb zu werfen, wobei aus einem ganzen Spiel nur zwei ihr Ziel verfehlten.

Ich schaute gebannt zu, dann bat ich ihn: »Zeig mir, wie du das machst!«

Also zeigte er es mir. Ich hatte einen guten Wurfarm, doch anfangs flogen die Karten wild durch die Gegend. Jake hob eine auf, die auf seinem Kissen gelandet war – weit hinter mir – und sagte: »Du denkst zu viel nach. Wirf die Karte nicht; lass sie sich selbst werfen.«

Ich studierte penibel seinen Arm, seine Finger: entspannt und selbstgewiss. Bei meinem zehnten Versuch schien die glatte Pappe ihren Weg durch die Luft wie von selbst zu finden. Anstatt nach oben oder seitwärts zu flattern, wirbelte sie herum, und sie prallte mit der Ecke in drei Metern Entfernung an die Tapete.

Mein Jubelschrei war bis ins Erdgeschoss zu hören, sodass Mutter heraufkam und Levi und mich rausschickte, um den Patienten ruhen zu lassen. Die Karten nahm ich mit.

Am Ende des Nachmittags traf ich einen Papierkorb in drei Metern Entfernung bei zwanzig Versuchen neunzehn Mal. Als ich ins Bett musste, konnte ich bereits das ganze Spiel aus viereinhalb Metern versenken.

Am nächsten Morgen war Jake beeindruckt.

Nachmittags war er wieder kräftig genug für einen Spaziergang über die schneebedeckten Downs.

Und bis zum Abend war er so weit genesen, dass er auf ein paar Partien Poker in die Kneipe des bösartigen Wirts gehen konnte.

Um ehrlich zu sein: Ich war verletzt. Wie konnte sich mein geliebter Onkel von uns abwenden, um sich mit *dieser Person* gemeinzumachen?

Am nächsten Tag fragte ich ihn.

Er und ich waren mittlerweile schon so gut, dass wir Wettbewerbe austrugen: Wer konnte die meisten Karten in den Korb werfen, am schnellsten und am weitesten entfernt. Dort im Wohnzimmer, in einem Haus erfüllt vom Duft von Zimt und Nadelzweigen, wagte ich anzudeuten, dass Jake uns gegenüber vielleicht nicht ganz loyal war.

Er erwiderte nichts darauf, nicht sofort jedenfalls, beendete nur seine Runde Würfe (er verfehlte zweimal, ich nur einmal), und dann sagte er: »Lass uns etwas anderes ausprobieren.«

Er nahm eine hohe schlanke Vase vom Kaminsims und stellte sie auf den niedrigen Couchtisch. Eine Karte zwischen den Fingern, trat er einige Schritte zurück, vollführte ein paar Übungsschwünge, dann ließ er seine Hand hervorschnellen – und wie durch ein Wunder steckte die Karte plötzlich zwischen Tischplatte und Vase. Es war, wie wenn ein Zauberer ein vollgestelltes Tischtuch wegzieht, nur umgekehrt. Er reichte mir den Kartenstapel, schaute zu, wie ich die Vase ein paarmal umwarf, riet mir, die Haltung meines Ellbogens zu korrigieren, und meinte: »Wenn du eine ganze Abfolge von Karten unter die Vase kriegst, dann frag mich noch mal was über meine Pokerspiele.«

Bis ich es perfekt beherrschte, brauchte ich zwei Tage, wonach meine Finger etwas wund waren.

Mittlerweile hatten wir den 20. Dezember, einen Mittwoch. Ich führte Onkel Jake ins Esszimmer, stellte einen etwa einen Zentimeter dicken Holzdübel hochkant auf den Tisch und schleuderte eine Abfolge von zehn Karten so, dass sie zwischen Tischtuch und Dübel steckenblieben, wobei jede Karte die vorhergehende hinunter auf den Boden schob.

Ich spürte Jakes kräftige, gelenkige Finger auf meiner Schulter, und er drückte kurz und anerkennend zu. Ich war in meinem ganzen Leben noch nie so stolz auf irgendwas gewesen.

Dann begann die Arbeit.

Ich lauschte fast schon ehrfürchtig, als mein Onkel gegenüber seinem älteren Bruder (seinem erfahrenen und daher argwöhnischen älteren Bruder) ganz beiläufig erwähnte, Charles solle doch wirklich die Gelegenheit nutzen, dass ein weiterer Erwachsener im Haus sei, und Judith einen Abend ausführen. Vielleicht sogar in London? Lief da nicht gerade etwas im Theater, das sie gerne sehen wollte? Ja, durchaus, aber es würde gewiss etwas zu spät werden – es sei denn, sie blieben über Nacht in der Stadt. Vielleicht sogar in einem Hotel, um das zurzeit eiskalte und verlassene Londoner Haus zu meiden?

Oh, gewiss, was auch immer Charles für richtig hielt – es war ja nur so eine Idee …

Seine offensichtliche Gleichgültigkeit gab einen perfekten Köder ab. Doch als Jake auch noch betonte, dass dies natürlich hieß, dass er weder trinken noch ausgehen könne – ja, uns beide nicht einen Moment aus den Augen lassen würde, bis wir warm zugedeckt im Bett lägen –, nun, da hatte er wirklich angebissen.

Als Vater meine Mutter mit dem Vorschlag dieser vierundzwanzigstündigen Freiheit als Erwachsene überraschte, flackerte kurz mütterlicher Argwohn auf, doch als Jake ihr schwor, er würde sich nicht mehr als einen Drink gönnen, oder allerhöchstens zwei, dass er über seine Mündel wachen würde, als wären es die eigenen, ließ sie sich schließlich überzeugen. Und so brachen meine Eltern am Freitagmorgen, eine Stimmung aufgekratzter Vorfreude verbreitend, in Richtung Bahnhof Eastbourne auf.

Jake rieb sich die Hände und schickte sein Team an die Arbeit.

Als wir an jenem Abend zu dem Gasthaus gingen, warm eingemummt gegen die Kälte, sahen wir schon von Weitem das Funkeln teurer Autos. Auf das Haus zugehend, hörten wir Männerstimmen, dann sahen wir das handgeschriebene Schild an der Tür: *Heute geschlossene Gesellschaft.*

Jake stieß die Tür zum Gastraum auf und trat hinein ins Warme und in die Helligkeit. Ein halbes Dutzend Männer in teuren Anzügen drehten sich zu uns um, und als sie sahen, wer es war, hellten sich die Mienen zunächst auf, blickten dann jedoch verdattert drein, als sie auch Levi und mich entdeckten.

»Du kannst die nicht mitbringen«, maulte der bösartige Wirt.

»Dachte mir schon, dass du nicht begeistert bist«, erwiderte Jake völlig gelassen, »aber ich fürchte, ich hab die beiden heute Abend am Hals. Muss Kindermädchen spielen, weißt du. Na ja, dann werde ich heute wohl nicht mit von der Partie sein können – es sei denn, du gibst ihnen eine Flasche Limo und lässt sie eine Weile in der Ecke sitzen.«

Unmut machte sich breit, am lautesten vonseiten des bösartigen Wirts, der diesen Abend schon seit Wochen geplant hatte (und zweifellos beabsichtigte, finanziellen Nutzen daraus zu ziehen). Aber Jake blieb standhaft: Er hatte seinem Bruder versprochen, er würde die Kinder nicht aus den Augen lassen, also …

Nachdem ich gesehen hatte, wie Onkel Jake mit seinen Finten meine Eltern eingewickelt hatte, wunderte es mich nicht, dass seine Unschuldsmasche auch bei Männern Früchte trug, die Drinks in den Händen und nichts als Glücksspiel im Sinn hatten. Levi und ich wurden mit Limonade und einer Packung fader alter Kekse in die Ecke gesetzt. Da wir uns Bücher mitgenommen hatten, waren wir zufrieden.

Der Abend schritt voran. Leere Flaschen sammelten sich auf der Theke, Krawatten wurden gelockert. Meistens erinnerten sich die Männer nur an unsere Anwesenheit, wenn einer den anderen wegen eines unflätigen Ausdrucks rüffelte. Und nachdem sich Levi unter einer Reisedecke auf die Bank gelegt und in die Kissen eingeigelt hatte, wurden wir noch unsichtbarer.

Wäre ich auch nur ein Jahr älter gewesen, wäre das anders gewesen, doch da ich erst kurz vor meinem zwölften Geburtstag stand, war ich noch ein Kind, keine junge Frau. Und als ich mein Buch weglegte und herüberschlenderte, um meinem Onkel über die Schulter zu spähen, nannte einer der Männer mich Onkel Jakes Glücksbringer – den Jake Russell an jenem Abend auch gebrauchen konnte. Gelegentlich gewann er zwar, doch wenn er verlor, war es verheerend. Er rutschte immer tiefer ins Minus. Zugleich wuchs der Gewinn des Gastwirts stetig. Im Raum wurde es immer wärmer. Gereizt riss Jake sich die Krawatte vom Hals und lockerte seinen Kragen. Seine Handbewegungen wurden immer fahriger, die Stimme lauter.

Ich ging zurück in Levis Ecke, nahm wieder mein Buch zur Hand, aber die Stimmen wurden jetzt zu laut, die Ausdrucksweise ein wenig unbeherrscht. Ich schlenderte erneut zu Jake hinüber, lehnte mich an seine linke Schulter.

»Onkel Jake, können wir bald gehen?«

»Erst, wenn ich meinen Einsatz zurückgewonnen habe, meine Liebe.«

»Davon bist du aber meilenweit entfernt, Yank«, knurrte der Wirt. »Du bist ja schon so gut wie pleite!«

Doch der Yank hatte noch ein paar Reserven.

Jake griff tief in seine Hosentasche und legte dann die Faust auf den Tisch. Als er die Hand wegzog, lag da ein Haufen aus funkelndem Grün und blassem Gold. Ich stieß hervor: »Mamas Smaragde! Oh, Onkel Jake, du kannst doch nicht ...«

»Ich habe sie mir nur geborgt, Mary«, sagte er. »Sie sind längst wieder zurück, wenn deine Mutter heimkommt.«

Die Halskette war alt, schwer und kostbar – außerordentlich kostbar sogar. Ich musste mit ansehen, wie diese Fremden das Kleinod meiner Mutter herumreichten und über seinen Wert verhandelten, als ginge es um Pferdefleisch oder eine Schiffsladung Getreide. Zwei der Männer kannten sich mit dem Ankauf von Damenschmuck sehr gut aus, und beide kamen überein, dass die Kette mehr wert war als alles, was bisher auf dem Tisch lag. Im Grunde sogar mehr als alles um den Tisch *herum*.

»Das ist mir egal«, erklärte Jake mit gerötetem Gesicht und Verzweiflung in der Stimme. »Mein Glück kehrt gleich zurück, ich kann das spüren.«

Die anderen sahen einander an und strafften mit neu gewecktem Interesse den Rücken. Das Spiel ging weiter, die Einsätze wurden immer höher. Ein Mitspieler stieg aus, dann der nächste. Und dann schob Jake mit einer ruckartigen Bewegung seine ganze Kasse mitsamt der Smaragdkette meiner Mutter in die Mitte. »All in«, sagte er.

Ein dritter Spieler legte augenblicklich seine Karten auf den Tisch. Der vierte grübelte noch eine Weile nach, bevor auch er zum Schluss kam, dass Vorsicht auch die Mutter des Pokerspielens war.

Damit blieben nur noch Jake und der Wirt übrig. Wie immer, und wie es alle, die je gegen ihn gespielt hatten, von ihm kannten, nahm er seine Karten auf, studierte sie und legte sie wieder zu seiner Rechten auf den Tisch. »Ich gehe mit.«

»Wie auch alle andern sagen, ist der Pot nicht so viel wert wie meine Klunker«, gab Jake zu bedenken. »Also, was setzt du noch? Dein hübsches neues Auto vielleicht? Ich hätte gern einen neuen Wagen.« Und doch hatte ich den Eindruck, dass sein Gesicht und seine Stimme nicht zur Überzeugung seiner Worte passten. Zudem zitterte sein linkes Bein unter dem Tisch, was immer geschah, wenn er seinem Blatt nicht recht vertraute.

Der Wirt sah es auch. »Du bluffst«, spottete er.

»Dann geh mit meinem Einsatz mit. Was hast du denn zu bieten außer dem Auto? Den Laden hier vielleicht? Ja, okay, wie wär's mit den Schlüsseln für die Spelunke? Oder soll ich …« Jake schmiegte die Hand um den Stoß aus Gold und Edelsteinen auf dem Tisch und zog ihn ein Stückchen zu sich hin. Als er den Arm wieder hob, fiel ein verirrter Lichtstrahl aus der Deckenlampe auf die Kette und ließ sie umso heller funkeln.

Der Wirt stand auf, umrundete den Tresen und kehrte mit einem dicken Schlüsselbund zurück. Dann fädelte er einen davon aus, steckte ihn sich in die Tasche und warf den Rest auf seinen Haufen aus Geldscheinen und Münzen.

Er setzte sich wieder hin. Doch als er gerade seine Karten aufnehmen wollte, drang ein dumpfer Schlag, gefolgt von einem Schrei, aus der Ecke, in der Levi geschlafen hatte. Alle fuhren herum, um zu sehen, was geschehen war, und ich löste mich von Onkel Jakes Schulter, flitzte um den Tisch herum, um Levi zur Hilfe zu eilen. Als die Spieler jedoch sahen, dass vor allem Levis Stolz und weniger seine Person Schaden genommen hatte, lachten sie laut auf und wandten sich wieder ihren Gläsern oder, je nachdem, den Karten zu.

Der Schock des bösartigen Wirts sandte eine beinahe spürbare Welle durch den Schankraum. Fahrig befingerte er seine Karten, erst verwirrt, dann ungläubig, bevor er sie offen auf den Tisch knallte und wutentbrannt aufsprang. Sein Stuhl stürzte krachend zu Boden. Getränke wurden verschüttet, Flüche ausgestoßen, und auch Jakes eigenes Blatt segelte wild durch die Luft, als er hochfuhr und zurückwich, da der wutschnaubende Wirt kurz davor zu sein schien, sich quer über den Tisch auf ihn zu stürzen. »Was zum Teufel hast du gemacht, du kleiner Dreckskerl?«, fauchte der Wirt. »Ich hatte einen Straight Flush mit einem Buben als beste Karte! Wie zum *Teufel* hast du …?«

»Beherrsch deine Sprache!«, protestierte Jake.

»Schau dir das an!« Der Mann tippte mit dem Finger auf seine fünf Karten, die nur dann einen Straight Flush ergeben hätten, wenn die Herzacht ein Pikbube gewesen wäre. So jedoch hatte er nicht mehr als ein Paar Achten.

Jake musterte gemeinsam mit den anderen das Blatt, dann blickte er auf. »Du musst mal deine Augen untersuchen lassen, Mann«, stichelte er.

Der Wirt ging sofort auf ihn los, stürmte brüllend um den Tisch auf ihn zu, während Jake behände vor seinen fleischigen ausgestreckten Fingern hertänzelte. Levi und ich stimmten lauthals in den Aufruhr ein (nur einmal machte ich bei den umgekippten Stühlen halt, um sie wieder aufzurichten), bis die anderen Männer sich von ihren Plätzen erhoben hatten, um den bösartigen Wirt zu packen und ihn mit einem Glas Hochprozentigem, das voll genug war, um ein Nashorn zu betäuben, wieder auf seinen Stuhl zu zwingen.

Jake kehrte zögerlich auf seinen Platz zurück, bückte sich nach seinen Karten und legte sie, eine nach der anderen, offen auf den Tisch neben die Smaragdkette.

Ich dachte, der Wirt würde vor Wut platzen, als der Pikbube zum Vorschein kam. Er verlangte, dass alle Karten eingesammelt werden, um sie durchzuzählen, aber es waren zweiundfünfzig, ganz ohne Dubletten. Und obwohl bei dem Tumult durchaus Karten hätten vertauscht worden sein können, stand außer Frage, dass seine Behauptung, eine Pik-Reihe mit Sieben, Acht, Neun, Zehn und Buben gehabt zu haben, absurd war. Wie hätte Jake denn seine Karten anrühren sollen? Schließlich hatte er die ganze Zeit fest auf seinem Platz gesessen, bis der Wirt sie aufgenommen hatte.

Wer weiß, hätten die anderen den bösartigen Wirt wirklich gemocht, vielleicht wäre man seinen Anschuldigungen dann ernster nachgegangen. Da er diese Pokerabende jedoch schon immer mehr aus Habgier als der Geselligkeit wegen veranstaltet hatte, maß niemand seinen vermeintlichen Straight Flush gegen Jakes bescheidene zwei Paare auf. (Zwei der anderen bewunderten wehmütig seinen geschickten Bluff, hatten sie doch beide bessere Blätter auf der Hand gehabt, mit denen sie hätten gewinnen können.) Doch wenn sie schon gegen jemanden verlieren mussten, dann gegen Jake. Wenigstens hatten sie so eine gute Geschichte zu erzählen.

Scheine, Münzen und der Schlüsselring wurden pflichtbewusst über den Tisch geschoben. Jake Russell war nun der Eigentümer eines baufälligen Gasthofs im ländlichen Sussex.

Er gab seinem Vorbesitzer dreißig Pfund und eine Stunde Zeit, um seine wichtigsten Habseligkeiten in dem glänzenden Automobil zu verstauen. Noch vor dem ersten morgendlichen Sonnenstrahl, als fünf recht zufriedene Londoner Pokerspieler noch oben in ihren Betten schnarchten, standen die drei Russells auf der uralten Türschwelle des Wirtshauses und sahen zu, wie die Scheinwerfer des Wagens allmählich in Richtung Lewes entschwanden.

*

»Ein ziemliches Wagnis«, bemerkte Holmes. »Es gab eine ganze Reihe von Blättern, die das Ihres Onkels geschlagen hätten, selbst nach dem Verlust einer Karte. Und andere, die Ihre geworfene Herzacht sogar noch verbessert hätte.«

»Schreiben Sie es Jakes Schutzengel zu. Und wenn er verloren hätte, so schätze ich, wären die Smaragde einfach aus dem Tresor des Gasthauses verschwunden – und Jake aus Sussex.«

»Was vermutlich nicht das erste Mal gewesen wäre, dass die Polizei von seinen Umtrieben erfahren hätte?«

»Und auch nicht das letzte. Aber Sie haben recht, es war ein Wagnis. Und es hätte überhaupt nicht funktioniert, wäre ich kein Kind gewesen.«

»Ein hochintelligentes, abgebrühtes, linkshändiges Kind.«

Ich lachte. »Mit einem Bruder, der auf Kommando von einer Bank fallen konnte.«

»Die Russell-Gang: Scotland Yards Albtraum. Was für ein Blatt hatte Ihr Onkel denn?«

»Es war nicht übel – ein Full House, drei Achten und ein Damenpaar, weshalb er am Ende mit zwei Paaren und dem Pikbuben dastand. Es war alles nur ein Bluff – sein zuckendes Bein inbegriffen.«

»Er wies Sie auf die Herzacht in seinem Blatt hin, zögert dann das Spiel hinaus, während Sie diese Karte aus einem identischen Spiel, das Sie mitgebracht hatten, heraussuchten. Als Sie zurückkamen und sich auf seine Schulter stützten, fiel Ihr kleiner Bruder praktischerweise von seiner provisorischen Schlafstätte. Ihr Kartenwurf stieß den Pikbuben aus dem Blatt des Wirts, sodass er auf dem Boden landete.«

»Ich hob ihn auf, als ich mich nach seinem Stuhl bückte, und als ich dann auch Jakes Stuhl wieder aufrichtete, steckte ich ihn zu den Karten, die mein Onkel hatte fallen lassen. Der Kerl wusste, dass sie irgendwie vertauscht worden waren, doch da niemand etwas gesehen hatte, war der einzig verdächtige Moment der, in dem Jake seine Karten hingeschmissen hatte – und selbst da waren auch alle anderen erschrocken, weil der Wirt jäh aufgesprungen war. Am Ende kamen sie zu dem Schluss, dass es nur die leeren Worte eines Aufschneiders waren, der nicht verlieren konnte.«

»Ich habe mich stets über den plötzlichen Eigentümerwechsel dieses Gasthofs gewundert. Ich war zu der Zeit nicht in der Gegend.«

»Jake hat ihn dann für eine lächerliche Summe an eine Frau aus Eastbourne verkauft, deren Küche er mochte.«

»Tillie Whiteneck.«

»Sie wollte die Wirtschaft ›Jakes Blatt‹ nennen, aber er war dagegen, also kramte sie den ältesten Namen für ein Gasthaus hervor, den sie finden konnte. Daher ›Das Mönchsfass‹.«

»Und was haben Ihre Eltern gesagt?«

»Sie haben erst nach Weihnachten davon erfahren. Levi

hätte sich zweimal fast verplappert, aber zum Glück war ich immer rechtzeitig zur Stelle, um ihm unter den Tisch ans Schienbein zu treten. Und dann war Jake wieder weg – er blieb, zu unserer maßlosen Enttäuschung, nicht einmal bis Weihnachten. Er kehrte nie wieder nach Sussex zurück, obwohl die Geschenke noch ein paar Jahre regelmäßig eintrafen, und hin und wieder mal ein Brief.«

Bevor er jedoch verschwand, hatte unser Onkel für jeden von uns noch ein Geschenk dagelassen. Levi bekam einen Zauberkasten mit verketteten Ringen, einem magischen Blumenstrauß und einem echt seidenen Klappzylinder, sogar in Kindergröße.

Und was hatte ich bekommen? Einen Gegenstand, den ich bis heute bei mir trage, trotz des Missfallens meines Vaters und des Entsetzens meiner Mutter: eine schmale Klinge aus höllisch scharfem Stahl mit einem Griff aus Rosenholz, der damals noch eine Spur zu groß für meine elfjährige Hand war. Sie ruhte in einer Art seltsamer Scheide mit Riemen an den Seiten, die ich mir nach kurzer Überlegung um den Knöchel schnallte. Da steckte sie nun, unsichtbar unter Hosenbeinen, einem langen Rock oder einem Paar hoher Stiefel.

Und da steckt sie heute noch. Jetzt, all die Jahre später, glitt meine Hand hinab zum Knöchel, und mit einer blitzartigen Handbewegung ließ ich das scharfe, funkelnde kleine Messer sich selbst auf sein Ziel werfen.

Jede junge Frau sollte einmal einen Onkel Jake gehabt haben.

Reginald Hill

Der italienische Sherlock Holmes

Hallo! Was ist das?«, sagte Sherlock Holmes und begutachtete den Briefbogen, den er gerade aus einem dicken weißen Umschlag mit einem tief geprägten Wappen gezogen hatte, das ich nicht kannte. »Sie haben wahrscheinlich noch nie einer Hinrichtung beigewohnt, Watson?«

»Das habe ich durchaus«, erwidere ich, froh, meinen Freund zumindest einmal mit etwas überraschen zu können. »Als diensthabender Sanitätsoffizier bei einer Hinrichtung durch den Strang, in Afghanistan. Nicht unbedingt die freudigste Erinnerung an meine Militärzeit. Wieso fragen Sie?«

Er warf mir das Blatt zu.

»Diese Italiener sind schon ein wunderliches Völkchen«, sagte er. »Das ist mit Sicherheit die seltsamste Weihnachtsfestlichkeit, zu der ich jemals eingeladen wurde!«

Die Nachricht, dass Sherlock Holmes in Rom überwinterte, hatte sich in der britischen Gemeinde wie ein Lauffeuer verbreitet und beinahe das Gerücht verdrängt, der Prinz von Wales würde sich in Ostia inkognito mit einer Opernsängerin vergnügen. Wenn ihm danach gewesen wäre, hätten wir jeden Abend des Advents an den edelsten Tafeln der Stadt dinieren können. Doch hatten wir auf unserer Reise nordwärts von Neapel nicht wegen des Gesellschaftslebens in Rom Station gemacht. Ich habe wenige Männer getroffen, die zu größeren körperlichen und mentalen Anstrengungen fähig waren als mein Freund Holmes, doch oftmals stellt sich bei ihm, sobald der Anlass dieser Anstrengungen vergangen ist, eine Phase tiefer Abgeschlagenheit ein, in welcher dieser hell lodernde Geist, der weltweit seinesgleichen sucht, zu wenig mehr als einem matten Schimmer des Bewusstseins in einer todgeweihten Hülle schwindet. Einige Tage nach dem Abschluss unseres Falles mit dem klumpfüßigen Ricoletti und seiner grauenhaften Gattin, der uns aus den stinkenden Kellern der Camorra in deren Hochburg Neapel bis zum rauchenden Kraterrand des Vesuvs geführt hatte, hatte ich gehofft, dass ihn die Woge der Belebung, die der Erfolg für gewöhnlich bei ihm freisetzte, wohlbehalten durch Europa und bis in die Baker Street tragen würde, wo er in Mrs Hudsons weihnachtlicher Häuslichkeit wieder zu Kräften kommen könnte. Doch als wir nach Rom kamen, hatte er einen nahezu vollständigen Nervenkollaps erlitten, und uns blieb nichts anderes übrig, als in einer respektablen *pensione* Quartier zu beziehen und zu warten, bis Einkehr und gesunde Kost ihre heilende Wirkung entfaltet hatten.

Leider Gottes aber ist in Italien das eine fast ebenso schwer zu finden wie das andere, und als die Nachricht seiner Ankunft die Runde gemacht hatte, sah ich mich genötigt, zehn Stunden meines Tages damit zuzubringen, Besucher von unserer Türe abzuweisen.

Die schriftlichen Einladungen hingegen ließ ich ihm zukommen, in der Hoffnung, etwas darin könnte sein Interesse wecken. Bislang jedoch hatte er jede davon nach einem mehr als nur flüchtigen Blick wieder aus den Händen gleiten lassen. Zu sehen, dass er mit fast schon altgewohnter Wachsamkeit auf diese letzte Einladung reagierte, ließ mich freudig aufhorchen. Als ich jedoch das mit grazilem Federschwung verfasste Schreiben ein weiteres Mal las, schmälerte es meinen Enthusiasmus doch beträchtlich.

Mein lieber Holmes,

mit Entzücken hörte ich von meinem guten Freund, dem britischen Botschafter, dass Sie derzeit in Rom weilen, wenngleich es mich zutiefst betrübt, den Grund Ihres Aufenthaltes zu erfahren. Darf ich mich den guten Wünschen aller Ehrenmänner in Europa anschließen und Ihnen baldige Genesung wünschen?

Doch selbst aus Schlechtem kann bekanntlich Gutes erwachsen, und wiewohl Sie dies unserem katholischen Aberglauben zuschreiben mögen, so vergeben Sie mir bitte, wenn ich die Hand Gottes in dieser Ihrer (wie ich hoffe) zeitweiligen Unpässlichkeit erblicken kann. Wie sonst sollte ich Ihren unerwarteten Aufenthalt in meiner Stadt deuten, just an jenem Tag, an dem meine ersten armseligen Versuche, ihren einzigartigen Methoden nachzueifern, Früchte tragen? Damit meine ich selbstverständlich den tragischen Fall des Mordes an meinem geliebten Onkel, Graf Leonardo Montesecco. Morgen früh um halb zehn wird der gemeine Meuchelmörder, Giuseppe Strepponi, auf dem Schafott auf der Piazza San Cassiano seiner wohlverdienten Strafe zugeführt. Ich und einige interessierte Freunde werden uns zusammenfinden, um zu erleben, wie den Gesetzen Gottes und der Menschen auf triumphale Weise Genüge getan wird, und es wäre mir eine Ehre, wenn Sie und Ihr Begleiter Dr. Watson, so Ihre Gesundheit dies gestattet, uns Gesellschaft leisten würden. In diesem Falle wird mein Kutscher Sie zur achten Morgenstunde abholen.

Mit größter Hochachtung und den besten Wünschen

eines Verehrers, der sich respektvoll Ihr Jünger und Kollege nennt,

Die Unterschrift war eine arabeske Hieroglyphe, zu elegant, als dass sie als Gekritzel durchgegangen wäre, und doch zu verschnörkelt, als dass man sie hätte lesen können.

»Nun, was halten Sie davon, Watson?«, fragte Holmes.

»Uns einzuladen, um mit anzusehen, wie irgendein armer Teufel am Abend der Geburt unseres Heilands hingerichtet wird, ist eine so ungeheuerliche Gottlosigkeit«, entrüstete ich mich, »dass ich nur hoffen kann, dass es sich bei diesem Sendschreiben um eine Fälschung handelt.«

»Keine Fälschung«, erwiderte er mit einem so lebhaften Lächeln, dass es mir das Herz erfreute. »Ich kenne das Familienwappen der Montesecco s, und soweit ich mich an die Hand- und Unterschrift des derzeitigen Grafen Bruno Montesecco erinnern kann, weist der Brief keine der unvermeidlichen Anzeichen einer Fälschung auf.«

»In diesem Fall«, gab ich zurück, »ist es nicht nur eine Gottlosigkeit, sondern auch noch eine Frechheit. Wie bedauerlich, dass eine so alte Familie anscheinend vollends ihre Schicklichkeit vergessen hat. Möchten Sie mir die Absage diktieren, oder soll ich sie selbst verfassen?«

Holmes warf den Kopf zurück und ließ sein gewohnt gackerndes Lachen hören, das ich seit vielen Tagen nicht mehr von ihm vernommen hatte, und trotz meiner Empörung wurde mir noch leichter ums Herz.

»Ich glaube, mein lieber Freund, in Ihrer jetzigen Gemütsverfassung«, sagte er, »wird man jedes Antwortschreiben, das Ihnen aus der Feder geht, wohl als Forderung zum Duell auffassen, entweder mit Pistolen im Morgengrauen oder, so man Ihre plebejische Herkunft bedenkt, mit Dolchen in der Nacht. Nein, ich werde höchstselbst antworten, und überdies werde ich die Einladung mit Vergnügen annehmen. Bist du in Rom, dann tu's den Römern gleich, wie es so schön heißt, Watson! Doch zuerst läuten Sie nach Signora Grillo, sie soll etwas zum Mittagessen auftragen lassen. Außerdem habe ich ein paar Telegramme geschrieben, die ich gern versenden würde.«

Während er das sagte, sprang er auf, suchte nach seiner lang vernachlässigten Pfeife, und die dicken Decken, in die er sich gehüllt hatte, obgleich ein loderndes Seekohlefeuer das Zimmer in einen Glutofen verwandelte, fielen von ihm ab. Und mit ihnen schwand auch ein Gutteil meines Grolls über die Einladung des Grafen Montesecco.

»Sagen Sie, Holmes«, fragte ich ihn über unserem Mittagsmahl, das er, wie ich mit Freuden feststellte, gierig verschlang, »wie haben Sie eigentlich die Bekanntschaft dieses Grafen Montesecco gemacht? Und wie kommt er auf den Gedanken, das Schicksal dieses armen Teufels Strepponi sollte für Sie von Interesse sein? Und ist es hierzulande wirklich Sitte, Exekutionen als gesellschaftliche Festlichkeiten zu begehen? Und ...«

»Gemach, gemach, mein lieber Watson«, rief er. »Lassen Sie mich dieses vorzügliche Kotelett aufessen, dann werde ich mich mit Vergnügen Ihren Fragen widmen.«

Später dann, als wir am Kamin saßen, wo ich den süßen Duft meiner Arcadia-Mischung dem der Holzkohle hinzufügte, hob er zu einer Erklärung an.

»Persönlich habe ich den Grafen bislang nie getroffen, doch begann er Anfang dieses Jahres, mir zu schreiben – noch bevor ihm der Titel seines ermordeten Onkels zugefallen war. Vom Ton und Schreibstil seiner Briefe her zu urteilen, hielt ich ihn für die Sorte jenes jungen Adligen, der reich genug ist, dass er müßig sein könnte, aber eine Spur zu klug, als dass er sich mit den üblichen Zeitvertreiben seiner Klasse abfinden würde. Sein rastloser forschender Geist, auf der Suche nach einer Zerstreuung, die seinen Wunsch nach Betätigung befriedigt, ohne seine Selbstachtung zu schmälern, stieß zufällig auf einige Ihrer fürchterlichen Kritzeleien über unsere Fälle, und indem er seine erste Deduktion anstellte, sprich jene, dass es in England, wo wir noch immer die Maßstäbe für derartige Dinge setzen, möglich ist, als beratender Detektiv zu arbeiten, ohne aufzuhören, ein Gentleman zu sein, beschloss er, meinem Beispiel zu folgen.«

»Er muss große Stücke auf sich halten«, bemerkte ich.

»Daran besteht wohl kaum ein Zweifel«, erwiderte mein Freund trocken. »Ich glaube mich zu erinnern, dass er mich bereits in seinem ersten Brief auf eine ganze Reihe offenbarer Schwächen meiner deduktiven Methoden hinwies, die er großzügigerweise meinem inkompetenten Chronisten zuschrieb statt meinem inkompetenten Vorgehen.«

»Der unverschämte Schnösel!«, knurrte ich.

»Man muss der Jugend gegenüber Nachsicht zeigen, Watson«, beschwichtigte Holmes. »Ich antwortete ihm höflich, aber reserviert – nicht so sehr, weil ich mich von seinem Ton beleidigt fühlte, wiewohl er mich trotz aller Schmeicheleien stets spüren ließ, dass er adlig war und ich nicht, sondern vielmehr, da ich weiß, dass meine Methoden, werden sie falsch angewendet, ebenso schweren Schaden anrichten können wie ein Skalpell in den Händen eines Schuljungen.«

»Aber er hat Ihnen unbeirrt weiter geschrieben?«

»In der Tat. Ein Affront muss schon sehr unverhohlen sein, um durch die Selbstgefälligkeit zu dringen, die mit einer so tief empfundenen gesellschaftlichen Überlegenheit einhergeht«, führte Holmes aus. »Und ich sah keinen

Grund, ausfallend zu werden. Dann, im Spätsommer, erhielt ich einen Brief, in dem er so erregt von seinen Ermittlungen berichtete, dass er beinahe vergaß, herablassend zu sein! Nachdem er in seinen früheren Briefen oft über den hiesigen Mangel an solch anspruchsvollen Verbrechen klagte, wie sie in meinem Leben an der Tagesordnung zu sein schienen, fand er sich unversehens mitten in einem der spektakulärsten Mordfälle Roms wieder, ja sogar an dessen Tatort. Die Tatsache, dass das Opfer sein Onkel war, der Kopf seiner eigenen Adelsfamilie, schien da beinahe belanglos angesichts der sich ihm endlich bietenden Gelegenheit, detektivisch zu ermitteln. Vielleicht fand er es aber auch nur unschicklich, seine private Trauer mit einem Fremden zu teilen.«

»Doch wie es klingt, waren seine Nachforschungen zu dem Verbrechen recht erfolgreich?«

»So scheint es. In seinem ersten Brief zu dem Thema, verfasst am Folgetag des Mordes, berichtete er mir von einigen ersten Folgerungen, zu denen er gelangt war, und prophezeite mir die vollständige Aufklärung des Falles binnen vierundzwanzig Stunden. Ich muss gestehen, dass mir seine Selbstgewissheit ein wenig arrogant vorkam.«

Ich verkniff mir ein Lächeln. Was die arrogante Anmaßung der eigenen Unfehlbarkeit betrifft, lässt Holmes sogar den Heiligen Vater zuweilen *ex cathedra* wie einen verschämten Anfänger erscheinen.

»Der nächste Brief folgte unmittelbar auf den ersten und vermeldete sogleich vollen Erfolg. Der Mörder sei gefasst, und das allein auf Grundlage von Monteseccos Erkenntnissen. Anstatt einen Rat zu erbitten, so schien es mir, musste er sich mittlerweile zügeln, welchen zu erteilen. Ich übersandte ihm ein höfliches Glückwunschschreiben. Seit ich in Italien bin, habe ich seinen Namen im Zusammenhang mit anderen Ermittlungen bereits zweimal in der Zeitung entdeckt. Man nennt ihn den italienischen Sherlock Holmes! Doch wie Sie sich vorstellen können, war ich so beschäftigt, dass ich mich nur flüchtig damit befassen konnte. Nun allerdings, da uns das Schicksal schon so nah zusammengeführt hat, hätte ich nicht geringe Lust, dieses Wunderkind kennenzulernen. Wer weiß, Watson, vielleicht kann er einem alten Hund wie mir ja das ein oder andere neue Kunststück beibringen?«

»Da müsste er aber sehr früh aufstehen«, erwiderte ich treu.

»So wie seine Einladung klang, hat er dieses Kunststück schon gelernt«, versetzte Holmes derart beschwingt, dass ich, als ich in jener Nacht zu Bett ging, besserer Stimmung war als an so manchem Tag zuvor.

Schlag acht Uhr am Morgen des Heiligen Abends läutete eine kraftvolle Hand die Türglocke unserer *pensione*, und kurz darauf kam Signora Grillo, unsere *padrona*, in heller Aufregung zu mir, um mich über die Ankunft der Kutsche des Grafen Montesecco zu unterrichten. Ich rief Holmes und war ein wenig erstaunt, als er bei meinem Anblick in Gelächter ausbrach und bemerkte: »Ich hoffe, der Kern ist ein wenig modischer als die Schale, Watson.«

Unschlüssig, was die hiesigen Sitten als angemessene Garderobe für eine Hinrichtung vorsahen, hatte ich mich für die Bequemlichkeit entschieden und trug meinen schweren Abercrombie-Mantel, meinen langen karierten Schal, den ich mir dreimal um den Hals gewunden hatte, dazu meine Reisemütze mit den Ohrenklappen fest aufgesetzt, und meine Beine steckten in den derbsten Stiefeln, die ich besaß. Holmes dagegen war angetan mit einem leichten Jackett samt Seidenhemd und einem dünnen Cape, das er sich über die Schultern geworfen hatte.

Ich sagte streng: »Ich mag ja nicht viel von Mode verstehen, Holmes, aber ich habe auf mehr Exerzierplätzen gestanden als Sie, und ich glaube, der Wind, der die ganze Nacht unsere Fensterscheiben durchgerüttelt hat, wird auf einer römischen Piazza ebenso kalt wehen wie auf dem Horseguards [ein grosser Paradeplatz in London; Anm. d. Übers.]. Ich würde Ihnen dringend raten, zumindest Ihre Drillichhosen anzuziehen.«

Er sah etwas befremdet drein, dann erwiderte er: »Da könnten Sie recht haben, aber zum Umkleiden ist es jetzt zu spät. Pünktlich zu sein, ist die Höflichkeit der Könige. Beeilen Sie sich, Watson, sonst kommen wir noch zu spät!«

Während wir durch die Straßen polterten, erklärte ich ihm etwas unwirsch, dass es, da die Hinrichtung auf halb zehn angesetzt war und nichts in diesem Land je pünktlich zu beginnen schien, gewiss wenig Grund zur Eile gebe.

»Tatsächlich«, schloss ich, »habe ich keinen Schimmer, wieso Montesecco unsere Anwesenheit so lang vor seiner Hauptattraktion erbittet.«

»Ach, kommen Sie, Watson«, sagte er. »Ihnen kann doch nicht entgangen sein, dass nicht die Hinrichtung, sondern unsere Anwesenheit selbst die Hauptattraktion ist.«

Ich sann darüber nach, bis unser Fortkommen spürbar ins Stocken geriet, als wir uns der Piazza San Cassiano näherten. Als ich aus dem Fenster spähte, wurde mir bewusst, dass wir nicht die Einzigen waren, die die Aussicht, einen Mann sterben zu sehen, an einem unwirtlichen Heiligabend vor die Tür gelockt hatte. Es waren noch viele andere Kutschen unterwegs, und auch so mancher Mann zu Pferd, doch der Großteil des auf den Platz strömenden Volkes waren Fußgänger, die alle erdenklichen Spielarten der Bürger Roms repräsentierten – von nüchternen Geschäftsleuten im Anzug bis zum niedersten, gemeinsten Pöbel. Der eisige Winterwind zupfte Hüte und zerzauste Haare, und ich sagte zu Holmes: »Gleich werden Sie sehen, wieso wir zeitig kommen sollten. Wie es aussieht, werden Nachzügler kaum mehr zu sehen bekommen als die höchsten Balken des Schafotts.«

Er schwieg dazu, doch als ich ihn vor Kälte zittern sah, schalt ich mich für meinen hochtrabenden Ton, fing an, meinen Mantel abzulegen und sagte: »Hier, Holmes, nehmen Sie den. Sie kommen ja gerade erst aus dem Krankenbett, und Ihre Lungen könnten sich in dieser rauen feuchten Luft sehr leicht entzünden.«

Er lächelte mich mit wahrer Zuneigung an und sagte: »Watson, Sie sind gutherziger, als ich es verdiene. Danke, lieber Freund, aber ich glaube nicht, dass Ihr Opfer tatsächlich vonnöten sein wird.«

Ich blickte aus dem Fenster und sah, dass wir die schmale Zufahrt zur Piazza San Cassiano schon passiert hatten und vor einem Kurzwarengeschäft zum Stehen kamen, wo uns ein livrierter Diener schon erwartete, uns mit tiefer Verbeugung aus der Kutsche half, woraufhin er uns ebenso unterwürfig durch den Laden, einen Gang entlang, über einen schäbigen und dunklen Hof, durch eine weitere Tür, mehrere Treppen empor und am Ende, mit der tiefsten all seiner Verneigungen, in einen ausladenden Raum geleitete, wo ein groß gewachsener, gut aussehender, schnauzbärtiger Mann von etwa Mitte zwanzig mit blitzend weißen Zähnen breit lächelnd auf uns zuschritt.

»Mr Holmes!«, rief er aus. »Willkommen. Nach so vielen Briefen bin ich hocherfreut, Sie endlich leibhaftig kennenzulernen.«

»Die Freude ist ganz meinerseits, Herr Graf«, erwiderte Holmes und schüttelte ihm die Hand. »Darf ich

Ihnen meinen verehrten Freund und Kollegen vorstellen, Dr. Watson.«

»Erfreut«, sagte ich etwas schroff. Offen gestanden fühlte ich mich ausgesprochen unwohl. Der Raum war voller Menschen beiderlei Geschlechts, und alle äußerst elegant gekleidet. Beheizt wurde das Zimmer von einem großen Ofen, sodass mir jetzt schon übermäßig warm wurde, doch was mir das größte Unbehagen bereitete, war die Tatsache, dass ich es nicht für nötig gehalten hatte, unter meinem Überzieher mehr zu tragen als ein Paar abgestoßene Moleskin-Hosen sowie meine mit Leder schon geflickte Norfolk-Jacke, die mich schon auf so mancher Expedition in die Natur begleitet hatte.

»Dr. Watson, der Boswell des großen Detektivs!«, rief Montesecco und schüttelte mir mit Leidenschaft die Hand. »Durch Ihre Schriften habe ich erstmals Bekanntschaft mit Mr Holmes' Talenten gemacht. Sie sind der Vergil, der mich sicher durch das Labyrinth seines Geistes geleitet hat.«

Ich kann nicht behaupten, dass mir die blumige Redeweise des italienischen Sherlock Holmes sonderlich gefiel, und überlegte schon, ihn darauf hinzuweisen, dass Vergil den Großteil seiner Fremdenführertätigkeit in den diversen Höllenkreisen versah. Holmes jedoch, dem mein geistiger Verdruss wie auch mein körperliches Unbehagen nicht entgangen war, nahm mich am Arm, drängte mich zu einem Fenster, das auf einen breiten eisernen Balkon hinausging, und erklärte: »Wie ich sehe, müssen wir nun doch den Elementen trotzen, Watson. Wieder einmal haben Sie bewiesen, dass Sie, derweilen ich mich oft tieferer Einsichten rühmen kann, in Sachen der Voraussicht doch mein Meister sind. Wir anderen müssen zittern, während Sie es warm und mollig haben.«

»Ich habe für uns alle Umhänge besorgt«, sagte der Graf verdrießlich.

»Nun, dann werden wir es wohl alle recht gemütlich haben«, bemerkte Holmes und trat hinaus auf den Balkon.

Alle Sorgen über mein Behagen oder Unbehagen waren wie verflogen, als ich das Schauspiel überblickte, das sich mir dort unten bot.

Das Haus, in dem wir uns befanden, stand an einer Seite der langen schmalen Piazza San Cassiano, direkt gegenüber der Kirche von San Cassiano auf der anderen, rund zweihundert Meter entfernt. Der Platz war bereits voller Menschen, allerdings noch nicht so überfüllt, sodass sie sich noch frei bewegen konnten. Es war eine Szene, die ein Maler von unserer hohen Warte aus auch zum Vorbild für ein Panorama der Bartholomew Fair hätte verwenden können. Höker hökerten, Gaukler gaukelten, Bettler bettelten, und die Bürger Roms schlenderten in jedem erdenklichen Aufputz über die Piazza – in Überziehern und Fräcken, Langmänteln und Kurzmänteln, und manche auch ganz unbemäntelt, gerade in genug Lumpen, um ihre Blöße zu bedecken. Doch alle legten sie ein so stolzes Gebaren an den Tag, aus dem ganz deutlich, so wie bereits zu Cäsars Zeiten, sprach: Wir sind wahre Römer, und kein Gesetz außer unserem eigenen kann uns etwas anhaben.

Genau im Zentrum des Platzes stand das Werkzeug dieses Gesetzes. Über der Senke eines ausgetrockneten Brunnens hatte man das Schafott errichtet, ein klappriges Podest von rund zweieinhalb Metern Höhe, dürftig zusammengezimmert aus ungleichen und unlackierten Bohlen, an dem eine wacklige Leiter lehnte, die so gefährlich wirkte, dass ein Verurteilter sich hier bereits den Hals brechen könnte, ohne das Fallbeil überhaupt bemühen zu müssen, das hoch darüber in seinem aufragenden Gestell unheilvoll funkelte. Die polierte und, wie ich hoffte, sorgfältig geschliffene Klinge stand im scharfen Gegensatz zur roststarrenden Masse von Metall, die man darüber angebracht hatte, um die nötige Bewegkraft aufzubringen, um die Schneide durch die Knochen und Sehnen im Halse eines Mannes zu treiben.

Ringsum bewachten Fußsoldaten das Schafott, und eine doppelte Reihe von ihnen säumte den Weg von der Kirche bis zum Fallbeil, auf dem man den Verurteilten in sein Verderben führen würde. Die Soldaten standen gerührt da, ein Befehl, der hierzulande weit wörtlicher genommen wird, als es bei der Eskorte eines britischen Regiments der Fall wäre. Die Männer krümmten und kratzten sich, schwatzen mit ihren Nachbarn und legten gar die Waffen auf den Boden, um beim herzhaften und müden Gähnen breit die Arme auszustrecken, während ihre Vorgesetzten Zigarillos rauchend herumspazierten und hin und wieder stehen blieben, um mit den Damen aus der Stadt den neuesten Klatsch auszutauschen.

»Sagen Sie, Mr Holmes«, fragte der Graf, der uns auf den Balkon gefolgt war, »hatten Sie jemals das Vergnügen, einen Ihrer Fälle bis zum letzten Ende zu verfolgen?«

»Nein, Herr Graf«, erwiderte Holmes. »Ich bin froh, sagen zu können, dass wir in meinem Land die Sitte aufgegeben haben, den Tod irgendeines armen Teufels zu einer Jahrmarktsattraktion zu machen.«

»Sie sind wirklich ein sehr zurückhaltendes Volk«, raunte der Graf so missmutig, dass es sich nicht wie ein Kompliment anhörte. »Aber es liegt eine gewisse Vollkommenheit, eine Geschlossenheit, wenn Sie so wollen, darin, eine Angelegenheit bis zum bitteren Ende zu bringen, insbesondere wenn der Ermittler, wie in diesem Fall, von Anfang an zugegen war.«

»Ach, Sie haben also tatsächlich mit angesehen, wie Strepponi den Mord begangen hat?«, erkundigte sich Holmes. »Ich hätte geglaubt, dass dies meine deduktiven Methoden wohl überflüssig machen würde.«

Hinter uns lachte jemand auf. Der Graf drehte sich um, und das Gelächter erstarb. Wir hatten es wohl mit einem Mann zu tun, dem Widerspruch nicht sonderlich behagte.

»Aber ich vergesse meine Manieren«, sagte er. »Kommen Sie, ich stelle Sie meinen anderen Gästen vor.«

Holmes und er traten wieder in den Raum. Ich blieb auf dem Balkon, zum Teil, weil es für mich angenehmer war, doch auch, weil ich von dieser Stelle das Zimmer und die Anwesenden sorgfältig studieren konnte, ohne selbst bemerkt zu werden.

Man benötigte nicht die rasche Auffassungsgabe meines Freundes, um zu merken, dass der Raum, wenn auch elegant möbliert und prächtig ausgeschmückt mit bebänderten Ikonen und seidendrapierten geistlichen Gemälden, mit denen die Papisten bekanntlich das Weihnachtsfest begehen, in einem fortgeschrittenen Zustand des Verfalls begriffen war. Ich vermutete, dass der Graf diese Räumlichkeit allein als Aussichtspunkt für die Hinrichtung angemietet und seine Leute angewiesen hatte, sie einstweilen für die mondäne Gesellschaft annehmlich zu machen.

Der erste Gast in der Schlange war in einem ähnlich maroden Zustand wie das Zimmer – Mitte sechzig, mit leichenhaftem Antlitz und skeletthafter Statur, gehüllt in bunte Seide und Mohair, und an seinen langen Knochenfingern trug er Unmengen von Gold- und Diamantringen.

»Sie müssen sich nicht vorstellen«, sagte Holmes und bot ihm seine Hand an. »Wie könnte man im Rechtswesen zu Hause sein und nicht den berühmten Richter Pinelli kennen? Ich möchte doch hoffen, Euer Ehren, Ihre Atmung hat sich seit Ihrer jüngsten Reise ins Heilige Land, die Sie auf der Jacht des Grafen Montesecco unternommen haben, wieder gebessert?«

Der Unterkiefer des Mannes sackte so jäh hinab wie der des Marley aus der berühmten Weihnachtsgeschichte, als sich dieser seinen Schal vom Hals wickelt. Als er sich wieder gefasst hatte, antwortete er in gutem Englisch: »Wie ich sehe, hat der Graf Ihnen mein Curriculum Vitae übermittelt, Mr Holmes.«

»Aber mitnichten«, entgegnete mein Freund lächelnd. »Als oberster Tatrichter des Falles fand sich Ihr Abbild in den Zeitungsausschnitten, die der Graf mir netterweise übermittelt hat. Und was das Übrige betrifft: Ihre Mund- und Kieferpartie ist etwas heller als Ihr restliches Gesicht, was darauf hinweist, dass Sie sich einen Vollbart haben stehen lassen, während Sie eine ganze Weile Wind und Wetter ausgesetzt waren. Daraus schloss ich auf eine lange Reise, weniger jedoch auf einem öffentlichen als auf einem privaten Schiff, da Sie es sich dort eher gestatten konnten, sich nicht zu rasieren, ohne die Aufmerksamkeit der Mitreisenden auf sich zu ziehen. Die offensichtliche Dankbarkeit des Grafen für Ihre Leitung des Verfahrens ließ mich vermuten, dass es sich bei dem Schiff um seine Privatjacht handelte. Und das emaillierte Medaillon der Maria vom Felsen, das Sie tragen, sieht so neu aus, dass es auf einen kürzlichen Besuch dieser besagten Pilgerstätte schließen lässt.«

»Und was ist mit den Atemwegsproblemen, Mr Holmes?«, fragte eine hübsche blonde Frau von etwa vierzig Jahren in einem weit fallenden Kleid, das Damen stets zu tragen pflegen, wenn sie sich ihrer zunehmend fülligeren Rundungen allzu sehr bewusst werden.

»Ganz einfach, meine liebe Signora Masina«, sagte Holmes. »Seit ich den Raum betreten habe, habe ich den verehrten Herrn Richter mehrmals trocken husten hören. Mein lieber Freund Dr. Watson hätte das viel genauer diagnostizieren können. Doch Ihrem Schmerz darüber, einen so teuren Freund zu verlieren, ist mit rein medizinischen Heilmitteln nicht beizukommen, und ich glaube, es war klug von Ihnen, dass Sie beschlossen haben, zu Ihrer Schwester nach Amerika zu ziehen.«

Als er das sagte, verneigte er sich in Richtung einer anderen Dame, dunkelhaarig, schlank und gehüllt in ein langes graues Kleid von eher altmodischem Schnitt.

Einen Augenblick lang wirkte Signora Masina völlig konsterniert. Dann fand sie die Fassung wieder und entgegnete: »Nun, das ist ja wirklich außerordentlich, Mr Holmes. Freilich muss ich einwenden, dass auch mein Bild in den Zeitungen erschienen ist, doch was meine Schwester und meine Überlegungen, ihr in die Vereinigten Staaten zu folgen, anbelangt, davon hätte nur ein Zaubermeister wissen können. Und erzählen Sie mir jetzt nicht, dass zwischen uns eine Familienähnlichkeit besteht. Wie es in Ihrem Sprichwort heißt: Wir sind so verschieden wie Tag und Nacht!«

»Das Helle und das Dunkle, zwei verschiedene Spielarten der Schönheit«, sagte Holmes mit größerer Galanterie, als ich ihm zugetraut hätte. »Der Tonfall Ihres Englisch lässt vermuten, dass Sie bereits längere Zeit in Amerika verbracht haben. Das Kleid dieser Dame weist einen Schnitt auf, der derzeit in New York beliebter ist als in Rom. Sie trägt eine Brosche und Sie tragen einen Ring, deren Steine vor rund fünfzig Jahren beide von derselben Hand eingesetzt wurden. Gewiss wäre es möglich, dass Sie denselben Juwelier haben, wahrscheinlicher ist jedoch, dass es sich dabei um zwei Teile einer Garnitur handelt, die im Rahmen einer Erbschaft geteilt wurde, und als Erblasserin eines solchen Vermächtnisses kommt eine Mutter am ehesten infrage. Was könnte also wahrscheinlicher sein, als dass eine Schwester Ihnen in Ihrer Trauer zur Seite eilt und Ihnen eine Heimstatt im Schoß ihrer Familie anbietet.«

»Mit anderen Worten, diese Folgerungen sind reine Vermutungen, und Ihr Ruhm fußt vor allem darauf, dass die Leute dazu neigen, sich an die wenigen Gelegenheiten zu erinnern, bei denen Sie ins Schwarze treffen, und die vielen anderen Male schlicht vergessen, bei denen Sie danebenliegen.«

Dies kam von der Lady in Grau, deren Englisch einen breiten amerikanischen Akzent aufwies und deren zynischer Blick gleichwohl dazu passte.

Ich wartete, ob die Zuvorkommenheit meines Freundes auch diesen Angriff überstehen würde, doch der Graf ging beschwichtigend dazwischen.

»Ich glaube, Mrs Jardine, der Grund unserer hiesigen Zusammenkunft beweist, dass unsere Methoden weit über schiere Mutmaßungen hinausgehen«, raunte er. »Mr Holmes, möchten Sie die Zurschaustellung Ihres Könnens denn auch mit anderen meiner Gäste fortführen?«

Wie clever, dachte ich. *Unsere Methoden* implizierte eine Ebenbürtigkeit mit Holmes, während die *Zurschaustellung Ihres Könnens* nahelegte, dass ein solch vulgärer Exhibitionismus allein Holmes zu eigen war.

Holmes warf mir einen betrübten Blick zu. Vielleicht hatte der Graf ja wirklich einen Nerv getroffen. Oder Holmes hatte sich wieder der Ernsthaftigkeit des Anlasses besonnen.

Die Vorstellungen gingen weiter und bestätigten meinen Eindruck, dass alle Anwesenden eine enge Verbindung zu dem Mord am letzten Grafen Montesecco aufwiesen. Neben Signora Masina und ihrer Schwester Mrs Jardine waren unter den Anwesenden zudem der Anwalt der Familie, Signor Randone; Polizeihauptmann Zardi, der die offiziellen Ermittlungen geleitet hatte; Dr. Provenzale, der zuständige Amtsarzt, sowie eine äußerst hübsche junge Frau namens Claudia Medioli, deren Beziehung zum Grafen nicht ganz klar war.

Selbst die drei Diener, die stets zur Stelle waren, um uns heiße Schokolade, eiskalten Champagner oder eine Auswahl an Konfekt zu reichen, waren, wie sich herausstellte, schon dem toten Grafen zu Diensten und zur Zeit des Mordes in dessen Haus gewesen. Zwei Dienstmädchen, Violetta und Susi, waren ebenfalls zugegen und auch ihr Vorgesetzter, Serge Rosi, der Majordomus des alten wie des neuen Grafen.

Schließlich war da noch eine Schar von rund einem halben Dutzend Männern, die etwas abseits standen und sich als Vertreter der italienischen Presse erwiesen. Als die Vorstellungen gerade abgeschlossen waren, flog die Tür auf und ein junger Mann, etwa im gleichen Alter wie der Graf, kam herein. Von seinem langen ungekämmten Haar, das er nach bäuerlicher Art zurückgebunden hatte, und seinem recht abgetragenen Anzug her zu urteilen, hielt ich ihn zunächst für einen weiteren Bediensteten. Doch stiefelte er kess auf uns zu, schnappte sich im Gehen rasch ein Glas Champagner, ließ seinen leicht spöttischen Blick über die Gesellschaft wandern und sagte auf Italienisch: »Tut mir leid, dass ich zu spät bin, Montesecco, und das bei einem so illustren Anlass.« Dann wechselte er in ein stark akzentbeladenes, aber gutes Englisch und fuhr fort: »Und das muss der berühmte *britische* Sherlock Holmes sein. Wie stolz Sie sein müssen, dass Ihr Einfluss dazu beiträgt, dass nun auch Männer in anderen Ländern sterben – nicht nur in Ihrem eigenen!«

Selbst wenn man berücksichtigt, dass er eine fremde Sprache sprach, kam dies einer Beleidigung recht nahe, doch Holmes reichte ihm lediglich die Hand und sagte: »Der Tod eines Menschen ist für mich niemals Grund für Stolz, Signor Chiari. Genau wie Ihnen geht es mir einzig um *la verità*, die Wahrheit.«

Einen Moment lang wirkte der junge Mann entgeistert, dann kehrte sein spöttisches Grinsen zurück, und er sagte: »Der Graf hat Ihnen also gesagt, dass ich komme! Oder werden Sie jetzt etwa behaupten, Sie hätten Ihre Folgerung aufgrund der Druckerschwärze an meinem Finger oder des Papierstaubs in meinen Haaren angestellt?«

»Ich hätte Mr Holmes wohl schwerlich vor Ihrer Anwesenheit warnen können, da Sie ja gar nicht eingeladen waren«, sagte der Graf kühl. »Doch da Sie nun mal hier sind, werde ich Ihnen die Gelegenheit nicht vorenthalten, zu sehen, wie wahre Gerechtigkeit geübt wird.«

Chiari entbot eine sarkastische Verbeugung. Holmes schwieg dazu, doch diesmal benötigte ich ausnahmsweise keine weitere Erklärung. Schon seit Langem hatte Holmes es sich zur Angewohnheit gemacht, nicht nur die englischen Zeitungen zu studieren, sondern auch die der größten europäischen Hauptstädte. »Die Eisenbahn und das Dampfschiff haben das Verbrechen internationalisiert, Watson«, pflegte er mich zu belehren. »Es reicht längst nicht mehr, nur zu wissen, was in der eigenen Pfarrgemeinde vor sich geht.« *La Verità* war eine italienische Wochenzeitung, die ich schon oft in unseren Gemächern in der Baker Street hatte herumliegen sehen. Alles, was ich darüber wusste, war, dass ihre politischen Ansichten radikal, ihre Aufmachung reißerisch und ihr Eigentümer und

Chefreporter ein gewisser Endo Chiari war. Ich vermute, die Zeitung hatte irgendwann einmal ein Bild von ihm abgedruckt, und selbstverständlich vergaß Holmes niemals ein Gesicht.

Chiari wandte sich nun von der Runde ab, die sich um Holmes und den Grafen geschart hatte, und begann eine kokette Schäkerei mit Susi, dem hübscheren der beiden Dienstmädchen, bis Rosi, der Majordomus, sie streng anhielt, mehr Erfrischungen zu holen. Draußen auf dem Platz erschallte plötzlich ein Trompetenstoß, und alle eilten hinaus auf den Balkon, für den Fall, dass die Ereignisse früher als geplant beginnen würden. Wie man auch nur einen Tag in diesem Land verbringen, geschweige denn hier leben und dies immer noch für möglich halten kann, ist mir ein Rätsel! Der Trompeter erwies sich lediglich als geschäftstüchtiger Schausteller, der Kunden in sein Kabinett zu locken versuchte, wo es angeblich die mumifizierten und eingelegten Überreste vormals hingerichteter Verbrecher zu bestaunen gab. Der eisige Wind trieb die anderen rasch wieder ins Warme, und als sie fort waren, bemerkte ich, dass nur Chiari noch geblieben war. Vielleicht war sein abgewetzter Anzug aus festerem Stoff als der Sonntagsstaat der anderen, doch schien die Kälte ihm nichts auszumachen, und er lehnte am Geländer und blickte mit einer Mischung aus Kümmernis und Abscheu hinunter auf die anschwellende Menge unter ihm.

»Nun, Dr. Watson«, sagte er, »was werden Sie über das Spektakel schreiben, das Sie heute zu sehen bekommen?«

»Ich weiß noch nicht, ob ich darüber schreiben werde, Sir«, erwiderte ich knapp.

Er setzte wieder seine spöttische Miene auf und sagte: »Aber sind Sie denn nicht der treue Chronist all seiner Triumphe?«

»Es ist nicht an mir zu sagen, ob dies hier ein Triumph wird oder nicht, Sir. Gewiss aber ist es nicht der von Mr Holmes.«

»Ach, wirklich? Der Graf jedenfalls schreibt ihm einen Teil des Verdienstes zu. Der Name Montesecco ist bislang noch nicht so klangvoll, dass sich die Tugendhaften vor ihm beugen und die Verbrecher vor ihm zittern, und wenngleich es ihn auch ärgern wird, muss er sich einstweilen noch damit begnügen, auf die Berühmtheit Ihres Herren aufzusatteln und sich ›der italienische Holmes‹ nennen zu lassen.«

Ich straffte stolz den Rücken und erwiderte: »Sir, über Ihren Landsmann können Sie sagen, was Sie wollen, obgleich ich, da er Ihr Gastgeber ist und Sie seinen Champagner trinken, meinen würde, dass der Anstand etwas Zurückhaltung geboten hätte. Aber ich möchte Sie wissen lassen, dass Mr Sherlock Holmes nicht mein Dienstherr ist. Er ist mein enger und getreuer Freund, und ich werde weitere Verleumdungen seines Charakters nicht mehr hinnehmen.«

Der Journalist runzelte die Stirn und sagte: »Ist die Wahrheit in England denn eine Verleumdung?«

»Ganz im Gegenteil, Sir. Sie ist unser Leitstern«, erklärte ich.

»Dann lassen Sie uns ohne Streit folgende Wahrheit akzeptieren«, sagte er. »Der Graf hat den Ruf Ihres Freundes benutzt, um seinen eigenen zu festigen, und durch seine heutige Anwesenheit scheint Mr Holmes diese innige Verbindung zu bestätigen.«

Natürlich verübelte ich ihm diese Andeutung, doch als ich nach hinten in den Raum spähte und sah, wie Holmes, wie alle anderen, an des Grafen Lippen hing, als dieser den Verlauf seiner Ermittlungen schilderte, begann ich, mich zu wundern, ob nicht die jüngste Nervenschwäche meines Freundes seine grandiose Urteilskraft zeitweilig getrübt hatte.

Dies war die Geschichte, die wir hörten:

Der Mord war am letzten Tag des Augusts begangen worden, im *palazzo* der Montesecco in der Via di Monserrato. Um elf Uhr morgens schallte ein furchtbarer Schrei (»wie wenn ein Schwein geschlachtet wird«, beteuerte die Dienstmagd Susi, die bäuerlicher Herkunft war) durch den Palast, sodass alle, die ihn hörten, zu dessen offenbarem Ursprung im Obergeschoss eilten. Dort angekommen, erblickten sie Giuseppe Strepponi, der sich verzweifelt mühte, die Tür zum Studierzimmer des Grafen Leonardo aufzubrechen, welche, wie es schien, von innen abgeschlossen war. Rosi, der Majordomus, gehörte zu den Ersten, die dort eintrafen. Rasch zog er seinen Bund mit Zimmerschlüsseln hervor, schloss die Tür auf, und als Strepponi und er ins Zimmer stürzten, fanden sie den Grafen vornüber auf dem Schreibtisch liegend vor, die Kehle von einem Ohr zum anderen aufgeschlitzt. Die Mordwaffe, die noch auf den Tisch lag, war offenbar ein messerscharf geschliffener Zierdolch, der dem Grafen als Brieföffner gedient hatte. Strepponi versuchte noch, Erste Hilfe zu leisten, doch dafür war es längst zu spät, und es hatte lediglich zur Folge, dass er sich mit Blut befleckte. Dr. Provenzale wurde gerufen und bestätigte, was alle Anwesenden längst wussten, sprich dass der Graf tot war. Die Behörden wurden verständigt, und Hauptmann Zardi begann zu ermitteln.

Zardi, ein wortkarger Mann mit kerzengerader militärischer Haltung, nahm ab hier den Faden der Geschichte auf. Der Schlüssel zum Studierzimmer fand sich auf einem Marmorsockel, der eine Statue des Mark Aurel trug, gleich hinter der Tür. Das mittlere der drei Fenster stand weit offen, und auf dem Sims prangte der Abdruck einer blutigen Hand. Das Fenster ging zum Innenhof des Palasts hinaus, der als französischer Garten angelegt war. An der Mauer wand sich eine uralte Weinranke empor, deren dicke, knorrige Äste mühelos das Gewicht eines Mannes hätten tragen können.

Vom Hofgarten führten viele Tore und Durchgänge hinaus, die eine Vielzahl an Fluchtmöglichkeiten abgegeben hätten. Zardi ordnete auf der Stelle eine umfassende Durchsuchung des Palastes an, doch es wurde kein Flüchtender gefasst, auch konnte keiner der Bewohner sich entsinnen, an jenem Morgen irgendeinen Fremden auf dem Gelände gesehen zu haben.

Nun befragte Zardi den Sekretär Strepponi, der ihm berichtete, der Graf habe ihn zunächst weggeschickt, als er sich wie immer um zehn Uhr morgens zum Dienst gemeldet habe, und ihm gesagt, er brauche ihn frühestens in einer Stunde wieder, da er seinen Anwalt Randone erwarte. Darum habe Strepponi sich in sein Zimmer einen Stock darüber zurückgezogen. Um fünf vor elf sei er dann heruntergekommen, und auf dem Weg zur Tür habe er aus dem Inneren des Arbeitszimmers einen Schrei vernommen. Rasch sei er dann zur Tür gestürzt, doch diese war verschlossen. Er habe hören können, wie sich im Inneren des Zimmers jemand rührte, doch als Rosi eintraf und die Tür aufschloss, habe er dort niemanden mehr vorgefunden – außer dem sterbenden alten Mann.

Nun versuchte Zardi mit aller Macht herauszufinden, wer dieser Besucher gewesen sein könnte. Jedes Haushaltsmitglied musste seine Aufenthaltsorte oder Wege jenes Morgens darlegen, und nur wenige, selbst unter den Dienstboten, konnten Zeugen für die halbe Stunde vor dem Mord aufbieten. Allein der junge Graf, der mit Signorina Medioli im Zimmer direkt unter dem Studierzimmer seines Onkels geweilt hatte, besaß ein echtes Alibi. Als er den Schrei gehört hatte, war er sofort hinaufgerannt, gerade noch rechtzeitig, um zu sehen, wie sein Onkel in Strepponis Armen starb.

»Natürlich war ich in den ersten Stunden dieses tragischen Verlusts zu sehr von Trauer überwältigt, als dass ich auch nur einen rationalen Gedanken hätte fassen können«, erklärte er mit ernster Miene. »Doch sobald diese Sturzflut der Gefühle allmählich verebbt war und ich mir ein Bild meiner neuen Aufgaben als Kopf dieser uralten Familie gemacht hatte, wusste ich, dass meine erste und vordringlichste Pflicht darin bestand, seinen schändlichen Mörder zu jagen und seiner gerechten Strafe zuzuführen. Also stellte ich mich selbst, mein Vermögen und meine bescheidenen Kenntnisse Hauptmann Zardi zur Verfügung. Als erfahrener Gesetzeshüter nahm er mein Angebot, zu helfen, naturgemäß recht höflich, aber kühl entgegen.«

Er lächelte den Hauptmann an, der ein wenig zwiespältig die Schultern zuckte.

»Doch als ich ihm sagte, ich sei ein Schüler von und in engem Briefwechsel mit dem berühmten Sherlock Holmes, dessen Dienste selbst die Fachleute des Scotland Yard ungeniert in Anspruch nehmen, zeigte er mir die Kehrseite seiner Professionalität und gewährte mir umgehend Einlass ins Allerheiligste seines Verstandes.«

»Er ist kein Narr, nicht wahr?«, flüsterte Chiari mir ins Ohr. »Aus den Erfahrungen Ihres Freundes hat er rasch gelernt, dass sich wenig dadurch gewinnen lässt, die Polizei wie Hohlköpfe dastehen zu lassen!«

»Sie maßen sich tiefe Einblicke in den Geist von Mr Holmes an«, bemerkte ich unterkühlt.

»Ich weiß nur, was Ihre Bücher mich gelehrt haben«, entgegnete er. »Hören Sie zu, und Sie werden sehen, wie der Graf triumphieren kann, ohne triumphierend zu erscheinen.«

»Hauptmann Zardi hatte die ganze Vorarbeit geleistet«, sagte Montesecco bescheiden. »Alles, was ich zu den Ermittlungen beitragen konnte, waren die Überlegungen eines stillen Geistes und das unbändige Verlangen, dafür zu sorgen, dass mein geliebter Onkel gerächt wird. Zunächst untersuchte ich mit großer Sorgfalt, was der Hauptmann vor und unter dem Fenster des Studierzimmers gefunden hatte. Das war äußerst aussagekräftig.«

Er hielt kurz inne, und genau im richtigen Moment, so wie ich es immer tat, fragte nun Holmes: »Und was hatte der Hauptmann gefunden?«

Montesecco machte eine Pause von exakt bemessener Länge und sagte dann mit einer beiläufigen Dramatik, die eines Holmes würdig gewesen wäre: »Nichts. Absolut nichts.«

Holmes nickte beifällig.

»Und natürlich fragte ich mich: Hätte ein blutbefleckter Mann die Weinranken hinabklettern können, ohne irgendwelche Spuren auf den Blättern zu hinterlassen?«

»Genau.«

»Vielleicht ist er ja gesprungen«, wandte Holmes ein.

»Unten fanden sich keine Anzeichen, dass jemand auf dem Boden aufgekommen war, jedenfalls nicht mit jener Wucht, die mit einem solchen Sprung einhergehen würde«, erklärte der Graf. »Außerdem erinnern Sie sich ja gewiss, dass ich selbst in Gesellschaft von Signorina Medioli im Zimmer darunter war. Ich bin mir sicher, einer oder beide von uns hätten bemerkt, wenn eine menschliche Gestalt vor unserem Fenster hinabgestürzt wäre.«

»Eine schlüssige Folgerung«, musste Holmes zugeben. »Und wo haben Ihre Überlegungen Sie als Nächstes hingeführt, Herr Graf?«

»Wenn man das Unmögliche ausgeschlossen hat, muss das, was übrig bleibt, so unwahrscheinlich es auch klingen mag, die Wahrheit sein«, sagte der Jungspund und nickte dabei flüchtig in Holmes' Richtung, womit er allen Kundigen den Ursprung der Maxime zu verstehen gab, ohne vor den Unkundigen einräumen zu müssen, dass dieser Grundsatz nicht von ihm stammte. »Wenn der Mörder nicht durchs Fenster geflohen sein konnte, dann musste er im Zimmer geblieben sein.«

»Aber das Zimmer war, bis auf den Ermordeten, doch leer.«

»Ganz im Gegenteil. Wie sie selbst ausgesagt hatten, verharrten Rosi und Strepponi nicht auf der Schwelle, um sich in Ruhe ein Bild von dem zu machen, was sie sahen. Nein, sie hasteten sofort ins Arbeitszimmer. Mein Onkel lag im Sterben, war aber noch nicht tot. Rosi war als Erster bei ihm – habe ich recht, Serge?«

»Ja, Herr Graf«, bestätigte der Majordomus. »Ich riss die Tür auf und stand einen Moment lang wie gelähmt auf der Schwelle. Da saß, in scharfem Umriss vor der grellen Sonne, die durchs offene Fenster strömte, Ihr Onkel, der alte Graf, dem das Herzblut aus der Kehle rann. Rasch eilte ich auf ihn zu, Strepponi dicht hinter mir, und als ich vor Ihrem Onkel stand, noch unschlüssig, was nun am besten zu tun sei, drängte sich der heimtückische Mörder an mir vorbei, nahm sein Opfer in den Arm, wiegte dessen Kopf in seinem Armen, und rief mich an, den Arzt kommen zu lassen.«

Es war offenbar ein Vortrag, den er schon viele Male dargeboten hatte. Ich konnte mir vorstellen, wie langweilig seine Freunde und Familie ihn nach so vielen Wiederholungen wohl fanden.

Montesecco lächelte ihm anerkennend zu und sagte: »Also sehen Sie, Mr Holmes, wenn man bedenkt, dass ein Mensch nicht als ermordet gilt, bis er tatsächlich tot ist, waren noch zwei andere mit dem Ermordeten im Raum.«

Die Logik seines Arguments erschien mir reichlich hanebüchen, Holmes jedoch wirkte verzückt.

»Fahren Sie fort, Graf«, sagte er. »Das finde ich ziemlich faszinierend.«

»Sehen Sie, wie sich der wohlmeinende Lehrer über die Fortschritte seines Schülers freut?«, murrte Chiari.

»Ich würde Ihnen raten, noch etwas abzuwarten«, raunte ich zurück – mit mehr Zuversicht, als ich tatsächlich verspürte. »Die Kerker Englands stecken voller Männer, die glaubten, sie könnten den Lauf von Holmes' Gedanken vorhersehen.«

»Ach so, er ist also ein Wundertäter? Und wenn er sagt: ›Der Mann war's!‹, traut sich dann denn irgendjemand, ihm zu widersprechen?«

»Man müsste schon sehr töricht oder überaus brillant sein, um die Schlüsse eines Sherlock Holmes in Zweifel zu ziehen«, sagte ich nicht ohne Inbrunst.

»Ein solcher Ruf ist wie der Blick der Gorgonen. Man sollte aufpassen, wohin man ihn richtet«, versetzte er etwas verrätselt.

Mir blieb keine Zeit, genau auf ihn einzugehen. Denn Montesecco näherte sich dem Höhepunkt seiner Geschichte.

»Nun sprach ich mit dem Arzt und fragte ihn, ob ein Mensch mit durchgeschnittener Kehle denn noch schreien könne. Der Doktor meinte daraufhin, er halte es für unwahrscheinlich, dass jemand noch in der Lage wäre, die

Art von Geräusch auszustoßen, das im ganzen Haus zu hören war. Anschließend untersuchte ich den Türgriff auf der Außenseite und fand Blutspuren daran. Mein Verdacht war nun endgültig geweckt. Ich studierte den Schlüssel, den man unter der Statue des Mark Aurel gefunden hatte, und tatsächlich, auch daran hafteten Flecken trockenen Blutes. Ich fragte mich, ob ein Mann, der gerade einen Mord begangen hatte, bei dem sein Opfer so laut geschrien hatte, dass allgemein Alarm geschlagen würde, noch gefasst genug wäre, um vor der Flucht zur Tür zu eilen, abzuschließen und den Schlüssel dann sorgfältig wieder dort hinzulegen, wo man ihn gefunden hatte. Und wäre er tatsächlich so geistesgegenwärtig gewesen, abzuschließen, hätte er den Schlüssel dann nicht in der Tür stecken lassen?«

»Vielleicht«, wandte Holmes ein, »wurde die Tür ja schon *vor* und gar nicht *nach* dem Mord verriegelt?«

Montesecco beäugte Holmes mit demselben Ausdruck langmütiger Verdrossenheit, den ich auf dem Gesicht meines Freundes stets gewahrte, wenn ein tumber Polizist schwer von Begriff war.

»Wieso sollte dann Blut am Schlüssel sein?«, sagte er. »Nein, alles lief auf die einzige Erklärung hinaus, die sämtliche Tatsachen in Betracht zog. Frage: Wieso war Blut am Schlüssel? Antwort: Weil der Mörder ihn nach dem Mord angefasst hatte. Frage: Wieso war Blut am äußeren Türgriff? Antwort: Die gleiche, weil der Mörder ihn nach dem Mord angefasst hatte. Frage: Wer hatte den fürchterlichen Schrei ausgestoßen, der das ganze Haus aufschreckte? Antwort: Der Mörder! Sehen Sie, wie raffiniert er war? Nachdem er meinen Onkel umgebracht hat, merkt Strepponi, dass seine Hände und Manschetten voller Blut sind. Er eilt zum Fenster, hinterlässt dort einen Handabdruck, und als ihm klar wird, dass es fast unmöglich ist, auf diesem Wege unbemerkt zu fliehen, geht er stattdessen zur Tür, schließt auf, sieht draußen nach, um sicherzugehen, dass niemand in unmittelbarer Nähe ist, tritt heraus, schließt hinter sich ab, stößt diesen grauenhaften Schrei aus und fängt an, am Türgriff zu rütteln, als würde er sich verzweifelt mühen, hineinzugelangen. Rosi erscheint, sperrt auf und stürzt hinein. Hinter ihm legt Strepponi den Schlüssel wieder zurück unter die Statue, eilt dann zu seinem Opfer und nimmt es in den Arm, einerseits, um später erklären zu können, wieso er voller Blut ist, andererseits, um zu vermeiden, dass irgendjemand irgendeine Hilfe leistet, die den Tod meines Onkels hinausgezögert hätte. Ich teilte meine Erkenntnisse umgehend mit Hauptmann Zardi, der daraufhin mit der Entschlossenheit, für die er so berühmt ist, seines Amtes waltete.«

»Da ist sie wieder: die Beschwichtigung des Zerberus.«

Der Hauptmann nickte anerkennend und versetzte in seiner schroffen militärischen Manier: »Inzwischen hatte ich alle befragt, die im Palast zugegen waren, einschließlich Signor Randone, der meinte, er sei gerade zu seiner Verabredung mit dem alten Grafen eingetroffen.«

»Und ich verstand nicht, wie Strepponi glauben konnte, unsere Verabredung sei schon früher gewesen, da der Graf sie höchstpersönlich mit meinem Sekretär getroffen hatte«, warf der Anwalt ein.

»Eingedenk dessen und unter Berücksichtigung der Ergebnisse des Grafen Montesecco«, fuhr Zardi fort, »nahm ich den Verdächtigen, Strepponi, in Gewahrsam und ließ seine Räumlichkeiten durchsuchen. Dort fand ich Drohbriefe von Giulio Tebaldo, einem stadtbekannten Wucherer, der die Rückzahlung eines beträchtlichen Darlehens verlangte. Damit konfrontiert, gab Strepponi zu, dass er sich tief verschuldet habe, um Präsente für eine gewisse Dame zu erwerben, in die er sich zutiefst verliebt habe, ohne dass seine Gefühle jedoch von selbiger erwidert worden wären. Tebaldo wiederum räumte bei seiner Befragung ein, er habe am Abend vor dem Mord einen Boten zu Strepponi gesandt, der mit ihm reden sollte. Mir war bewusst, dass er mit ›Boten‹ einen Schläger meinte. Der Bote sei mit einigen Schmuckstücken als Teilzahlung zurückgekehrt sowie mit dem Versprechen vonseiten Strepponis, dass er imstande sei, den Restbetrag binnen vierundzwanzig Stunden zu begleichen.«

»Und kennen wir den Namen dieser Dame?«, wollte Holmes wissen.

Stille senkte sich über den Raum. Dann sagte Claudia Medioli: »Ich war es. Anfangs fand ich es vergnüglich, dann wurde er mir jedoch lästig. Selbstverständlich habe ich seine Geschenke zurückgeschickt, doch er sandte mir stets neue.«

»Und haben Sie Ihrem Freund, dem Grafen, davon erzählt?«

»Nein«, sagte sie und schlug die hübschen braunen Augen nieder. »Sein Ehrgefühl hätte ihm geboten, Strepponis Entlassung aus den Diensten seines Onkels zu veranlassen. Ich war schwach und wollte dem jungen Mann nichts Böses. Wie ich nun doch wünschte, ich hätte früher etwas gesagt.«

Sie wischte sich eine Träne von der Wange. Neben mir schnaubte Chiari abschätzig.

Der Graf strich ihr tröstend über den Arm und sagte dann: »Jetzt hatten wir also ein Motiv. Strepponi hatte meinen Onkel um Geld angegangen. Mein Onkel war ein gutmütiger Mensch, doch er verabscheute Schwächlinge, die sich in die Hände von Wucherern begeben.«

»Dann kann er ja nicht viel für seinen Neffen übriggehabt haben«, raunte Chiari.

»Doch wenn mein Onkel ihm lebend nicht helfen wollte, so wusste Strepponi, dass er ihm tot nutzen würde. In seinem Testament hatte mein Onkel ein großzügiges Erbe für ihn vorgesehen, ein Zeichen fehlgeleiteten Vertrauens und mehr als genug, um ihn aus seinen derzeitigen Nöten zu befreien. Strepponi bestritt, davon gewusst zu haben, aber Signor Randone konnte mir bestätigen, dass sich eine Abschrift des Testaments unter den Papieren meines Onkels befindet, zu denen Strepponi als sein Sekretär ungehindert Zugang hatte. Vielleicht hatte mein Onkel in seiner Empörung ja damit gedroht, Strepponi aus dem Testament zu streichen.«

»Durchaus möglich«, sagte Randone. »Schließlich hatte mich der alte Graf wegen einer Erbangelegenheit zu sich gerufen.«

Montesecco wirkte ob dieser Unterbrechung leicht verärgert, fuhr dann aber fort: »Dieser ungeheuerliche Schuft zögerte also nicht, als er sich in einer verzweifelten Lage wähnte, seine eigene Sicherheit über das Leben seines edlen Wohltäters zu stellen, und schlachtete ihn ab wie einen Hund.«

Dann folgte eine kurze Pause, in der alle Versammelten mit Ausnahme von Holmes, mir und Chiari Anzeichen tiefer Rührung an den Tag legten. Fast schien es, als würde sich diese Bewegtheit in der Art lauter Wehklage Bahn brechen, die diesen Südländern bekanntlich eigen ist, wäre sie nicht von einem mächtigen Schrei – halb erfreut, halb verächtlich – unterbrochen worden, der vom Pöbel unten auf dem Platz kam. Flugs hasteten alle Gäste hinaus auf den Balkon, der so sehr ächzte und knirschte, dass ich die ernsthafte Gefahr sah, dass wir abstürzen und der Menge unter uns Gesellschaft leisten könnten.

Der Grund des Aufruhrs war, dass ein dichter Trupp von Fußsoldaten mit Bajonetten, die in der Wintersonne funkelten, auf das Schafott zumarschierte. In ihrer Mitte, tief geduckt, wie um sich vor der johlenden Menge zu verbergen, lief ein dünner, kahl geschorener Mann mit einem verschlagenen Gesichtsausdruck, den ich zunächst für den verurteilten Gefangenen hielt.

»Warum ist er nicht gefesselt?«, erkundigte ich mich bei Chiari.

Der Journalist lachte und sagte: »Sie irren sich, mein Freund. Das ist nicht Strepponi. Das ist der Scharfrichter, der vom gemeinen Volk derart verachtet wird, dass es ihn wohl seinem eigenen üblen Handwerk überantworten würde, würde er es wagen, ohne seine bewaffnete Eskorte aufzutreten.«

Ich warf einen Blick auf meine Taschenuhr. Es waren zehn Minuten bis zur angesetzten Stunde. Könnte es denn sein, dass die Italiener nur bei dieser einen Angelegenheit für sie untypisch pünktlich waren?

Jemand hüstelte. Ein verhaltenes Geräusch im Vergleich zum Plappern der Gäste und dem Tumult des Pöbels unter uns, als der Scharfrichter auf seine todbringende Apparatur stieg. Und doch brachte es alle auf dem Balkon zum Schweigen, so wie es, wie ich es so oft erlebt hatte, schon viele Gesellschaften im Laufe unserer langen Zusammenarbeit zum Schweigen gebracht hatte, und alle Augen richteten sich auf Sherlock Holmes.

»Mein lieber Graf«, sagte er. »Meinen Glückwunsch. Einen Mord aufzuklären, verlangt einen messerscharfen Verstand, ein vorzügliches Urteilsvermögen. Und einen Fall zu lösen, in den Sie selbst so eng und schmerzlich verstrickt sind, erfordert schier übermenschliche Hingabe und Willenskraft.«

Aus der Menge drang ein neuerlicher Aufschrei, durchsetzt nun von den Klängen einer Trompetenfanfare. Auf dem Platz bestiegen die Offiziere ihre Pferde und zogen ihre Säbel. Die rund hundert Infanteristen, die bislang zwanglos dagestanden hatte, ergriffen ihre Waffen, pflanzten die Bajonette auf und machten den Korridor zur Kirche frei, auf dem sich in der legeren Atmosphäre der vergangenen Stunde schlendernde Spaziergänger oder Süßigkeiten- und Zigarrenhändler breitgemacht hatten. Dann schwand das Gebell der Menge jäh zu einem einzigen mächtigen Seufzer abergläubischer Ehrfurcht, und viele knieten nieder, als aus der Kirche heraus eine makabre Prozession auftauchte. Pfarrer und Mönche waren darunter, einige mit Bannern, andere mit Reliquien, während zwei ganz in der Mitte hoch über ihren in Kapuzen gehüllten Köpfen ein riesiges bunt bemaltes Kruzifix trugen, an dem ein Abbild Jesu Christi hing, gehüllt in schwarzes Sackleinen.

Holmes fuhr fort, als wäre nichts gewesen.

»Unsere Kunst, mein lieber Graf, besteht, wie Sie es so klar erkannt haben, darin, die eine Wahrheit aus einer großen Auswahl fehlerhafter Möglichkeiten auszuwählen; das, was sein könnte, zu dem zu verfeinern, was ist. Vor allem aber dürfen wir unser Ziel nie aus dem Auge verlieren. Ein Geringerer hätte sich beispielsweise gefragt, wieso Strepponi, da er doch wusste, dass der Anwaltstermin erst um elf Uhr war, dennoch beschloss, ebendiese Lüge in seine Geschichte aufzunehmen. Oder wieso hat er, da die Signorina ihm die Präsente doch zurückgegeben hatte, diese dann nicht dorthin zurückgebracht, wo sie herstammten und wo man ihm den Großteil seines Geldes erstattet hätte, mit dem er seine Schulden hätte begleichen können. Zudem hätte ein geringerer Ermittler, um sicherzugehen, dass der Todesschrei nicht von dem Sterbenden hätte stammen können, wohl seine und die Zeit des Doktors damit vergeudet, nachzuschauen, ob der Mörder beim Durchtrennen der Halsvene so tief gedrungen war, um auch die Stimmbänder zu kappen …«

Er blickte fragend hinüber zu Dr. Provenzale, der nur verwirrt dreinschaute.

»Obendrein gehe ich davon aus«, sprach Holmes weiter, »dass sich an der Schnittrichtung der tödlichen Verletzung ablesen ließ, ob der Mörder Rechts- oder Linkshänder war …«

Noch ein Blick auf Provenzale, der nur weitere Verwirrung erntete.

»… und gewiss ist dieser Sachverhalt mit der Händigkeit eines jeden Verdächtigen abgeglichen worden.«

Draußen brandete abermals ein Aufschrei auf, und alle knienden Zuschauer waren wieder auf den Beinen, reckten die Hälse, um einen Blick auf den letzten und wichtigsten Akteur zu erhaschen, der nun auf diese schauderhafte Bühne trat. Als Holmes' langjähriger Gefährte hatte ich schon viele Mörder gesehen, also wusste ich nur zu gut, dass sie keine besonderen Merkmale aufweisen, an denen man sie erkennen könnte. Der blasse, dürre, gut aussehende junge Mann jedoch, der erhobenen Hauptes in der Mitte der bewaffneten Eskorte ging, war einem dieses Schlages so unähnlich, wie ich es noch nie zuvor gesehen hatte.

Chiari klang etwas verwirrt, als er das Wort ergriff.

»Mir scheint, als würden Sie nahelegen, der Mörder könnte tatsächlich im verschlossenen Zimmer gewesen und durchs offene Fenster geflohen sein, so wie wir es alle zu Beginn vermutet haben.«

»Du meine Güte, nein«, versetzte Holmes empört. »Wie könnte ich so etwas denn nahelegen, da der Graf uns doch bewiesen hat, dass es unmöglich war? Die Weinranken hinabzusteigen, ohne Blutspuren am Blattwerk zu hinterlassen, ist in der Tat undenkbar. Und wenngleich einige behaupten würden, dass es durchaus möglich wäre, hinab auf den harten, ausgedörrten Boden zu springen, ohne einen Abdruck zu hinterlassen, weilte ja zum Glück der Graf persönlich mit Signorina Medioli im Zimmer darunter. Und noch glücklicher für uns, dass Sie, obschon die pralle, heiße Sonne auf Ihr Fenster geschienen haben muss (hat sie nicht auch direkt ins Fenster darüber geschienen?), mit der Sitte Ihres Landes gebrochen und die schützenden Fensterläden weit geöffnet hatten.«

An dieser Stelle sah ich, wie einige der Journalisten verdutzte Blicke wechselten. Was führte Holmes im Schilde? Das fragte ich mich.

»Und das Blut am Schlüssel? Und am äußeren Türgriff?«, erkundigte sich Chiari wissbegierig. »Sind Sie da von der Richtigkeit der Schlüsse Ihres Schülers ähnlich überzeugt?«

»Gewiss doch. Dass sich irgendjemand von den vielen Leuten, die das Zimmer in den hektischen ersten drei Minuten nach der Entdeckung unwissentlich mit dem Blut des alten Grafen befleckt und es ungewollt entweder auf den Schlüssel oder den Türgriff übertragen haben könnte, ist eine Möglichkeit, die nicht beweisbar und somit nicht zu berücksichtigen ist.«

»Dass sie nicht beweisbar ist, bedeutet gewiss auch, dass sie sich auch nicht widerlegen lässt«, folgerte Chiari.

»Ich bitte Sie, Signor Chiari, mehr als einen Schüler unter Ihren Landsleuten kann ich unmöglich annehmen«, raunte Holmes.

Von unten drangen laute Jubelschreie zu uns hoch, die darauf hinwiesen, dass der Verurteilte die marode Leiter empor auf das Schafott gemeistert hatte. Der in Schwarz gehüllte Christus war direkt vor ihm zum Stehen gekommen, und Stepponis Blick ruhte unverwandt auf der Figur. Da ich kein Papist bin, erschien es mir wie ein geschmackloses Laienspiel, und dennoch hoffte ich, es mochte dem jungen Mann ein wenig Trost spenden.

»Sie zweifeln also nicht daran, dass dieser arme Kerl, der gleich den Kopf verlieren wird, schuldig ist?«, wollte Chiari wissen.

»Seine Schuld liegt zwischen seinem Richter hier auf Erden, der hier bei uns ist, und seinem himmlischen Richter, der, wie ich glaube, auch unter uns weilt«, sagte Holmes feierlich. »Alles, was wir mit Gewissheit sagen können, ist, dass einem guten Mann, der gerade auf der Schwelle eines neuen Lebens mit der Dame seines Herzens stand, ein furchtbares Unrecht widerfahren ist, das ihm nicht allein sein zukünftiges Glück genommen, sondern auch den Sohn, von dem er womöglich einst geträumt hat, seines Namens und Titels, wenn nicht gar seines Landes beraubt hat.«

Alle Blicke richteten sich plötzlich auf Signora Masina, die fürchterlich errötete, während ihre Schwester ihn mit weißglühender Rage anfunkelte.

»Zum Glück jedoch wohnt jeder noch so schändlichen Tat neben Schlechtem stets auch Gutes inne, und ebendiese Tat hat einen neuen jungen Erben viel früher als gedacht zu Titel und Reichtum geführt, einen Nachfolger, der nun viele Jahre vor sich hat, in denen er sich beidem würdig erweisen kann.«

Er verneigte sich vor dem Grafen, der nicht recht wusste, wie er auf dieses eher zwiespältige Kompliment reagieren sollte. Doch die Mühe einer Antwort wurde ihm erspart, als sich auf dem Platz auf einmal eine Totenstille breitmachte, die unsere Aufmerksamkeit ebenso in Beschlag nahm wie der vorherige Tumult.

Strepponi kniete unter dem Fallbeil. Sein Kopf lag in der runden Einkerbung in einem Querbalken. Ein weiterer Balken mit einem dazu passenden halbkreisförmigen Ausschnitt wurde ihm über den Hals gelegt. Ein Priester bekreuzigte sich über ihm. Der Scharfrichter griff nach einem Hebel. Und im nächsten Augenblick, mit einem Rattern wie dem eines eisenbeschlagenen Rads auf einer Pflasterstraße, sauste das Beil hinab, und der abgetrennte Kopf fiel nach vorn in einen Lederkorb. Aus diesem fischte der Henker ihn heraus, hob ihn an den Haaren hoch und hielt ihn der Menge entgegen. Dann spießte er ihn auf eine hohe Stange, wo man ihn beließ – als Futter für die Krähen und Warnung für die Verbrecher dieser großartigen Stadt.

Binnen weniger Sekunden war alles vorüber, und rasch zerstreute sich die Menge, bis auf einige makabre Gesellen, die stehen blieben, um den kopflosen Körper genauer zu betrachten.

Unsere Gesellschaft strömte vom Balkon zurück ins Warme, wo schon neue Champagnerflaschen auf uns warteten. Signora Masina und ihre Schwester jedoch verweilten nicht und verließen uns sofort. Ich sah den Richter, Zardi, Randone und den Doktor in einer kleinen Schar zusammenstehen, tief in ein Gespräch vertieft. Auch der Graf und Signorina Medioli standen eng zusammen, sprachen aber nicht. Und sämtliche Reporter drängten sich um Sherlock Holmes, der die Hand hob, um Ruhe zu gebieten, und dann sagte: »Gentlemen, ich bitte Sie. Sie haben Ihren eigenen italienischen Sherlock Holmes, den Sie befragen können. Und mit Signor Chiari haben Sie womöglich sogar Ihren eigenen Dr. Watson, um von seinen Heldentaten zu berichten.«

Er lächelte Chiari an, der mir einen entschuldigenden Blick zuwarf, sich dann wieder zu Holmes umwandte, der seinen Umhang anlegte und sagte: »Was mich betrifft, ich bin zu erschöpft, als dass ich reden könnte. Und darüber hinaus müssen mein guter Freund Watson und ich noch einen Zug erreichen.«

Es war das erste Mal, dass ich davon hörte, und zunächst hielt ich es lediglich für eine Ausflucht, damit wir rasch das Weite suchen konnten. Doch schon eine halbe Stunde später, in der uns kaum Zeit zum Atemholen blieb, geschweige denn dazu, sie mit müßigen Gesprächen zu vergeuden, fand ich mich behaglich im luxuriösen Sessel eines der prächtigsten Eisenbahnwaggons wieder, die ich je gesehen hatte, während wir nordwärts aus Rom herausratterten.

»Aber was ist mir unserem Gepäck, Holmes?«, hatte ich atemlos gekeucht, als wir in letzter Sekunde eingestiegen waren.

»Dafür ist gesorgt«, sagte er in einem Ton, der klang, als wüsste er viel mehr als ich, was ich immer unerträglich finde. Ich beschloss, seine Selbstgefälligkeit nicht noch weiter zu fördern, indem ich nach unseren Reiseplänen fragte. Stattdessen wandte ich mich, derweil wir uns entspannten und unsere Pfeifen anzündeten, wieder unserem morgendlichen Abenteuer zu, das mich noch immer furchtbar neugierig machte.

»Holmes, Ihre, wenn ich das so sagen darf, wenig galanten Andeutungen in Bezug auf Signorina Masina, dass sie … nun ja, *enceinte* sei, glauben Sie das wirklich?«

»Ich hätte geglaubt, ein Mann vom Fach wie Sie könnte so etwas auf den ersten Blick erkennen«, erwiderte er.

»Zwischen sechzehnter und zwanzigster Woche, würde ich annehmen.«

»Und Sie glauben wirklich, dass es das Kind des alten Grafen ist?«

»Das möchte ich doch hoffen. Aber machen Sie sich um die Dame keine Sorgen. Sie geht nach Amerika, wo man sie gewiss als trauernde Witwe präsentieren wird. Und ich könnte wetten, dass der neue Graf mit ihr eine großzügige Vereinbarung getroffen hat, die die Erziehung seines unehelichen Cousins sicherstellt.«

»Der, hätte der Graf seine Heirat noch erlebt, der rechtmäßige Erbe gewesen wäre«, merkte ich bedächtig an.

»Ganz recht«, sagte Holmes.

»Und die Verurteilung von Giuseppe Strepponi beruhte fast ausschließlich auf den Ermittlungen des jungen Montesecco und den Aussagen von dessen *inamorata*?«

»Offensichtlich.«

»Holmes«, stieß ich entsetzt hervor. »Was haben wir getan?«

»Wie meinen Sie das, mein Bester?«, sagte er mit zur Schau gestelltem Staunen.

»Alles, was Sie am Ende unseres Besuchs gesagt haben, erschien mir wie eine mögliche Widerlegung aller logischer Folgerungen des Grafen. Und jetzt scheinen Sie auch noch anzudeuten, dass er, mehr als jeder andere, auch noch ein glasklares Motiv besaß, seinen Onkel zu ermorden.«

»Da vermag ich Ihnen nicht zu widersprechen«, merkte Holmes selbstzufrieden an.

»Wie kann es Ihnen dann nichts ausmachen, dass dieser arme junge Bursche, Strepponi, noch während Sie Ihre Bemerkungen machten, auf das Schafott gezerrt und förmlich vor Ihren Augen hingerichtet wurde?«

Jetzt warf Holmes den Kopf zurück und lachte – eine

Regung, die ich bei jedem anderen als hartherzig erachtet hätte.

»Mein lieber Watson, seien Sie ganz beruhigt. Ich kann nicht sagen, inwieweit der unglückselige Sekretär durch seine Verbindung mit Claudia Medioli zu der Tat getrieben wurde. Das müssen Zardi und womöglich auch die römische Presse herausfinden. Aber ich kann Ihnen versichern, dass Strepponi schuldig war und die Tat in etwa so begangen hat, wie der Graf es eruiert hat.«

»Aber wie können Sie da sicher sein, da Sie doch seine Schlüsse so ins Wanken gebracht haben?«

»Oh, zweifellos hatten es seine *Schlüsse* verdient, ins Wanken gebracht zu werden, seine *Schlussfolgerung* indes war, so glaube ich, korrekt. Unter anderem, weil er a) wahrscheinlich von Beginn an wusste, dass Strepponi der Mörder war, und b) niemals gewagt hätte, mich hinzuzuziehen, wenn es nicht gestimmt hätte. Vor allem aber, weil die Hinrichtung pünktlich stattfand.«

»Es tut mir leid, aber das verstehe ich nicht. Ich weiß, dass diese Südländer in Sachen Zeitmessung wahrhaft erbärmlich sind, aber mir ist schleierhaft, wie Sie aus einem einzigen Fall von Pünktlichkeit eine so bemerkenswerte Schlussfolgerung ziehen können.«

»Dann sollten Sie versuchen, diese umnachteten Ausländer nicht nur zu bedauern und zu gängeln, sondern auch ein wenig zu verstehen, Watson. Für diese Römer bedeutet ein Tod auf dem Schafott nämlich mitnichten ewige Verdammnis. Nein, sogar der abscheulichsten Bestie kann, nachdem sie ihre Zeit im Fegefeuer abgesessen hat, die Gnade Gottes noch zuteilwerden, die all unser menschliches Verstehen übersteigt, selbst meines. Nicht jedoch, wenn er unversöhnt und ohne Beichte in den Tod geht. Weshalb man den jungen Strepponi auf seinem Weg zum

Schafott auch in die Kirche San Cassiano brachte. Hätte er sich geweigert, zu gestehen und die Beichte abzulegen, wäre die Hinrichtung bis zum Sonnenuntergang verschoben worden, so erpicht sind diese barmherzigen Priester darauf, die Möglichkeit der Gnade Gottes doch noch zu gewähren. Wenn also die Hinrichtung eines Verurteilten, der im Ruf steht, ein frommer junger Mann zu sein, pünktlich stattfindet, kann man davon ausgehen, dass er seine Schuld umfänglich und freiwillig gestanden hat.«

»Und wenn er nicht gestanden hätte?«

»Dann hätte dies die Sachlage verändert«, sagte Holmes grimmig. »So aber ist ein Schuldiger zu seinem Schöpfer geschickt worden. Ich wollte lediglich sicherstellen, dass dieser Scharlatan von Möchtegern-Detektiv nicht durch den Missbrauch meines Rufes andere, womöglich weniger schuldige Männer ins Verderben schickt. Ich glaube, zwei von ihnen schmachten bereits infolge seiner sogenannten Folgerungen im Gefängnis. Ich will doch hoffen, dass, sobald unser Freund Chiari und andere Zeitungsleute ihre Stimme erheben, die beiden freigelassen und alle weiteren Versuche des Grafen, den Gang der Gerechtigkeit zu stören, mit Hohn und Spott bedacht werden!«

»Holmes, Sie sind ein wahres Wunder«, sagte ich. »Und nicht weniger wundersam ist es, dass wir jetzt in diesem Zug sitzen, wohin dieser auch immer fahren mag.«

»Wohin sollte man denn zu dieser Zeit des Jahres denn fahren, wenn nicht nach Hause?«, erwiderte mein Freund. »Wir werden nonstop quer durch Europa dampfen und nicht anhalten, bis wir wieder wohlbehalten in der Baker Street sind. Ich habe Mrs Hudson bereits telegraphiert, dass wir kommen, also werden Sie, wenn auch etwas verspätet, doch noch in den Genuss ihrer berühmten Gans kommen, die Sie, wie ich weiß, so schätzen.«

»Aber Holmes«, sagte ich. »Sagten Sie nonstop? Wie ist das möglich?«

»Weil dies ein Sonderzug ist«, sagte er.

»Ein Sonderzug? Bis nach England? Aber das muss uns eine königliche Summe kosten!«, rief ich aufgebracht.

»Gut möglich. Zum Glück haben wir ja einen König, nun zumindest einen zukünftigen, der sie für uns bezahlt. Dies ist nicht unser Sonderzug, sondern der Seiner Königlichen Hoheit, des Prinzen von Wales. Wie Sie sich entsinnen werden, konnte ich ihm vor einigen Jahren einen unbedeutenden, lächerlichen Dienst erweisen, und er meinte, falls er je einmal etwas für mich tun könne, solle ich es ihn wissen lassen. Als ich also hörte, dass er sich in Ostia aufhielt, und vermutete, dass er Ihre Majestät, seine Frau Mama, sicher nicht verärgern wollte, indem er Weihnachten außer Landes verbringt, ließ ich ihm über die Botschaft ein Telegramm zukommen. Er ist ein Mann, der seine Versprechen hält. Also raffen Sie sich auf, Watson. In einer halben Stunde sind wir mit dem Prinzen zum Lunch verabredet, und ich kann mir schwerlich vorstellen, dass Sie dabei aussehen wollen wie ein städtischer Rattenfänger! Eine Sache allerdings dürfen Sie jedoch getrost vergessen.«

»Und was ist das, bitte schön?«, fragte ich.

»Ihr furchtbares Notizbuch. Diesen Teil der Geschichte werden Sie selbst in hundert Jahren nicht erzählen dürfen!«

Peter Lovesey

Die vier Weisen aus dem Morgenland

Eines Dezembermorgens im Jahr 1895 warf Sherlock Holmes die *Times* beiseite und sagte zu mir mit einer gewissen Schroffheit: »Hören Sie auf herumzudrucksen, Watson. Was auch immer Sie sonst vorhatten, es ist Ihre Pflicht, über Weihnachten nach Somerset zu fahren.«

Ich starrte ihn entgeistert an; hatte ich doch kein Wort über die Angelegenheit verloren, die mir gerade durch den Kopf ging.

Er verblüffte mich sogar noch mehr, als er hinzufügte: »Der Treueschwur eines alten Soldaten zu seinem ranghöheren Offizier ist eine lebenslange Verpflichtung. Er benötigt Ihre Hilfe, und es ist nicht an Ihnen, sie ihm zu verwehren.«

»Holmes«, sagte ich, als ich meine Stimme wiedergefunden hatte, »mit Ihren Künsten auf dem Gebiet der Deduktion bin ich ja durchaus vertraut, doch dass Sie überdies auch noch Gedanken lesen können, ist wahrlich eine Offenbarung, und eine recht unheimliche obendrein.«

Mit seiner langen schlaffen Hand vollführte er eine wegwerfende Geste. »Mein lieber Freund, ich kann mir kaum etwas vorstellen, das mir weniger Freude bereiten würde, als in die Köpfe meiner Mitmenschen zu spähen. Mein Rat beruht einzig und allein auf sorgfältiger Beobachtung.« Wie um mich noch mehr zu reizen, verstummte er auf einmal, schob sich die kalte Pfeife in den Mund und blickte aus dem Fenster auf den vorbeifahrenden Verkehr der Baker Street.

Ich wartete. Mir wurde klar, dass er nicht beabsichtigte, noch etwas zu sagen, sofern ich die Sache nicht weiterverfolgte.

Auch wenn es mir widerstrebte, ihm die Genugtuung zu verschaffen, siegte schließlich doch die Neugier. »Ich nehme Ihre Zeit ja nur ungern über Gebühr in Anspruch, aber …«

»Dann lassen Sie es.«

Einige Minuten verstrichen, bevor ich mich für einen neuerlichen Versuch wappnete. Ich glaube, dass auch er die Stille unerträglich fand, auch wenn er es nie zugegeben hätte.

»Ich dachte, ich würde Ihre Methoden kennen, Holmes. In diesem Fall jedoch, das muss ich zugeben, stehe ich vor einem absoluten Rätsel.«

Er starrte nur weiter aus dem Fenster.

»Ich wäre Ihnen für eine Erklärung dankbar.«

Er seufzte tief. »Manchmal verzweifle ich an Ihnen, Watson. Sie sind Ihrem eigenen Verhalten gegenüber völlig blind. Als ich Sie ermahnte, Sie sollten aufhören, herumzudrucksen, hatten Sie diesen Brief bereits zum dritten Mal aus seinem Umschlag geholt und ihn mit erheblichem Stirnrunzeln studiert. Mittlerweile kennen Sie den Inhalt. Sie lesen ihn nur deshalb immer wieder, weil Sie händeringend nach einer halbwegs anständigen Ausrede suchen, um Weihnachten in Somersetshire zu vermeiden.«

»Woher um alles in der Welt wissen Sie, dass es um Somerset geht?«

»Die Briefmarke aus Taunton.«

»Ha!« Ich musste über meine eigene Einfalt lachen, und das hätte ich nicht tun sollen, da Holmes dies als Beleidigung seines Genies auffasste. Als ich die Fassung wiedererlangt hatte, fuhr ich fort: »Aber die anderen Sachen. Ihre Äußerung – die, wie ich zugeben muss, völlig korrekt ist –, dass ein alter Armeekamerad nach mir verlangt.«

»Ich sagte: Ihr ranghöherer Offizier.«

»Donnerwetter, und damit haben Sie völlig recht. Haben Sie etwa meine Korrespondenz gelesen?«

Er gab ein ungeduldiges Murren von sich. »Wie könnte ich? Von dem Moment an, als Sie den Umschlag aufrissen, haben Sie den Brief nicht aus der Hand gelegt. Die Erklärung wird Sie zweifellos enttäuschen, so wie immer.«

»Das wird sie ganz gewiss nicht.«

Mit geflissentlichem Widerwillen klärte er mich auf. »Die Weihnachtsfeiertage stehen vor der Tür. Das wissen alle. Eine Zeit der Einladungen.«

»Sie haben also genial geraten?«

Ein Ausdruck tiefen Missfallens verfinsterte die Züge des großen Detektivs. »Ich rate nicht.«

»Ich sagte ›genial‹.«

»Das schmälert die Beleidigung nicht im Geringsten. Raten ist etwas für Scharlatane. Ich stelle logische Folgerungen an. Ich wollte gerade darauf hinweisen, dass Sie, nachdem Sie den Brief zum ersten Mal gelesen hatten, den Kopf gedreht und über meine Schulter hinweg auf die Titelseite der *Times* gespäht haben, die außer dem Datum nichts enthielt, was Sie hätte interessieren können.«

»Das habe ich!«

»Das heutige Datum hat Sie wissen lassen, wie wenig Zeit bis Weihnachten noch bleibt, wie viele Tage noch übrig sind. Sie sind ein umtriebiger Bursche, der in den nächsten Tagen jede Menge Verpflichtungen hat. Sie mussten ausrechnen, wie viel Zeit Sie zur Verfügung haben.«

»Völlig richtig!«

»Eine Einladung aufs Land an Weihnachten. Muss ich noch mehr sagen?«

»Ich bitte darum.« Seinen Ausführungen wohnte wie immer die ganze Macht der Logik inne. »Was mich am meisten verblüfft, ist, wie Sie vorhersagen konnten, dass die Einladung von einem Mitglied meines Regiments stammt – und zudem noch dessen Rang.«

»Ach das«, versetzte er und klopfte seine Pfeife auf dem Fensterbrett ab, sodass eine Aschewolke aufstob. »Das liegt an der Ausbildung, Watson.«

»Der Ausbildung in der deduktiven Methode?«

»Nicht meiner Ausbildung. Ihrer Ausbildung. In der Armee. Am Drill, den jeder Soldat durchlaufen muss. Was haben Sie immer getan, wenn Sie einem ranghöheren Offizier begegnet sind?«

»Salutiert. Aber das habe ich eben nicht.«

»Nein, nein, aber als Sie sahen, von wem der Brief stammte, haben Sie Ihre freie Hand mit leicht geschlossenen aneinandergeschmiegten Fingern an den Körper gelegt, wobei der Daumen nach militärischer Fasson entlang des Saumes unterhalb der Hosentaschen abwärts wies. Äußerst vielsagend.«

»Grundgütiger«, entfuhr es mir. »Bin ich so durchschaubar?«

»Ganz im Gegenteil.«

»Undurchsichtig?«

Er wandte den Blick ab, und mir schien, als hätte ich einen Anflug von Belustigung in seinen Augen funkeln sehen. »Wie ich sehe, haben Sie Ihre Entscheidung getroffen. Sie werden nach Taunton fahren. Das erfordert Ihre Kameradentreue, selbst wenn die Pflicht es Ihnen im Grunde nicht mehr abverlangt.«

Ich zog den Brief ein weiteres Mal aus seinem Umschlag.

Holmes hatte mir seinen Rat gegeben, und er leuchtete mir durchaus ein, doch schien mir, dass eine noch ausführlichere Begründung wohl vonnöten wäre. Die Einladung stammte tatsächlich von meinem alten befehlshabenden Offizier bei den Fünften Northhumberland-Füsilieren, Colonel Sloane, M.C., einem Helden des Anglo-Afghanischen Krieges. Ich bot an, ihn laut vorzulesen.

Mein lieber Watson, (begann er)
einige Jahre sind vergangen, seit wir das letzte Mal voneinander gehört haben, aber Ihre bewundernswerten Eigenschaften haben bei mir einen bleibenden Eindruck hinterlassen. Ich habe Sie stets als absolut verlässlich erachtet.

»Wie wahr«, warf Holmes großzügigerweise ein.

Nie hätte ich erwartet, dass ich nach unserem Ausscheiden aus den Diensten Ihrer Majestät einmal Ihre Hilfe erbitten würde, doch hier im Dorf Bullpen nahe Taunton, wo ich jetzt wohne, hat sich eine sonderbare Misslichkeit ergeben.

»Könnten Sie das wiederholen?«, bat mich Holmes.
»Bullpen, nahe Taunton. Darf ich fortfahren?«
Er nickte. Ich genoss jetzt seine ungeteilte Aufmerksamkeit.

Es sei Ihnen verziehen, falls Sie noch nie etwas vom Weihnachtsgottesdienst in Bullpen gehört haben, doch genießt er in unserer Gegend beträchtliche Bekanntheit. Jedes Jahr nehmen die Dorfbewohner am Sonntag vor Weihnachten traditionell an einer Maskenprozession zur

Kirche teil, in der unser Weihnachtsgottesdienst gefeiert wird. Dabei verkörpern wir abwechselnd die Figuren dieser jahrtausendealten Geschichte, und dieses Jahr wird mir die Ehre zuteil, den Balthasar zu geben, einen der Drei Könige.

»Weisen«, wandte Holmes erneut ein.

»Hier steht ›*Könige*‹.«

»Von Königen ist in den Evangelien nirgendwo die Rede.«

»Wirklich?«

»Die Zahl drei wird übrigens auch nie ausdrücklich erwähnt«, erklärte er, wobei er eine mir bis dato unbekannte Vertrautheit mit dem Neuen Testament an den Tag legte.

Ich las weiter:

Es ist eine recht verantwortungsvolle Rolle, denn Balthasar trägt traditionell den Stern. Zur Erklärung muss gesagt werden, dass es sich bei dem Stern um ein aus Silber und Edelsteinen gefertigtes Abbild des Sterns von Bethlehem handelt, den man aus der Bibel kennt. Er besitzt etwa die Größe eines Esstellers und ist an einer zwei Meter langen Stange festgemacht, damit man ihn so hoch tragen kann, dass der Eindruck entsteht, wir Könige – sowie die Hirten – würden von ihm nach Bethlehem geleitet. Der Stern ist ein Glanzstück mittelalterlicher Handwerkskunst, meisterhaft aus walisischem Silber geschmiedet und mit sieben Rubinen besetzt. Normalerweise wird er im Tresorraum der United Bank in Taunton aufbewahrt. Ohne Übertreibung ist er wahrlich eins der wertvollsten mittelalterlichen Kleinode Englands, das es in Sachen Kunstfertigkeit und Eleganz gar mit den Kronjuwelen aufnehmen kann. Letzten Sommer wurde er im British Museum ausgestellt, wo man ihn für zwanzigtausend Pfund versichert hat. Ich habe die Aufgabe – vielmehr die Ehre –, den Stern von der Bank abzuholen, ihn in einem geschlossenen Wagen zu mir zu bringen, ins Herrenhaus, wo sich die Hauptdarsteller treffen, um ihre Kostüme anzuziehen, und wo der Umzug durch die Straßen bis zur Kirche losgeht. Ich trage den Stern am Stab, und er bleibt in meiner Obhut bis zu dem Moment im Gottesdienst, wenn er über der Krippe stehen soll. Dann geht die Verantwortung auf Josef über, der ihn mir nach der Messe wieder übergibt.

»Ha!«, stieß Holmes lebhaft aus. »Er will, dass Sie sein Josef sind.«

Ich nickte.

»Und Sie werden hinfahren.« Als wäre die Angelegenheit für ihn nun nicht mehr von Interesse, griff er nach seinem Sammelalbum und klappte es auf. »Haben Sie meine Klebstoffflasche gesehen?«

»Hinter Ihnen auf dem Kaminsims.«

»Und die Schere?«

»Da, wo Sie sie hingesteckt haben, in der Brusttasche Ihres Morgenmantels.«

»In der Tat. Auf Seite drei findet sich nämlich ein leidlich interessanter Artikel über eine Halskette, die einst Marie Antoinette gehörte, und die gerade in Paris gestohlen wurde. Einige der Tatumstände geben Anlass zur Vermutung, dass mein alter Widersacher Georges Du Broc wieder aktiv ist.«

»Du Broc?«, wiederholte ich. »Sie haben noch nie von Du Broc gesprochen.«

»Die Dohle. Ein putzmunterer kleiner Bursche, halb so groß wie Sie. Der dreisteste Langfinger in ganz Europa.«

»Ich habe noch nie von ihm gehört.«

»Seien Sie froh. Er würde Ihnen das Hemd vom Leib stibitzen, ohne dass Sie es bemerken. Habe ich nie den Fall des Fußkettchens der Zarin erwähnt?«

»Mir gegenüber nicht«, gab ich zurück. »An einen solchen Fall könnte ich mich bestimmt erinnern.«

»Wie diskret ich doch geworden bin«, sinnierte Holmes.

Er brachte mich schon wieder zur Verzweiflung, indem er kein Wort mehr über Du Broc, die Zarin oder das Fußkettchen verlor. Doch war er so freundlich zu verkünden: »Ich werde am Weihnachtsgottesdienst in Bullpen teilnehmen.«

Am Samstag vor Weihnachten nahmen wir zusammen den Zug von Paddington. Aus der dünnen Lage Schnee in London wurden, je weiter wir südwestwärts dampften, allmählich arktische Verhältnisse. Ich hoffte noch immer, an Heiligabend wieder in London sein zu können, doch meine Zuversicht schwand zusehends, als ich gewahrte, wie die Flocken von Minute zu Minute größer wurden. In Bristol stiegen wir um in die Exeter-und-Plymouth-Linie.

»Ich bezweifle sehr, dass man den Umzug absagen wird«, bemerkte Holmes, der mühelos meine Gedanken las (er konnte es *doch*, das schwöre ich). »Eine Tradition, die fünfhundert Jahre überdauert hat, wird man wegen ein paar Zentimetern Schnee kaum aufgeben.«

»Vielleicht verzichten sie ja auf den Straßenumzug und gehen geradewegs zur Kirche.«

»Mein lieber Freund, Josef und Maria sind unter widrigsten Verhältnissen von Nazareth aus Dutzende Meilen über Berge und durch Wüsten bis nach Bethlehem gewandert, und Sie beschweren sich über die Aussicht auf einen zehnminütigen Spaziergang durch den Schnee?«

Ich wandte mich ab und blickte aus dem Fenster.

In Taunton empfing uns Colonel Sloane höchstpersönlich, der sich kaum verändert hatte, glich er doch noch immer dem galanten Offizier, den ich zuletzt in Kabul gesehen hatte: ein Meter achtzig groß, mit stattlicher und kerzengerader Haltung und einem kurz gestutzten eisengrauen Schnurrbart. Beim Gehen sah man sein auffallendes Hinken, die Folge eines Querschlägers, der ihm die linke Kniescheibe zertrümmert hatte. Ich hatte ihn damals selbst wieder zusammengeflickt, und er beharrte stets darauf, ich hätte sein Bein vor der Amputation bewahrt.

Ich stellte ihm Holmes vor.

»Selbstverständlich habe ich schon von Ihnen gehört, Mr Holmes«, sagte der Colonel. »Was führt einen Mann von Ihrem Ansehen in unser bescheidenes Dorf?«

»Ein Vogel, den ich suche«, erwiderte Holmes kryptisch.

Das war mir neu. Ich hatte meinen illustren Freund noch nie über Ornithologie dozieren hören.

»Die meisten sind schon vor Monaten nach Süden geflogen«, meinte Sloane. »Gewiss werden Sie ein paar Spatzen und Buchfinken zu Gesicht bekommen. Ein oder zwei Rotkehlchen vielleicht.«

Holmes schien das nicht zu interessieren. Er gibt nichts auf gesellschaftliche Umgangsformen.

Colonel Sloane war mit einer vierrädrigen Kutsche gekommen. Sein einstiger Offiziersbursche Ruff, ein strammer Kerl, an den ich mich aus Kabul auch noch schwach erinnerte, trat vor, um uns mit dem Gepäck zu helfen. Wie es schien, lebte der Colonel als Junggeselle im Herrenhaus von Bullpen, und man blickte zu ihm auf, als wäre er der Gutsherr.

Mit Ruff an den Zügeln beförderte man uns mühelos über die Feldwege in Richtung Dorf. Es war, als glitten wir in einem Schlitten dahin, denn die Hufe und Räder gaben auf dem Schnee kaum einen Laut von sich.

Der Colonel machte sich ohne Umschweife daran, mir meine Pflichten zu erklären. »Ihnen wird nicht entgangen sein, dass die Sicherheit des Sterns von Bullpen für mich die höchste Priorität hat. Ich habe zwei Sergeants von der Polizeiwache in Taunton als Leibwächter angestellt. Mein Offiziersbursche ist kräftig genug, um die meisten Notlagen zu meistern, doch ich erachte die Sache als groß angelegte Militäroperation, weshalb ich Sie als Josef eingeteilt habe. Zum angebrachten Zeitpunkt in der Kirche werde ich Ihnen den Stern übergeben.«

»Und wann wird das sein?«

»Sie werden mit Maria und den Engeln an der Krippe stehen. Sie sind nicht Teil der Prozession.«

Ich konnte mir einen triumphierenden Blick in Holmes' Richtung nicht verkneifen, den dieser mit versteinerter Miene erwiderte.

»Sie dürfen sich während des Gottesdienstes rühren«, fuhr der Colonel fort. »Geistig jedoch werden Sie strammstehen, wenn Sie verstehen, was ich meine. Der Prozessionszug wird unter meiner Führung den Mittelgang entlangmarschieren.«

»Marschieren?«, stutzte Holmes.

»Angeführt von mir, der ich den Stern trage«, wiederholte Sloane, »und dicht gefolgt von den zwei als Hirten verkleideten Polizisten. Die Gemeinde wird ein Weihnachtslied singen: ›Once in Royal David's City‹. Beim abschließenden ›Amen‹ werde ich zwei Schritte nach vorn in Richtung Krippe machen. Dann sagt der Pfarrer die Worte: ›Er kam und blieb am Orte stehen, wo das junge Kindlein ward‹ – woraufhin ich Ihnen den Stab übergebe, an dem der Stern hängt. Und Sie werden ihn fest mit beiden Händen packen.«

»In militärischer Fasson«, murmelte Holmes.

Die Ironie meines Begleiters drohte den Colonel aus der Fassung zu bringen. Ich warf ihm einen strengen, missbilligenden Blick zu.

»Das ist jetzt von größter Wichtigkeit, Watson«, sagte Colonel Sloane mit Nachdruck. »Lassen Sie diesen Stab nicht los, bis der Gottesdienst vorüber ist und ich ihn Ihnen abnehme. Niemand außer Ihnen darf in dieser Zeit in den Besitz des Sterns kommen. Haben Sie das verstanden?«

»Voll und ganz, Sir.«

»Haben Sie Ihren Dienstrevolver noch?«

Die Frage überraschte mich ein wenig.

»Nicht bei mir.«

»Egal. Ich habe Waffen. Ich werde dafür sorgen, dass Sie bewaffnet sind.«

»In der Kirche?«

»Der Feind hat keine Achtung vor dem Haus des Herrn.«

»Der Feind? Wen genau meinen Sie denn damit?«

»Die Kriminellen, Watson. Sie werden uns den Stern stehlen, wenn wir ihnen die Möglichkeit dazu geben.«

Holmes hob eine Augenbraue.

»Rechnen Sie mit einem Hinterhalt, Colonel?«

»Bedauerlicherweise ist das durchaus möglich«, antwortete Sloane ernst. »Hatte ich erwähnt, dass der Stern im Sommer für einige Monate als Leihgabe im British Museum ausgestellt wurde? Tausende von Besuchern haben ihn gesehen. Die Zeitungen haben darüber geschrieben. Die *Illustrated London News* und *Graphic* haben Stiche davon abgedruckt. Mehr Menschen als je zuvor wissen von seiner Existenz. Unser schlichter Weihnachtsgottesdienst ist in allen Einzelheiten geschildert worden. Wenn das keine maßgeschneiderte Gelegenheit für alle Tunichtgute ist, sich an einem schweren Diebstahl zu versuchen!«

»Da könnten Sie durchaus recht haben«, pflichtete Holmes ihm großzügig bei. »Sie tun gut daran, auf der Hut zu sein.«

Man hatte die Gaststube des Feathers Inn für uns reserviert. Bullpen war ein Dorf von bescheidener Größe, rund zweihundert Einwohner, von denen sich ein beträchtlicher Teil an jenem Abend in der Schenke drängte. Wir taten es ihnen gleich. Im Laufe des Abends lernten wir Andrew Hall kennen, den Bauern, der beim Maskenspiel den Melchior geben sollte, einen stämmig gebauten Burschen mit der rötlichen und ledrigen Gesichtsfarbe eines Mannes, der bei jeder Witterung im Freien arbeitet.

»Wir wechseln uns ab«, erzählte Bauer Hall uns, als die Rede auf die Rollenverteilung kam. »Vor zwei Jahren war ich ein einfacher Hirte. Jetzt trage ich das Gold.«

»Echtes Gold?«, wollte ich wissen.

»Meine Güte, nein. Kommen Sie ja nicht auf dumme Gedanken, nur, weil der Stern so wertvoll ist. Was ich da rumtrage, ist nur 'ne Kiste Tinnef.«

»Wer spielt den anderen Weisen, Caspar?«, erkundigte sich Holmes.

»Den mit dem Weihrauch? Unser Gastwirt Jeb Wiggs.«

»Sie alle sind im Dorf bestens bekannt – Sie, Wiggs und der Colonel?«

»Sehr wohl, Sir. Die Rollen werden nach altem Brauch von Dorfbewohnern gespielt.«

Mir wurde allmählich etwas unwohl, als ich an meine Rolle als Josef dachte, aber Bauer Hall beruhigte mich, indem er meinte: »Ich mein natürlich nur die Rollen, die beim Umzug mitlaufen, Könige und Hirten. Die sind's doch, die die ganzen Leute sehen wollen und denen man auf der Strecke Glühwein und Weihnachtsgebäck reicht. Uns ist schnuppe, wer Maria und Josef spielt – weil die über zwei Stunden in der Kirche rumstehen müssen. Das sind die Rollen, die nichts zu bechern kriegen. Dieses Jahr haben wir einen Josef aus London, alter Armeekamerad des Colonels.«

Ich wollte ich mich gerade zu erkennen geben, doch Holmes kam mir zuvor: »Und was ist mit Maria? Wer spielt Maria?«

»Irgendein sechzehnjähriges Mädchen, vorausgesetzt, sie kann fromm dreinschauen und hat 'nen makellosen Ruf. Dieses Jahr ist es die kleine Alison Pugh, die Jüngste des Kirchenältesten.«

»Und das Jesuskind?«

»Eine Porzellanpuppe.«

»Spielt noch jemand mit?«, hakte Holmes nach, sichtlich bemüht, die vollständige Besetzungsliste zu erfahren.

»Die Engel. Das sind Mädchen, die eigentlich Maria spielen wollten, aber aus verschiedenen Gründen nicht infrage kamen. Dieses Jahr sind es nur zwei. Die Dawson-Schwestern. Hübsche junge Dinger. Vielleicht aber 'ne Spur zu hübsch, schätze ich.«

Wir sprachen nicht weiter über die Dawson-Schwestern. Am Ende des Abends hatten wir uns ein gutes Bild des ganzen Ablaufs machen können. Tags darauf um fünf Uhr nachmittags würden die Darsteller im Herrenhaus zusammenkommen.

»Ich werde der Prozession folgen«, erklärte Holmes, bevor wir zu Bett gingen.

»Sind Sie sicher, dass Sie sich nicht doch als Hirte kostümieren möchten?«, fragte ich. »Sie tarnen sich doch so gern.«

»Ein Kostüm ist *nicht* dasselbe wie eine Tarnung«, erwiderte er giftig.

So kam es, dass ich mich am nächsten Nachmittag um fünf biblisch gewandet in der Kirche von Bullpen an einer Art »Krippe« wiederfand, knöcheltief im Stroh, das mich durch meine Sandalen furchtbar an den Füßen kratzte. Wäre ich beim Umzug mitgelaufen, hätte ich meine eigenen Schuhe anziehen dürfen, doch als unbewegter Darsteller machte man mir keine Zugeständnisse. Neben mir, auf einen Strohballen, hockte die junge Alison in der Rolle der Maria. Sie hatte den Blick zu Boden gerichtet und redete nicht viel. Die Dawson-Schwestern, die die Engel spielten, waren geselliger. Die ältere der beiden, Cicely, goldblond und bildhübsch, bat mich mehr als einmal, die Neigung ihrer Flügel neu zu richten, wozu man ihr das Mieder am Rücken etwas aufknöpfen und die Satinschnüre abermals über die Schultern binden musste. Als ihre Eltern jedoch in die Kirche kamen und sich in die erste Reihe setzten, brauchte sie auf einmal keine Hilfe mehr.

Die Tiere um uns herum hatte ein Schreiner aus dem Dorf gezimmert, flache lebensgroße Holzfiguren, die ständig in Gefahr waren, von den Engeln mit den Flügeln umgestoßen zu werden. Und tatsächlich fiel mir ein Esel entgegen, als der Organist uns erschreckte, indem er völlig unvermittelt »The First Noel« anstimmte.

Der Gottesdienst fing an, doch in Gedanken war ich draußen auf der schneebedeckten Straße. Der Prozessionszug musste bereits das Herrenhaus verlassen haben, angeführt von Colonel Sloane, der stolz den Bullpen-Stern vorantrug, dessen Rubine im Schein der vielen lodernden Fackeln funkelten. Ich hoffte, der Colonel nahm das »Marschieren« nicht zu wörtlich und besann sich auf ein

Tempo, das dem Anlass angemessen war. Das Schauspiel sollte doch möglichst würdevoll und andächtig wirken, wie die Dreikönigsprozession, die ich einst in einem südeuropäischen Land gesehen hatte.

Als wir bei der letzten Strophe des Weihnachtsliedes angelangt waren, machte sich der Pfarrer auf den Weg den Gang hinunter, um den Prozessionszug an der West-Tür in Empfang zu nehmen. Die Gaslampen waren so weit heruntergedreht, dass wir die Texte im Gesangbuch kaum entziffern konnten, und dieses Dämmerlicht trug zu einer verwunschenen Stimmung bei, der Atmosphäre freudiger Erwartung.

Ein Stoß kalter Dezemberluft strich durch die Kirche, als die Tür geöffnet wurde. Der Organist setzte zu einer *Diminuendo*-Version von »Once in Royal David's City« an, bei der im Chor ausschließlich die hohen Stimmen sangen, und ich scheue mich nicht, zuzugeben, dass sie mich beinahe zu Tränen rührten. Hastig rief ich mir ins Gedächtnis, dass ich ja im Dienst des Colonels hier war und meine volle Aufmerksamkeit verlangt wurde.

Der Prozessionzug zog in die Kirche ein. Tief zufrieden entdeckte ich den Stern, der dem über fünfhundert Jahre alten Brauch entsprechend stolz über den Köpfen schimmerte. Langsam wurden die Lampen wieder hochgedreht, und das Silber schien regelrecht zu strahlen, als es durch den Gang getragen wurde.

Meine Rolle im Gottesdienst würde gleich beginnen. Im Gang sah ich Balthasar, den Stab mit dem oben angebrachten Stern fest in der Hand, gehüllt in ein glitzerndes Gewand mit einem Hermelinkragen, der selbst bei einer Krönung nicht ganz fehl am Platz gewesen wäre. Auf dem Kopf prangte freilich eine Krone im orientalischen Stil, und ein schwarzer Bart verlieh ihm eine derart prächtige morgenländische Erscheinung, dass sein Hinken den Effekt nicht im Geringsten schmälerte.

Die beiden als Hirten verkleideten Polizisten neben ihm trotteten mit dem schweren Schritt diensthabender Beamten hinterher, was jedoch nur mir auffiel, da ich den Vorteil hatte, zu wissen, wer sie waren. Ich entdeckte meine Trinkgefährten des vorigen Abends, ebenso prunkvoll gewandet wie der Colonel, die äußerst überzeugend den Caspar und den Melchior gaben.

Das Lied näherte sich dem Ende, und man sang das »Amen«. Der Pfarrer rezitierte seinen Spruch über den Stern, der nun über dem Stall stünde. Balthasar trat vor wie ein Fahnenoffizier, der die Regimentsstandarte übergeben will. Sein üppiger schwarzer Bart bedeckte fast drei Viertel des Gesichts, doch unsere Blicke trafen sich ganz kurz, und ich glaube, ich vermittelte ihm Zuversicht. Ich streckte meine Hände aus, um den kostbaren Stern an mich zu nehmen, und er wurde mir gereicht. Beherzt packte ich den Stab mit beiden Händen.

Die Heiligen Drei Könige – oder die drei Weisen aus dem Morgenland, wie Holmes sie nennen würde – brachten Maria nacheinander ihre Gaben Gold, Weihrauch und Myrrhe dar. Nachdem sie einen Schritt zurück gemacht hatten, knieten sie nieder und gestatteten den Hirten, vorzutreten. Als schließlich alle knieten, hatte ich einen guten Blick auf die Gemeinde und konnte mit Freuden feststellen, dass Holmes einen Platz am Ende einer Kirchenbank gefunden hatte. Es würde ihm gewiss nicht schaden, mich deutlich im Zentrum des Geschehens zu sehen, wo ich treu ergeben meine Pflicht erfüllte, so wie der Colonel es mir aufgetragen hatte. Nur ein einziges Mal in seinem Leben, ging es mir durch den Kopf, würde Mr Sherlock Holmes einmal die zweite Geige spielen müssen.

Es folgten weitere Verse aus dem Matthäusevangelium, und dann sagte der Pfarrer, ein älterer Herr mit einem dichten Schopf schlohweißer Haare und recht eintöniger Stimme: »Lasset uns beten.« Ich sollte vielleicht klarstellen, dass ich für gewöhnlich nicht im Stehen und mit offenen Augen bete. In diesem Fall jedoch (man möge es mir verzeihen) machte ich eine Ausnahme. Für alle Vorkommnisse gerüstet, stierte ich, während alle anderen Köpfe gesenkt waren, unverdrossen geradeaus. Ich war fest entschlossen, in meiner Wachsamkeit keine Sekunde nachzulassen, wiewohl ich mir schwerlich vorstellen konnte, dass, derweil wir im Gebet waren, etwas Unlauteres geschehen könnte.

Ich hatte mich geirrt.

Unruhe kam auf, und der Übeltäter war ausgerechnet Holmes!

Ich erspähte eine Bewegung auf dem Mittelgang und musste fassungslos mit ansehen, wie er blitzschnell und mit unheimlicher Verstohlenheit über die Steinplatten und Gedenktafeln in meine Richtung kroch, nun, zumindest in Richtung der vor der Krippe knieenden Hirten und Weisen aus dem Morgenland. Als er nah genug war, um ihre Gewänder zu berühren, sank er sogar noch tiefer auf den Boden wie ein Frettchen.

Daran, dass es Holmes war, hatte ich nicht den leisesten Zweifel, sonst hätte ich sogleich Alarm geschlagen. Ich kannte ihn. Ich wusste, was er anhatte, den Inverness-Mantel und den braunen Anzug samt Galoschen. Niemand außer meinem Begleiter aus der Baker Street war in der Lage, sich so bemerkenswert behände fortzubewegen.

Entsetzt packte ich den Stern noch fester und reckte den Kopf, um zu sehen, was er vorhatte. Er schien ein Zündholz anreißen zu wollen.

»Und nun lasset uns beten für die Gesundheit und das Wohlergehen Ihrer Majestät der Königin am Weihnachtsfeste«, psalmodierte der Pfarrer.

Holmes blies das Zündholz aus, machte kehrt und war noch vor dem »Amen« zurück auf seiner Bank. Nur ein leiser Hauch von Schwefelrauch ließ noch erahnen, wo er gewesen war. Einigen seiner Sitznachbarn musste aufgefallen sein, dass sich in ihrer Nähe etwas geregt hatte, und er zog vereinzelte Blicke auf sich, doch da stimmte er längst herzhaft ein bei »God Rest Ye Merry Gentlemen, Let Nothing You Dismay«.

Das Schlussgebet wurde gesprochen, und der Gottesdienst war vorüber. Die Orgel hob zu einer Weihnachtshymne an, und die Leute machten sich auf den Weg hinaus. Natürlich hielt ich standhaft meinen Posten. In dem Gedränge verlor ich die drei Weisen aus dem Morgenland aus den Augen, und ich muss zugeben, dass ich mich ein wenig vernachlässigt fühlte. Der Colonel hatte versprochen, mir die Bürde des kostbaren Sterns bei der ersten Gelegenheit abzunehmen.

Einer der Engel (die reizende Cicely natürlich) fragte mich, ob ich nicht in die Sakristei mitkommen wolle, um mich meines Kostüms zu entledigen. Ich schüttelte den Kopf.

Bar jeder jungfräulichen Schüchternheit erklärte sie, sie sei es tüchtig leid, ein Engel zu sein, und hoffe, ich würde ihr helfen, die Flügel abzuschnallen.

Nicht ganz ohne Bedauern sagte ich, ich müsse den Stern bewachen, bis der Colonel käme. Cicely erschien das übertrieben. Sie schüttelte nur verdrossen ihre hübschen Locken und verschwand.

Ich blieb auf meinem Posten. Fast alle waren schon gegangen, bis auf zwei Kirchenpfleger, die Gesangbücher einsammelten, und mich, noch immer im Kostüm. Meine Füße juckten von dem ganzen Stroh, und vom langen Stehen taten mir die Beine weh. Ich muss ohne Umschweife gestehen, so wehleidig es auch scheinen mag, dass ich mich im Stich gelassen fühlte. Bald schon kamen Cicely Dawson und ihre Schwester umgekleidet aus der Sakristei und stolzierten an mir vorüber aus dem Gotteshaus, ohne mir auch nur eine gute Nacht zu wünschen.

Dass der Colonel meine Wenigkeit vergaß, konnte ich durchaus verstehen, doch wie nur hatte er vergessen können, jenen Stern zu holen, den er doch um jeden Preis behüten wollte?

Dann schallte eine Stimme durch die Kirche. »Kommen Sie, Watson, die Zeit drängt!«

Es war Holmes. Wenigstens er hatte an mich gedacht. Er stand in der Tür.

»Ich kann hier nicht weg«, rief ich zurück. »Ich bewache den Stern.«

»Das Ding da an der Stange?«, sagte er und kam strammen Schrittes auf mich zu. »Leim und Nickelblech. Das ist nicht der Stern von Bullpen! Der Stern ist längst schon auf dem Weg nach Taunton. Wenn wir uns sputen, können wir ihn vielleicht noch retten.«

»Nein«, beharrte ich. »Dies ist der Stern, und das ist mein Befehl.«

Zu meinem Entsetzen packte er daraufhin den Stab oberhalb meines Griffes und rüttelte ihn heftig. Der Stern löste sich von seiner Stange, krachte auf die Steinplatten und zerschellte in drei Stücke.

»Zerbricht reines Silber etwa so leicht?«, fragte er mich mit einem Funkeln in den Augen.

Entgeistert starrte ich auf die Bruchstücke. Er hatte augenscheinlich recht. Der Gips im Inneren trat offen zutage.

Ich hatte den Abend damit zugebracht, eine billige Nachbildung des mittelalterlichen Kunstschatzes zu hüten.

»Wo ist der Colonel?«, fragte ich heiser. »Wir müssen ihn unverzüglich unterrichten.«

»Keine Zeit, Watson, keine Zeit. Haben Sie noch die Pistole, die er Ihnen gegeben hat?«

»Unter meinem Gewand.«

»Ausgezeichnet. Ich habe mir den Dogcart von Bauer Hall geborgt. Wir müssen in Taunton sein, bevor der nächste Zug nach Bristol geht.«

»Ich bin doch gar nicht angezogen.«

»Unsinn.«

Ohne die Spur einer Erklärung fand ich mich kurz darauf, den Elementen schutzlos ausgeliefert, neben Holmes auf einem leichten Fuhrwerk wieder, das hinter einem voranpreschenden schwarzen Wallach förmlich durch die Nacht schoss. Zum Glück hatte der Schneefall in der letzten Stunde aufgehört. Vollmond und klarer Himmel machten die Fahrt erst möglich. In meiner biblischen Montur war ich bis auf die Knochen durchgefroren und doch erpicht darauf, zu wissen, was hier vor sich ging.

»Wen genau verfolgen wir, Holmes?«

»Den Dieb«, versetzte er durch gebleckte Zähne.

Ein grauenvoller Gedanke schoss mir durch den Kopf. »Doch nicht Colonel Sloane?«

»Nein, Sloane ist nicht unser Mann.«

»Aber was ist mit ihm passiert? Er hatte versprochen, mich nach dem Gottesdienst zu treffen.«

»Er ist bei sich daheim, im Herrenhaus. Vielleicht tot, aber ich glaube eher nicht.« Er ließ die Peitsche knallen, trieb das Pferd noch weiter an.

»Grundgütiger!«

»Wahrscheinlich gefesselt. Er hat das Haus gar nicht verlassen.«

»Wie ist das möglich? Ich habe ihn doch in der Kirche gesehen. Er hat mir den Stern übergeben.«

»Nein, Watson. Das war nicht Ihr Colonel. Das war der Dieb.«

»Sind Sie da sicher?«, stutzte ich ungläubig. »Er hat gehinkt wie der Colonel.«

»Natürlich hat er das. Der Diebstahl war bis aufs i-Tüpfelchen geplant. Beinahe jedenfalls«, fügte Holmes in einem selbstgefälligen Ton hinzu, der mir trotz des rauschenden Windes in den Ohren nicht verborgen blieb.

Ich wagte eine Vermutung. »Hat er mit dem falschen Fuß gehinkt?«

»Ha! Nichts so Offensichtliches«, sagte er.

»Trug er vielleicht einen erhöhten Absatz? Ich habe gesehen, wie Sie hinter ihm den Gang entlanggekrochen sind und ein Streichholz angezündet haben.«

»Nein, Watson. Seine Schuhe waren genau gleich. Das war das Detail, dessen ich mich mit etwas Mühe vergewissern konnte. Während Balthasar zum Beten niederkniete, habe ich seine Sohlen untersucht. Der Absatz eines Hinkenden weist immer eine stärkere Abnutzung am Rand jenes Schuhs auf, auf dem der Großteil des Gewichts ruht. Bei ihm waren die beiden Absätze jedoch gleichmäßig abgelaufen. Also hat der Träger nicht gehinkt. Brr!«

Wir fuhren zu schnell, und die Räder schlitterten auf eine Hecke zu. Holmes zog die Zügel an, um ein Unglück zu vermeiden.

»Teuflisch clever«, sagte ich. »Aber Sie mussten ja bereits Verdacht geschöpft haben.«

»Wenn man den Stern stehlen wollte, das war mir klar, würde der Raub penibel vorbereitet sein müssen. Der

Schwachpunkt in der Planung des Colonels war der Zeitraum, nachdem er den Stern von der Bank zu sich nach Hause gebracht hatte. Er musste sein Kostüm anziehen. Und er würde kaum wollen, dass die Leibwächter ihm im Schlafzimmer beim Umkleiden zusahen.«

»Du meine Güte, nein.«

»Aber er wollte den Stern nicht aus den Augen lassen, also hat er ihn mitgenommen.«

»Und da hat der Dieb zugeschlagen.«

»Ja. Er hat sich im Zimmer versteckt und gewartet. Ich hoffe, dass er den Colonel nicht ernstlich verletzt hat. Vermutlich hat er ihn nur gefesselt und geknebelt.«

»Wenn es denn so war, wieso ist dieser Schuft – wer auch immer es gewesen sein mag – nicht auf der Stelle mit dem Stern über die Felder getürmt?«

»Zu riskant. Die Leibwächter haben vor dem Schlafzimmer gewartet. Binnen Minuten hätte jemand Alarm geschlagen. Sein Plan war raffinierter. Im Gewand des Balthasar und mit dem schwarzen Bart war er gut getarnt. Er hatte sich die Mühe gemacht, diese billige, aber durchaus überzeugende Kopie des Sterns zu bauen. Also tauschte er die beiden aus, verbarg den echten Stern unter seinem Gewand und ging hinaus, um den Prozessionszug anzuführen.«

»Was für eine Frechheit!«

»Er ist dreist. Da haben Sie ganz recht.«

»Und einfallsreich. Woher wusste er denn, wie der echte Stern aussieht, um das falsche Duplikat zu bauen? Aber natürlich!« Ich ertappte mich dabei, wie ich meine Frage selbst beantwortete. »Er hat ihn letzten Sommer in London gesehen und die Bilder in den Zeitungen als Blaupause verwendet. Teuflisch.«

»Und nach dem Gottesdienst«, sagte Holmes, »marschierte er in aller Ruhe davon, entließ die Leibwächter, streifte sich hinter der Kirchenmauer – wo ich es ein paar Minuten zu spät gefunden habe – rasch das Kostüm des Balthasar vom Leib, sprang in eine der an der Straße abgestellten Kutschen …«

»Und entwischte!«

»Haargenau.«

Unser Einspänner glitt noch ein paar Minuten länger durch den Schnee. Hinter den Feldern tauchten allmählich die Lichter Tauntons auf.

»Holmes.«

»Ja?«

»Woran sollen wir den Dieb erkennen?«

Seine Antwort war kryptisch. »Er wird am Bahnhof warten – wenn wir rechtzeitig da sind.« Dann ließ er abermals die Peitsche knallen.

Die Straßen von Taunton, auf denen mehr Betrieb herrschte als auf der Landstraße, glänzten schwarz im Schein der Lampen, und unsere Räder polterten laut über das Pflaster, als wir die letzten Minuten durch die Stadt und auf den Bahnhofsvorplatz rasten, wo noch einige andere Kutschen standen.

»Holen Sie Ihre Pistole heraus, und seien Sie bereit, davon Gebrauch zu machen«, befahl Holmes. Er sprang von der Kutsche und schritt mit wogendem Cape hastig in die Schalterhalle. Bei derartigen Gelegenheiten, wenn er einem Verbrechen auf der Spur war, glich er einem Spürhund – furchtlos und unaufhaltsam.

Ich folgte ihm, so gut ich das in meinem recht hinderlichen neutestamentarischen Ornat vermochte. Und ich fragte mich, wie gut ich heutzutage wohl noch mit einem Revolver umgehen konnte. Einer Sache war ich mir allerdings sicher: Mein Herz hatte nicht verlernt, wie wild zu hämmern, wenn ich ins Gefecht zog.

»Ist der letzte Zug nach Bristol schon gefahren?«, wollte Holmes vom Bahnsteigschaffner wissen.

»Kommt in zwei Minuten an, Sir«, lautete die Antwort.

Wir eilten auf den Bahnsteig Richtung Norden, der abgesehen von einem älteren Ehepaar menschenleer dalag.

»Er versteckt sich«, sagte Holmes.

»Im Wartesaal?«, sagte ich.

»Wir haben keine Zeit, dort nachzusehen. Wenn der Zug einfährt, wird er versuchen, rasch hineinzuspringen. Beziehen Sie Stellung rechter Hand auf halber Höhe. Ich bleibe hier.«

»Soll ich meine Pistole benutzen?«

»Verpassen Sie ihm einen Streifschuss, wenn es sein muss.«

Das Rattern des herannahenden Eilzuges hallte die Strecke entlang, noch bevor die Lok in Sicht geriet. Meine Kehle war staubtrocken, und meine Beine waren weich wie Wackelpudding. Bestimmt war Holmes am anderen Ende dieses Bahnsteigs so ruhig und sprungbereit wie ein Löwe auf der Pirsch. Ich sah mich um, musterte die Wartesäle und Toiletten der verschiedenen Klassen, aus denen der Dieb hervorbrechen könnte.

Das Ächzen der Lokomotive wurde immer lauter. Sie müsste längst in Sicht sein, rosa Qualm ausschnaubend und Funken in den Nachthimmel speiend, doch mein Blick ruhte einzig auf den Türen, die mir am nächsten lagen und aus denen jeden Augenblick eine Gestalt hervorschnellen und auf den Zug losstürzen könnte.

Nun trat tatsächlich jemand aus dem Wartesaal, doch es war eine junge Frau mit einem Kind im Arm. Sonst sah ich niemanden.

Dampfend rumpelte der Zug heran und kam zum Stehen. Mehrere Leute rissen Türen auf und stiegen aus, sorgten für Durcheinander auf dem Bahnsteig. Meine Waffe konnte ich nun unmöglich benutzen.

»Watson!«

Ich wandte mich um, dann hörte ich Holmes brüllen.

»Hinter Ihnen! Am Ende des Bahnsteigs.«

Ich fuhr herum, gerade rechtzeitig, um noch zu sehen, wie eine groß gewachsene männliche Gestalt dabei war, eine Abteiltür nahe der Zugspitze zu öffnen, am weitesten entfernt von den ganzen Bahnhofsgebäuden. Er musste bis zum letzten Augenblick gewartet haben und dann über den Lattenzaun geklettert sein, der sich längs des Bahnsteigs zog. Ich nahm die Verfolgung auf. Als ich das Abteil erreichte und die Tür aufriss, fand ich niemanden darin vor. Er war geradewegs hindurchgerannt, hatte auf der anderen Seite die Tür geöffnet, war auf die Schienen gesprungen und preschte nun die Gleise entlang. Ich folgte ihm und schrie ihm hinterher, er solle anhalten.

Der Mann drehte sich um, erspähte mich mit schreckerfüllten Augen, und rannte doppelt so schnell weiter.

Während ich beherzt versuchte, zum ihm aufzuschließen, brachte eine Bewegung neben ihm den Mann dazu, zur Seite abzudrehen. Er hatte keine Chance, dem Tackling auszuweichen. Holmes streckte ihn mit einem Hechtsprung nieder, der hinter nichts zurückstand, was ich je auf einem Rubgy-Feld gesehen hatte.

Die Pistole im Anschlag, eilte ich zu den beiden hin, doch Holmes, ein Meister der japanischen Ringtechnik *baritsu*, hielt seinen Gegner bereits in einem Würgegriff. Und dort im Schnee, zwischen den Schienen, lag der kostbare Stern von Bullpen, Gott sei Dank ganz unversehrt.

»Sehen Sie, wer der Übeltäter ist?«, fragte mich Holmes.

Im schlechten Licht fiel es mir nicht leicht, den Kerl zu erkennen, insbesondere, da der Großteil seines Antlitzes von Holmes in den Schnee gedrückt wurde. Dennoch wagte ich eine Vermutung: »Ist es die Dohle, Georges Du Broc, der frechste Dieb in ganz Europa?«

»Nein, Watson, der ist es nicht«, erwiderte Holmes in leicht gereiztem Ton. »Ich hatte Ihnen doch erzählt, dass Du Broc ein kleiner Mann ist. Er könnte sich nie für Colonel Sloane ausgeben, der gut einen Meter achtzig misst. Das hier ist Ruff, der Offiziersbursche.«

»Gütiger Himmel!«, rief ich entsetzt aus.

»Nur ein Dienstbote«, stellte Holmes dankenswerterweise klar.

Meine Betroffenheit war nichts im Gegensatz zu der des Colonels, als man ihn davon in Kenntnis setzte. Er kannte Ruff seit zwanzig Jahren, und der Mann hatte ihm nie den geringsten Anlass gegeben, an seiner Redlichkeit zu zweifeln.

»Ja, aber wann trat er als Zivilist in Ihre Dienste?«, erkundigte sich Holmes bei einem nächtlichen Glas Rotwein im Herrenhaus.

Der Colonel hatte sich mittlerweile von seinem Martyrium erholt, nachdem er gefesselt und geknebelt im Schlafzimmer gelegen hatte, genau wie Holmes vermutet hatte.

»Vor etwa acht Monaten. Eines Nachmittags stand er einfach vor meiner Tür. Ich war hocherfreut, ihn wiederzusehen, das erste Mal seit vielen Jahren.«

»Und damals waren Sie bereits zum Balthasar im Maskenumzug auserkoren worden, nehme ich an?«

»Ganz recht«, gab der Colonel zu. »Der Gottesdienst muss weit im Voraus geplant werden.«

»Und stand das in den Zeitungen?«

»Ja.«

»Also erfuhr er so von der Gelegenheit und schlich sich deshalb in Ihre Dienste ein.« Holmes wedelte mit seinen langen Fingern, als wären damit sämtliche Fragen beantwortet.

»Sie sind ein erstaunlicher Detektiv, Mr Holmes.«

»Wenn Sie das so sagen.«

»Aber eines ist mir immer noch ein Rätsel«, fuhr der Colonel fort.

»Was denn?«

»Bei Ihrer Ankunft meinten Sie, Sie seien auf der Suche nach einem Vogel.«

»In der Tat.«

»Haben Sie ihn gefunden?«

»Gewiss doch. Auch wenn Sie es vielleicht nicht wissen, Colonel, so gibt es doch einen Vogel aus der Familie der Wasserläufer, den man Kampfläufer oder *ruff* nennt.«

»Oh.«

Keiner von uns hatte das bedacht.

Am nächsten Morgen nahmen wir einen frühen Zug nach London. Die Landschaft war noch immer der Jahreszeit entsprechend weiß, wenngleich es nachts nicht mehr geschneit hatte. Nach den Schrecken der vergangenen Nacht hob die Aussicht auf ein Weihnachtsfest zu Hause meine Laune ungemein.

Auch Holmes war in Feierstimmung und schien während seines kurzen Aufenthalts in Somersetshire sogar noch ein Geschenk besorgt zu haben, denn im Gepäcknetz über seinem Kopf lag ein großes, auffallendes Päckchen.

Da Holmes prächtiger Laune zu sein schien, behelligte ich ihn mit einem Aspekt, der nicht zu meiner Zufriedenheit geklärt worden war.

»Nun, da wir allein sind, alter Freund, können Sie es zugeben: Dass der Name des Diebes mit einer Art von Wasserläufer übereinstimmte, war doch sicher reiner Zufall, oder?«

Er lachte. »Reiner Zufall, Watson.«

»Dann war Ihre Bemerkung dem Colonel gegenüber – dass Sie auf der Suche nach einem Vogel seien – nur Augenwischerei?«

Er bedachte mich mit einem langen, geringschätzigen Blick. »Seit wann ist denn irgendetwas, was ich sage, Augenwischerei? Natürlich habe ich auf dem Land nach einem Vogel gesucht. Und ich habe einen gefunden.« Er wies empor zum Päckchen im Gepäcknetz. »Dank Bauer Hall, den Sie auch als den weisen Melchior kennen, wird es zum Weihnachtsessen eine Zwanzig-Pfund-Gans geben.«

Ich schüttelte voll Bewunderung den Kopf. »Wahrlich, Holmes, dieses Jahr gab es noch einen vierten Weisen aus dem Morgenland, und der sitzt mir gegenüber.«

Anne Perry

Die Mitternachtsglocke

Mein Freund und Kollege Sherlock Holmes hatte keine hohe Meinung von weiblicher Logik. Seiner Ansicht nach lagen die Stärken von Frauen auf anderen Gebieten, an denen er selbst jedoch wenig Interesse hatte, weil er kein häuslicher Mann war. Er musste seinen glänzenden Verstand ständig an neuen Herausforderungen messen, sonst wurde er leicht melancholisch. Frauen hingegen würden die abstrakten Freuden der reinen Vernunft niemals ermessen können, davon war er felsenfest überzeugt. Sie beurteilen alles von einem sehr persönlichen und emotionalen Standpunkt aus.

Wenn die junge Frau, die an jenem kalten Morgen drei Tage vor Weihnachten bei uns in der Baker Street saß, für ihr Geschlecht typisch war, musste ich Holmes recht geben. Sie verkörperte alles, was er verabscheute: klein und zierlich wie eine Porzellanpuppe, verspielt gekleidet, nervös … Ständig spielte sie mit ihrem Pelzmuff herum, zupfte daran oder streichelte das Ding, als wäre es ein lebendiges Tier. Noch schlimmer war aber, dass sie keinen Satz zu Ende brachte, sondern zusammenhanglos von einem Thema zum anderen hüpfte, ohne etwas Wesentliches zu sagen.

Ich konnte Holmes ansehen, dass er mit seiner Geduld fast am Ende war. Er hatte eingewilligt, sie zu empfangen, weil er sich langweilte, und in ihrem Brief hatte sie höchste Lebensgefahr angedeutet.

Bisher hatte die Besucherin uns aber nur von den herrlichen Weihnachtsfesten in Northumberland berichtet, von knirschendem Schnee, prasselnden Kaminfeuern und der zauberhaften Landschaft geschwärmt, ganz zu schweigen von vollen Speisekammern und Weinkellern. Dazwischen hatte sie auch noch die Stallungen, den Wintergarten und die Parkanlagen erwähnt, die angeblich sogar um diese Jahreszeit sehr reizvoll waren.

Holmes konnte dieses Geschwafel nicht länger ertragen. »Miss Bayliss«, sagte er gefasst. »Bitte kommen Sie endlich zur Sache. Sie haben uns ein richtiges Idyll geschildert. Wovor haben Sie dann Angst? Was führt Sie nach London? Was führt Sie zu mir?«

Sie schaute ihn verwirrt an. »Oh Gott, es tut mir so leid, Mr Holmes. Ich war so durcheinander, dass ich einfach drauflosgeschwafelt und Ihre Zeit unnötig in Anspruch genommen habe, ohne etwas zu erklären.«

Holmes ließ sich von ihrem flehenden Blick nicht erweichen. »Zur Sache, Miss Bayliss!«, wiederholte er ungeduldig.

Sichtlich verstört zerrte sie an dem Muff, ihr Busen hob und senkte sich in kurzen Abständen. Ich hätte ihr gern eine Erfrischung angeboten, um sie von ihrer Furcht abzulenken, denn mir war klar, dass ihre Aufregung sie am Sprechen hinderte, aber ich befürchtete, dass Holmes sich einfach zurückziehen würde, wenn er nicht bald eine befriedigende Auskunft erhielt.

»Schweben Sie in Gefahr, Miss Bayliss?«, fragte ich deshalb sanft.

Sie saß in einem großen Lehnstuhl und wandte sich mir dankbar zu. »Oh nein, Dr. Watson, nicht ich! Mein Vater!«

»Und was könnte Ihrem Vater Ihrer Ansicht nach zustoßen?«, warf Holmes ein.

»Er soll ermordet werden«, antwortete sie unumwunden.

Holmes war keineswegs beeindruckt. Er hielt sie für eine hysterische Person mit blühender Phantasie, die sich irgendetwas einbildete.

»Warum befürchten Sie einen Anschlag auf sein Leben, Miss Bayliss? Hat er Drohungen erhalten oder gab es bereits einen Mordversuch?«

»Oh nein!« Sie lächelte, als wäre es eine gänzlich absurde Idee. »Sie kennen meine Schwester nicht, Mr Holmes, sonst würden Sie solche Fragen nicht stellen.«

»Ihre Schwester?« Er hob erstaunt die Brauen, aber ich konnte ihm ansehen, dass er nach wie vor nicht an eine wirkliche Gefahr glaubte. »Soll das heißen, dass Ihre Schwester Ihrem Vater nach dem Leben trachtet?«

»So ist es.« Miss Bayliss ließ den Kopf hängen. »Sie können sich nicht vorstellen, wie beschämend es ist, das sagen zu müssen.« Ihre Stimme war sehr leise, aber deutlich. »Das ist einer der Gründe, weshalb ich nicht zur Polizei gehen kann. Man würde mir nicht glauben, wofür ich durchaus Verständnis habe. Alyson ist nach außen hin so lieb, so gehorsam und ehrerbietig … aber ich kenne sie gut genug, um zu wissen, was sie im Schilde führt …«

Der letzte Funke Interesse erstarb in Holmes' Augen. »Es tut mir leid, aber ich pflege mich nicht in Familienstreitigkeiten einzumischen.«

Seine kühle Distanz entging ihr nicht und sie schien den Tränen nahe. »Wenn Sie wüssten, was für ein nobler Mensch mein Vater ist, Mr Holmes, würden Sie die Sache nicht so abtun. Er gehört zu den tapfersten Soldaten, die unser Land jemals hatte. Er kämpfte bei Rorke's Drift gegen die Zulu … er spricht selten darüber, aber obwohl ich selbst nie in Afrika war, habe ich größten Respekt vor den

Männern, die an jenen Feldzügen teilnahmen. Ich vermute, dass Sie darüber Bescheid wissen, Dr. Watson, und nicht überrascht sein werden zu hören, dass die Narben eines Zulu-Speers ihm bis heute Schmerzen bereiten.«

»Selbstverständlich!«, rief ich aufrichtig. Es gab keinen Soldaten in der Armee Ihrer Majestät, der die Geschichte des kleinen Militärhospitals bei einer Missionsstation am Buffalo River nicht kannte, wo 104 Mann heldenhaft einen Angriff nach dem anderen von etwa 4000 Zulu-Kriegern zurückgeschlagen hatten. Es war eine der tragischsten Episoden unserer Kolonialgeschichte, und die Überlebenden hatten die höchsten Tapferkeitsauszeichnungen erhalten. Jeder Mann, der dort gewesen war, verdiente zweifellos nicht nur Respekt, sondern auch unseren Beistand, falls er ihn benötigte.

Ich schaute Holmes an und hoffte, dass meine eigenen Gefühle sich in seinem schmalen Gesicht widerspiegeln würden, und ich wurde nicht enttäuscht. An seiner Skepsis gegenüber Miss Bayliss hatte sich nichts geändert, aber er schien jetzt doch bereit zu sein, ihr Gehör zu schenken.

»Wer ein solches Gemetzel überlebt hat, sollte nicht das Opfer eines Familienangehörigen werden«, sagte er freundlicher als zuvor. »Bitte erzählen Sie mir, warum Sie glauben, dass Ihre Schwester ihm nach dem Leben trachtet.«

Auch ich hörte aufmerksam zu. Sie musste gute Gründe und irgendwelche Beweise für ihre Behauptung haben. Wer würde sonst einer solch ungeheuerlichen Beschuldigung Glauben schenken?

Sie begann zu sprechen, diesmal erstaunlich ruhig und zusammenhängend.

»Meine Schwester Alyson ist älter als ich, Mr Holmes. Wir führen ein verhältnismäßig einsames Leben. Meinem

Vater gehört das größte Haus weit und breit. Natürlich haben wir Freunde, aber unser Bekanntenkreis ist ziemlich klein, und es gibt nicht viele Herren, unter denen Alyson oder ich unsere Lebenspartner aussuchen konnten.«

»Ich verstehe«, sagte Holmes rasch. »Hat Alyson sich in einen Mann verliebt, den Ihr Vater nicht billigt?«

Sie schaute ihn mit glänzenden Augen an. »Ja, genau das ist passiert, und vor einem Jahr hat sie ihn geheiratet.« Ihr zartes Gesicht verriet Zorn und Traurigkeit, und sie schien die Situation nicht nur uns, sondern auch sich selbst erklären zu wollen. »Er ist sehr attraktiv und charmant, und wenn er mit Alyson oder meinem Vater zusammen ist, benimmt er sich untadelig. Nur mir gegenüber hat er sich nie verstellt, weil er mich für ein Dummchen hält. Der Mann ist rücksichtslos und habgierig, Mr Holmes! Er hat seine bescheidenen Geldmittel durchgebracht und lauert jetzt auf Alysons Erbe. Der Name meines Vaters hat großes Gewicht ...«

»Natürlich«, fiel ich ihr ins Wort. »Ein Mann mit einer solchen Vergangenheit muss zwangsläufig in hohen Ehren gehalten werden. Ist der Mann Ihrer Schwester ebenfalls Soldat?« Ich wollte mir ein Bild von ihm machen können.

»Oh nein, Dr. Watson!« Sie schüttelte heftig den Kopf. »Er hat sein Leben nie für andere Menschen riskiert, und er will auch keine anderen Pflichten übernehmen. Harte Arbeit ist ihm ein Gräuel, dafür liebt er Luxus jeglicher Art.«

»Aber was fasziniert Ihre Schwester an diesem Mann, der offenbar das genaue Gegenteil Ihres Vaters ist?«, fragte ich ungläubig.

»Seine geschmeidige Zunge«, erwiderte Miss Bayliss. »Seine Aufmerksamkeiten ... Außerdem kann er sehr gut über Kunst und Philosophie reden und ist sehr belesen. Alyson hat wohl zu viel über die Armee, Auslandseinsätze und Führungseigenschaften gehört. Sie möchte einen Mann haben, der bei ihr bleibt und sie ständig unterhält.«

Holmes schwieg, aber sein Gesicht spiegelte Verachtung wider; meine eigene Miene war vermutlich genauso vielsagend.

»Ihr Vater kann diese Ehe natürlich nicht billigen«, sagte ich eifrig. »Die Zukunft Ihrer Schwester muss ihm große Sorgen bereiten. Glauben Sie aus diesem Grund, dass er in Lebensgefahr schwebt? Die meisten Menschen schrecken trotz allem vor einer Verzweiflungstat wie Mord zurück.«

»Gewiss«, stimmte sie zu, »aber Theodore benötigt das Geld, das Alyson nach dem Tod meines Vaters erben wird, und glauben Sie mir, Sir – es ist ein großes Vermögen. Vielleicht habe ich mich nicht klar genug ausgedrückt, aber es handelt sich um eines der schönsten Anwesen von Northumberland, und die finanziellen Mittel gewähren nicht nur die angemessene Instandhaltung, sondern auch ein sorgenfreies Leben, wie jeder Gentleman es sich nur wünschen kann. Das ist eine große Versuchung …«

»Dann ist es also Theodore, den Sie in Verdacht haben, Ihren Vater ermorden zu wollen?«, korrigierte Holmes ihre frühere Behauptung.

»Nein, Mr Holmes, es ist Alyson, die unter seinem Einfluss zur Tat schreiten wird. Sie besuchen uns für mindestens drei Tage über Weihnachten und werden an Heiligabend eintreffen. Theodore ist bis über beide Ohren verschuldet, will seinen Lebensstil aber beibehalten. Er muss sehr schnell handeln, sonst machen seine Gläubiger ihm das Leben zur Hölle. Natürlich wird er weit vom Tatort entfernt sein, um nicht in Verdacht zu geraten. Und niemand außer Ihnen und mir würde Alyson verdächtigen.«

Sie schaute ihn ernst an. »Deshalb brauche ich Sie,

Mr Holmes, einen Mann, der sich von Schönheit und Charme nicht blenden lässt, der aus den Tatsachen logische Schlussfolgerungen zieht, auch wenn sie noch so abstoßend sein mögen. Ihr scharfer Verstand und Ihr unbestechliches Wahrnehmungsvermögen sind sogar bei uns im hohen Norden, an der Grenze zu Schottland, berühmt, und man weiß, dass Sie furchtlos und völlig unvoreingenommen an einen Fall herangehen.« Es hörte sich nicht wie ein gewolltes Kompliment, sondern wie eine nüchterne Feststellung an.

»Name und Adresse Ihres Vaters, Miss Bayliss?«, fragte Holmes kurz angebunden.

Sie wagte noch nicht zu glauben, dass sie gewonnen hatte. »Oberst John Bayliss, Sir, Allenbury Park, in der Nähe von Alnwick. Werden ... werden Sie mir wirklich helfen, Mr Holmes?«

Der Gedanke, dass Oberst Bayliss von seinem eigenen Kind ermordet werden könnte, war mir unerträglich, und ich ergriff eigenmächtig die Initiative. »Selbstverständlich werden wir Ihnen helfen, Miss Bayliss! Sagen Sie uns, wie wir hinkommen, und wir werden bald dort sein. Seien Sie ganz beruhigt – wenn irgendein Mensch auf Erden Ihren Vater retten kann, so ist es Sherlock Holmes!«

»Das weiß ich, Dr. Watson«, sagte sie leidenschaftlich. »Deshalb bin ich schließlich hier.«

Holmes nahm mir meinen Übereifer zum Glück nicht übel, sondern lächelte nur trocken. »Wir benötigen allerdings noch etwas, Miss Bayliss.«

»Was? Alles, was in meiner Macht steht ...«

»Eine einleuchtende Erklärung, warum wir an Heiligabend bei Ihrem Vater aufkreuzen, obwohl wir ihn überhaupt nicht kennen und auch mit Ihnen nur flüchtig bekannt sind.«

»Oh … o ja, natürlich …« Sie geriet wieder in helle Aufregung und begann am Muff zu zupfen.

Ich zerbrach mir den Kopf über einen unverfänglichen Vorwand für den Besuch bei Oberst Bayliss, aber mir fiel nichts Vernünftiges ein. Ich befürchtete, dass Holmes wegen dieser Schwierigkeiten den Fall doch noch ablehnen würde. »Vielleicht könnten wir behaupten, irgendwohin unterwegs zu sein, wobei ich darauf bestanden hätte, die Bekanntschaft eines Mannes zu machen, der bei Rorke's Drift dabei war … Ihr Vater wird uns bestimmt auf ein Glas Punsch ins Haus bitten, und dann können wir improvisieren … ein lahmes Pferd oder irgendein anderes Hindernis, um unsere Reise fortzusetzen …« Ich errötete, weil mein Vorschlag nicht einmal mir selbst einleuchtete, aber Miss Bayliss griff ihn begierig auf.

»Ausgezeichnet, Dr. Watson! Bitte kommen Sie einfach. Notfalls zerlege ich eigenhändig Ihre Kutsche, damit Sie bei uns bleiben müssen!«

Und so kam es, dass Holmes und ich am Spätnachmittag von Heiligabend, als der weite Himmel über dem Hochmoor von Alnwick allmählich dunkel wurde, in einer am Bahnhof gemieteten Kutsche saßen und durch die bittere Kälte in Richtung des riesigen Herrenhauses fuhren, dessen hell erleuchtete Fenster schon von Weitem zu sehen waren.

Wir wurden überaus höflich empfangen, obwohl wir sozusagen aus dem Nichts aufgetaucht waren und uns auch nicht auf irgendwelche gemeinsamen Bekannten berufen konnten. Oberst Bayliss war ein kräftiger Mann Anfang sechzig, weißhaarig und mit braun gebrannter Haut, die zweifellos von dem langen Aufenthalt in Afrika herrührte. Er hinkte ein wenig – möglicherweise war der Zulu-Speer schuld daran, von dem seine Tochter gesprochen hatte –, schien sich ansonsten jedoch bester Gesundheit zu erfreuen.

Es bedurfte nicht Holmes' scharfer Beobachtungsgabe, um auf den ersten Blick zu sehen, dass in Allenbury Hall großer Wohlstand herrschte. Mit bunten Papiergirlanden, Schleifen, Kerzen sowie Kränzen aus Stechpalme und bemalten Tannenzapfen weihnachtlich geschmückt, wirkten die Räume zugleich herrlich gemütlich.

Ich hielt meine sorgfältig vorbereitete Rede, in der ich meiner Bewunderung für den Oberst Ausdruck verlieh, aber er wehrte meine Lobeshymnen mit sympathischer Bescheidenheit ab und hieß mich und Holmes herzlich willkommen.

»Es ist eine Freude, so kurz vor Weihnachten unerwarteten Besuch zu bekommen. Könnte man sich etwas Besseres wünschen? Ich glaube, dass es bald schneien wird. Das geschieht oft um diese Jahreszeit, wenn der Wind nachlässt. Wir werden weiße Weihnachten haben! Wenn Sie erlauben, wird mein Kutscher Ihre Pferde in den Stall bringen.«

»Das wäre sehr freundlich von Ihnen, Sir«, erwiderte Holmes, und ich wusste in diesem Augenblick, dass wir bestimmt zum Abendessen bleiben und vermutlich auch hier übernachten würden.

So geschah es denn auch. Der Tisch war exquisit gedeckt, mit funkelndem Kristall, feinstem Leinen, Silber, mehrarmigen Leuchtern und einem prächtigen Gesteck aus Stechpalme und Mistelzweigen, wobei rote und weiße Beeren einen reizvollen Kontrast bildeten. Im riesigen Kamin prasselte ein Feuer, das den ganzen Raum erwärmte, und es roch verführerisch nach gebratenem Wildbret und dampfendem Gemüse, noch bevor wir Platz genommen hatten und uns zunächst eine köstliche Suppe schmecken ließen.

Wir saßen nur zu sechst an dem langen Tisch – der Oberst am Kopfende, seine jüngere Tochter, die zierliche Millicent, der wir unser Hiersein verdankten, ihm gegenüber, Alyson und ihr Mann an einer Längsseite, Holmes und ich an der anderen. Alyson war so, wie ihre Schwester sie beschrieben hatte: schön und charmant, ein bisschen eigenwillig, sichtlich daran gewöhnt, im Mittelpunkt zu stehen. Auch Theodore Franklyn entsprach Millicents Beschreibung: Er war attraktiv und wortgewandt. Mir kam es so vor, als wolle der Mann unbedingt allen gefallen und halte deshalb manchmal mit seiner eigenen Meinung hinter dem Berg, aber vielleicht war ich voreingenommen, weil ich in ihm einen Komplizen des geplanten Mordes sah. Dieses Komplott erschien mir umso schändlicher, seit ich Oberst Bayliss persönlich kennengelernt hatte, der mir auf Anhieb sehr sympathisch gewesen war.

Nach der langen Zugfahrt war ich hungrig und durchgefroren und sprach dem Essen deshalb herzhaft zu. Die Unterhaltung sprang von einem Thema zum anderen, aber ich muss gestehen, dass ich nicht allzu aufmerksam zuhörte, sondern lieber die Gesichter von Alyson und Theodore beobachtete, die sich angeregt an den Gesprächen beteiligten. In allen wichtigen Fragen schien sie sich seiner Meinung zu fügen, in Dingen des Geschmacks gab er ihr immer recht. Trotz dieser scheinbaren Harmonie gewann ich den Eindruck, als empfinde Alyson für ihren Mann wesentlich mehr als umgekehrt.

Mir fiel auch auf, dass er die Annehmlichkeiten, die Allenbury Hall zu bieten hatte, sehr schätzte. Er sprach vom Reiten, Schießen, Angeln, von der Jagd am zweiten Weihnachtstag. Sie würde nach der Bescherung der Dienstboten und Pächter stattfinden, und er spielte diskret darauf an, dass man ihm zu dieser Gelegenheit ein besonders gutes Pferd zur Verfügung stellen solle.

Erwartungsgemäß begann es zu schneien, und der Oberst lud uns ein, in seinem Haus zu übernachten. Ich fing einen Blick von Millicent auf und sah ihre grenzenlose Erleichterung. Kurz darauf stand sie auf und bat, sie für den Rest des Abends zu entschuldigen. Sie fühle sich nicht ganz wohl und wolle gleich zu Bett gehen.

»Kommst du nicht zur Mitternachtsandacht, meine Liebe?«, fragte der Oberst und erklärte an Holmes und mich gewandt: »Wir haben hier unsere eigene kleine Kapelle, und diese Andacht hat eine lange Tradition. Nichts Großartiges … herrliche Musik haben wir leider nicht zu bieten. Wir singen nur einige Hymnen und sprechen ein Gebet, und genau um Mitternacht läute ich als Herr von Allenbury die Glocke. Darin bin ich zwar kein Meister, aber sie hat einen schönen Klang, der meilenweit zu hören ist. Mir macht diese Sitte, das Fest einzuläuten, immer wieder Freude.«

»Es hört sich sehr reizvoll an«, rief ich begeistert, »und ich würde das liebend gern miterleben.«

»Ich auch«, versicherte Holmes, was mich ziemlich überraschte, denn er glaubte doch bestimmt nicht, dass Alyson ihren Vater bei dieser Gelegenheit umbringen wollte.

»Millicent?«, erkundigte Bayliss sich mit besorgt gerunzelter Stirn.

»Danke, Papa, aber lieber nicht. Ich werde mich hinlegen und Dora wird bei mir bleiben. Morgen geht es mir bestimmt wieder besser. Wahrscheinlich bin ich nur etwas übermüdet.«

»Die Reise nach London war zu viel für dich«, sagte Alyson teilnahmslos. »Zwei so lange Zugfahrten innerhalb kurzer Zeit sind sehr anstrengend. Du hättest dir das nicht zumuten sollen.«

»Es war wichtig, Lady Muriel zu besuchen«, widersprach Millicent von der Schwelle aus. »Sie ist meine Patentante und war ernsthaft krank. Es war das Mindeste, was ich für sie tun konnte.« Sie wandte sich an Holmes und mich. »Hoffentlich wird alles zu Ihrer Zufriedenheit sein, meine Herren. Gute Nacht und frohe Weihnachten!« Sie lächelte uns zu und verschwand.

Es war erst acht, und die Andacht würde um zwanzig vor zwölf beginnen. Wir saßen noch eine Viertelstunde bei Tisch, dann entschuldigte sich auch Alyson. Sie wollte mit der Köchin alle Einzelheiten des morgigen Festmahls besprechen und die Haushälterin anweisen, unsere Gästezimmer vorzubereiten. Wir vier Männer blieben allein zurück. Es versprach ein langer Abend zu werden, aber ich freute mich darauf, denn ich hoffte, Oberst Bayliss überreden zu können, uns etwas über seine Erlebnisse in Afrika zu erzählen.

Diese Hoffnung ging in Erfüllung, doch was mir einige Sorgen bereitete, war unsere schier unlösbare Aufgabe. Miss Bayliss hatte berichtet, dass Theodore bis zum 27. Dezember in Allenbury Hall bleiben würde. Irgendwann während dieser Zeit dürfte Alyson versuchen, ihren Vater zu ermorden. Aber wir konnten unseren Besuch unmöglich so lange ausdehnen, und das schurkische Paar würde höchstwahrscheinlich unseren Aufbruch abwarten, bevor es zur Tat schritt.

»Hast du irgendeinen Plan, wie man sie daran hindern könnte?«, fragte ich Holmes, als wir uns in unseren Zimmern vor dem Gang zur Kapelle ein wenig frisch machten. »Oberst Bayliss scheint sich keiner Gefahr bewusst zu sein.«

»Trotzdem habe ich den Eindruck, dass er Theodore nicht leiden kann«, erwiderte Holmes. Wir standen in seinem Zimmer, das Aussicht auf die mit Schnee bestäubten Rasenflächen hinter dem Haus bot. Es war ein gemütlicher Raum, und das Kaminfeuer verbreitete eine angenehme Wärme.

»Wie kommst du darauf?« Mir war nichts aufgefallen. »Er war doch ausnehmend höflich zu seinem Schwiegersohn.«

»Genau!« Holmes schüttelte leicht den Kopf. »Er benahm sich wie ein Mann, der den kleinsten Fehler vermeiden will, weil dieser ausgenutzt werden könnte. Er war nicht entspannt, wie man es in Gesellschaft eines Freundes ist.«

»Du hast recht«, gab ich zu. »Mir ist das entgangen.« Im Nachhinein wusste ich aber genau, was er meinte. Bei Menschen, die man wirklich sympathisch findet, braucht man nicht ständig auf der Hut zu sein, um jeden Fauxpas zu vermeiden. »Ich hätte es bemerken müssen«, murmelte ich zerknirscht.

»Mach dir nichts draus, Watson.« Holmes lächelte mir tröstend zu. »Der Oberst ist von dir sehr angetan, mein Freund, und aus diesem Grund wird er uns wahrscheinlich einladen, auch den ersten Weihnachtstag hier zu verbringen. Und wenn Miss Bayliss sich nicht irrt, wird ihre Schwester bald handeln, entweder noch heute Nacht oder morgen.«

»Aber auf welche Art und Weise?«, rief ich erregt. Wir mussten das Attentat verhindern und den Oberst anschließend aufklären. Natürlich würde es für ihn sehr schmerzlich sein, zu erfahren, dass seine eigene Tochter ihm nach dem Leben trachtete, aber wir durften es ihm nicht verheimlichen.

Holmes blickte sehr nachdenklich drein. »Nun, einige Dinge liegen auf der Hand ... Das Paar will Alysons Anteil am Vermögen erben, und als älterer Tochter würde ihr auch dieses Haus zufallen. Polizeiliche Ermittlungen können sie sich nicht leisten, folglich muss es nach einem Unfall oder einer natürlichen Todesursache aussehen. Ich tippe auf Ersteres.«

»Ein Treppensturz?«, schlug ich vor. »Oder vielleicht ein Unfall bei der Jagd am zweiten Weihnachtstag? Theodore hat sich sehr für Ort und Zeit dieser Veranstaltung interessiert und großen Wert auf ein gutes Pferd gelegt.«

»Ja«, murmelte Holmes, »aber wenn er, wie Miss Bayliss behauptet, Gefahren und Unbequemlichkeiten verabscheut, weiß er vielleicht schon, dass diese Jagd nicht stattfinden wird. Ich glaube, Watson, dass der Mordversuch für früher geplant ist, zu einem Zeitpunkt, an dem wir nicht damit rechnen. Halte die Augen offen, mein Freund! Möglicherweise ist Alyson Franklyn noch gerissener, als ihre Schwester vermutet. So, hol jetzt deinen Hut und Mantel, damit wir mit der Familie und den Dienstboten zur Mitternachtsandacht gehen können.«

Um halb zwölf trafen wir uns in der Halle: Oberst Bayliss, Alyson, Theodore, Holmes und ich, während Millicent wie angekündigt in ihrem Schlafzimmer blieb. Der Oberst führte die kleine Prozession an, zur breiten Haustür hinaus und durch den frisch gefallenen Schnee auf die nur fünfzig Meter entfernte winzige Kapelle zu. Starker Wind hatte die Wolken vertrieben, und der Himmel war mit funkelnden Sternen übersät. Unsere Schritte knirschten auf dem gefrorenen Kies. Es war eine herrliche Nacht, und ich freute mich auf den gemeinsamen Gesang und die Glocke, die weit über die schlafenden Felder schallen und Menschen in abgelegenen Hütten die Geburt Christi verkünden würde. Es tat mir sehr leid, dass Miss Bayliss viel zu müde – vielleicht auch zu verstört – war, um uns zu begleiten, aber ich hatte volles Verständnis dafür.

Wir betraten die Kapelle, einen äußerst schlichten Steinbau. Es war wahnsinnig kalt, doch davon ließen wir uns die gute Laune nicht verderben. Ein Dutzend Dienstboten wartete schon, fünf weitere kamen gleich darauf, vermutlich Pächter, Gärtner und Stallknechte. Alle begrüßten den Oberst ehrerbietig und wünschten ihm frohe Weihnachten, wofür er sich herzlich bedankte.

Wir scharten uns um den Altar, in Mäntel und Schals gehüllt, die Männer barhäuptig, die Frauen mit ihren besten Hüten auf dem Kopf. Der Oberst sprach ein kurzes Dankgebet, und dann wurden Weihnachtslieder gesungen.

Kurz vor Mitternacht warf Bayliss einen Blick auf seine goldene Taschenuhr, trat unter den Glockenstuhl und griff nach dem Seil. Wir warteten freudig erregt. Schlag zwölf Uhr würde die Menschheit neue Hoffnung schöpfen, und nach dem Geläut würden wir einander schöne Feiertage wünschen, Hände schütteln und im Sternenlicht ins Haus zurückkehren, wo warme Betten auf uns warteten.

Der Oberst schaute ins Halbdunkel empor, wo die Glocke an einem Querbalken hing. Der Butler, der ebenfalls seine Uhr gezückt hatte, nickte feierlich.

Holmes beobachtete Bayliss, der seine Füße gegen den Boden stemmte, um mit aller Kraft am Glockenseil ziehen zu können. Plötzlich machte er einen Satz nach vorne, packte den Oberst und riss ihn mit sich zu Boden. Nur den Bruchteil einer Sekunde später schlug die Glocke mit ohrenbetäubendem Getöse auf, zersplitterte den Holzboden und ließ Splitter in alle Richtungen fliegen.

Ein Dienstmädchen schrie auf.

Alyson Franklyn war leichenblass.

Theodore erstarrte zur Salzsäule.

Niemand bewegte sich, bis Holmes unbeholfen auf die

Beine kam und die Hand ausstreckte, um Bayliss hochzuhelfen.

»Woher hast du es gewusst?« Aufgeregt trat ich zu ihnen. »Wie konntest du das …?«

»Sägemehl«, antwortete Holmes. »Sägemehl auf dem Fußboden. Gott sei Dank habe ich es noch rechtzeitig gesehen.«

»Mein lieber Holmes …« Der Oberst konnte seine Erschütterung nur mühsam unter Kontrolle bringen. »Durch Ihre scharfe Beobachtungsgabe, Ihren Mut und Ihr schnelles Reaktionsvermögen haben Sie mir das Leben gerettet. Ich werde ewig in Ihrer Schuld stehen. Danke!« Er streckte seine Hand aus und ich bemerkte, dass sie ein wenig zitterte.

Holmes drückte kräftig die dargebotene Hand. »Es war reines Glück«, sagte er bescheiden. »Jeder Mann hätte so wie ich gehandelt.«

Bayliss verzichtete auf weitere Bemerkungen, wünschte dem Personal lächelnd ein frohes Weihnachtsfest, verschmähte die Hilfe des Butlers und trat in die eisige Nacht hinaus.

Holmes betrachtete das große Balkenstück, das zusammen mit der Glocke herabgestürzt war. Ohne etwas zu berühren, bückte er sich, um das Gewirr aus Metall, Holz und Seilen genauer unter die Lupe zu nehmen.

Ich kniete neben ihm nieder. »Sägemehl?«, fragte ich leise, denn einige Dienstboten standen noch in der Nähe herum. »Der Balken scheint nicht angesägt zu sein. Für mich sieht das eher nach Holzwürmern aus.«

Holmes verzog leicht die Lippen. »Die müssten riesig gewesen sein, Watson!«

»Riesig?«, wiederholte ich begriffsstutzig, doch dann fiel auch mir auf, was er längst bemerkt hatte. Die Löcher im

Holz waren sehr groß, viel zu groß, als dass ein winziges Geschöpf wie der Holzwurm sie verursacht haben konnte. Dazu müsste er die Ausmaße eines Erdwurms gehabt haben. Ich schaute Holmes bestürzt an.

»Ein Bohrer, nehme ich an«, erklärte er. »Jemand hat diese Löcher dort gebohrt, wo der Druck am größten ist, damit der Balken durchbrach, sobald an der Glocke gezogen wurde.«

»Wie lange würde so etwas vermutlich dauern?«, wollte ich wissen.

Er zählte die sichtbaren Bohrlöcher. »Etwa zwei Stunden.« Dann wandte er sich an die Dienstboten, die ihn fasziniert beobachteten. »Wann wurde der Glockenstuhl zum letzten Mal inspiziert?«

»Erst heute Nachmittag, Sir«, antwortete ein Mann bereitwillig. »Sicherheitshalber tu ich das immer, bevor der Herr die Glocke läutet – an Weihnachten und Neujahr, auch bei Geburten, Hochzeiten oder Todesfällen auf seinem Besitz.«

»Um welche Uhrzeit haben Sie das gemacht?«

»Muss gegen halb sechs gewesen sein, Sir. Bin mit der Laterne hochgestiegen und da war alles in bester Ordnung.«

»Dann geschah es nach halb sechs.« Holmes stand auf, dankte dem Mann und verließ zusammen mit mir die Kapelle.

»Theodore?«, fragte ich, sobald wir außer Hörweite waren.

»Möglicherweise.« Er runzelte die Stirn. »Es könnte aber auch Alyson gewesen sein. Für den Umgang mit einem Bohrer benötigt man nicht viel Kraft, nur ein geschmeidiges Handgelenk. Jede halbwegs gute Reiterin käme mit diesem Werkzeug zurecht.«

Mir war die Freude am Sternenhimmel und am knirschenden Schnee unter den Füßen vergangen. »Dann wissen wir also immer noch nicht, wer dahintersteckt.«

Holmes gab keine Antwort. Wahrscheinlich dachte er wie ich an die unangenehme Aufgabe, Oberst Bayliss die Wahrheit zu eröffnen.

»Angebohrt?«, murmelte der Oberst ungläubig, als wir zusammen in der Bibliothek vor dem ersterbenden Kaminfeuer standen. »Sie müssen sich irren!« Doch es war ein schwacher Protest, und seinen Augen war anzusehen, dass er die Wahrheit begriffen hatte. Holmes würde so etwas nie behaupten, wenn er seiner Sache nicht hundertprozentig sicher wäre.

»Habe ich Ihre Erlaubnis, Sir, nach dem Bohrer zu suchen?«, fragte Holmes.

Bayliss zögerte. Ohne dass Holmes ihn darauf hinweisen musste, war ihm klar, dass nur jemand im Haus als Täter infrage kam. Kein Außenstehender konnte die Kapelle betreten oder Kenntnis davon haben, dass der Oberst immer selbst die Glocke läutete, ganz abgesehen davon, dass irgendwelche Fremde auch kein Motiv für eine solche Tat hätten.

»Ja, es bleibt uns wohl nichts anderes übrig«, seufzte er. »Wer auch immer den Bohrer benutzt hat, kann ihn nicht in den Werkzeugschuppen zurückgebracht haben, weil dieser abends abgesperrt wird. Ich werde Ihnen helfen. Wo sollen wir mit der Suche anfangen?«

»Im Zimmer von Mr und Mrs Franklyn«, antwortete Holmes nüchtern.

»Theodore war den ganzen Abend mit uns zusammen!«, protestierte Bayliss, wurde gleich darauf aber so bleich, dass ich befürchtete, er könnte einen Herzanfall erleiden. Doch er fasste sich mühsam und straffte die Schultern. »Ich kann mir nicht vorstellen, dass meine Tochter etwas

Derartiges tun würde. Je schneller wir sie von jedem Verdacht befreien, desto besser!«

Zu dritt gingen wir die breite Treppe hinauf und durch den Korridor bis zum Zimmer des jungen Ehepaars. Oberst Bayliss klopfte kräftig an, und gleich darauf wurde die Tür von Theodore geöffnet, der noch voll bekleidet war.

»Was gibt's?«, fragte er neugierig, als er Holmes und mich hinter seinem Schwiegervater stehen sah. »Ist noch etwas passiert?«

Der Oberst erklärte ihm kurz, was Holmes entdeckt hatte und dass deshalb alle Zimmer gründlich durchsucht werden müssten.

»Selbstverständlich«, stimmte Theodore zu, verzog aber verärgert den Mund. »Ich bedaure, dass Sie das für nötig halten, aber wenn Sie meinen …«

Ohne darauf zu antworten, betrat der Oberst das Zimmer. Holmes folgte ihm und entschuldigte sich bei Alyson, die auf einem Stuhl vor der Frisierkommode saß. Wir begannen mit der Suche, während Bayliss regungslos mitten im Raum stand. Seine starre Miene drückte tiefen Schmerz aus.

Holmes fand das Werkzeug unter dem Bett, in die hinterste Ecke geklemmt. Er zog es hervor und hielt es hoch. Worte waren überflüssig. Der Bohrer war nicht einmal gesäubert worden: An den Windungen klebte Sägemehl.

Alyson und Theodore starrten einander fassungslos an.

Meine Sorge galt dem Oberst. Er sah aus, als hätte man ihm eine tödliche Wunde verpasst. Wahrscheinlich hatte ihm nicht einmal jener Zulu-Speer vor vielen Jahren so unerträgliche Schmerzen bereitet.

Ich ging rasch auf ihn zu. »Kommen Sie, Sir«, sagte ich sanft. »Hier gibt es für Sie nichts mehr zu tun.« Er lehnte meinen Arm ab, doch ein kurzer Blick verriet, dass er meine Fürsorge durchaus zu schätzen wusste.

»Ich werde Millicent erzählen, was passiert ist«, murmelte er heiser. »Sie muss Bescheid wissen …«

»Das werde ich übernehmen«, erbot Holmes sich. »Sie hat sich große Sorgen um Sie gemacht, Oberst, und Watson und mich gebeten, einen Anschlag auf Ihr Leben zu verhindern. Wenigstens diese Tochter ist Ihnen treu ergeben.«

Bayliss versuchte zu lächeln, doch das ging über seine Kräfte. Er nickte zustimmend und entfernte sich mit hängenden Schultern und weichen Knien.

Holmes und ich gingen zu Millicents Tür und klopften an. Ich wollte nur so lange bleiben, bis sie die Neuigkeit vernommen hatte, und mich dann um den Oberst kümmern. Vielleicht brauchte er ein Schlafmittel oder eine Stärkung fürs Herz.

Die Tür wurde von der Zofe geöffnet. »Ja?«

»Ich muss mit Miss Bayliss sprechen«, erklärte Holmes. »Wenn es nicht sehr dringend wäre, würde ich sie nicht um diese Zeit stören. Auf ihren Vater wurde ein Anschlag verübt.«

Die Zofe starrte ihn entsetzt an, bevor sie stammeln konnte: »Ist … ist dem Oberst etwas passiert?«

»Nein, er ist unversehrt, aber verständlicherweise ziemlich mitgenommen von dem Vorfall. Würden Sie bitte Ihre Herrin holen?«

»Ja, Sir.« Sie verschwand gehorsam, und wir warteten ungeduldig auf dem Korridor.

Miss Bayliss tauchte in Nachthemd und Morgenrock und mit offenen Haaren in der Tür auf und schaute von Holmes zu mir und zurück.

»Sie hat es also wirklich getan?«, flüsterte sie. »Wo? Wie? Dora sagt, Papa sei unverletzt … Sind Sie ganz sicher?«

Diese Frage war an mich gerichtet, und ich antwortete sanft: »Ja, körperlich ist er unverletzt, aber seelisch … Vielleicht wird Ihre Gegenwart ihn trösten.«

»Natürlich, ich gehe sofort zu ihm. Weiß er schon, dass es Alyson war?«

Holmes erklärte kurz, was geschehen war.

»Ich verstehe … ich weiß gar nicht, wie ich Ihnen danken soll, Mr Holmes. Sie haben das Leben eines tapferen Mannes gerettet …« Sie war sehr bleich, so als hätte das Attentat ihr trotz ihrer Vorahnung einen schweren Schock versetzt.

»Sind Sie sicher, dass Sie kräftig genug sind, um Ihrem Vater beistehen zu können?«, fragte die Zofe besorgt und schaute dabei mich an. »Miss Millicent hat den ganzen Abend im Bett verbracht, Sir, das weiß ich, weil ich den Ankleideraum nicht verlassen habe. Bitte kümmern Sie sich um sie …«

»Selbstverständlich«, versprach ich und trat zur Seite, um Miss Bayliss vorbeizulassen. Holmes versteifte sich plötzlich, seine Hand schoss vor und packte ihr Handgelenk, riss sie regelrecht zurück.

Sie schrie vor Schmerz und Überraschung auf. »Was ist los, Mr Holmes?«

»Gibt es in Ihrem Zimmer einen Kamin, Miss Bayliss?«, wollte er wissen.

»Natürlich.«

»Brennt das Feuer? Hat es den ganzen Abend gebrannt?«

Nur mein grenzenloses Vertrauen in sein Urteilsvermögen hielt mich davon ab, gegen diese scheinbar sinnlosen Fragen zu protestieren.

»Ja, es brennt!« Millicent warf den Kopf zurück. »Was soll das alles, Mr Holmes?«

»Um welche Zeit wurde es angezündet?«

»Ich … ich weiß es nicht genau …«

»Erst vor einer halben Stunde, Miss Millicent«, kam die Zofe ihr zu Hilfe. »Als Sie zu Bett gingen, sagten Sie doch ausdrücklich, Sie wollten kein Feuer, weil Ihnen so heiß sei.«

»Was in aller Welt hat das zu bedeuten, Holmes?« Ich war völlig durcheinander.

Holmes, der Millicent immer noch festhielt, schob mit der anderen Hand ihren Haarvorhang zurück und deutete auf dunkle Flecken an ihrem Hals, hinter den Ohren und auf dem Kopf.

»Ruß!« Er lächelte bitter. »Gerät überallhin und lässt sich nur sehr schwer abwaschen. Kleine Jungen, die in die Kamine klettern, um sie zu säubern, haben oft solche Rußflecken.« Er wandte sich Millicent zu. »Nur wollten Sie natürlich nicht den Kamin säubern, sondern Ihr Zimmer unbemerkt verlassen, um Löcher in den Balken bohren und das Werkzeug im Zimmer Ihrer Schwester verstecken zu können, während sie in der Kapelle war. Auf diese Weise wollten Sie Ihren Vater und Ihre Schwester mit einem Schlag loswerden und uns als Zeugen missbrauchen. Das ist Ihnen nicht gelungen, Miss Bayliss. Ihr Vater lebt und ist unverletzt, und Ihre Schwester wird ihr Erbe erhalten und kann nach eigenem Gutdünken darüber verfügen.«

Sie starrte ihn mit funkelnden Augen und gerecktem Kinn an. »Sie wird es ihrem Mann überlassen, und er wird es verschleudern!«, fauchte sie. »Der Kerl ist ein Taugenichts, Mr Holmes, ein Betrüger! Das weiß ich genau, denn zuerst hat er mir den Hof gemacht!«

Holmes erwiderte nichts darauf. Er hatte sie völlig falsch eingeschätzt und weder ihre Verbitterung noch ihre Nervenstärke erkannt. Nur seine außergewöhnliche Beobachtungsgabe hatte ihn davor bewahrt, zum willigen Werkzeug bei ihrem raffinierten Plan zu werden.

Das ernüchterte und beschämte ihn, und während des seltsamen, sehr stillen Weihnachtsfestes, das wir in Allenbury Hall verbrachten, blieb er ungewöhnlich demütig und bescheiden.

Erst an Silvester, als wir wieder in der Baker Street waren, erlaubte er mir, diese Geschichte zu Papier zu bringen. Gleichzeitig regte er an, dass ich ihn diskret an Miss Millicent Bayliss erinnern solle, wenn die scheinbare Torheit einer Frau ihn wieder einmal zur Verzweiflung trieb, und er versprach, sein Urteil dann noch einmal gründlich zu überdenken.

Arthur Conan Doyle
Der blaue Karfunkel

Am zweiten Weihnachtstag besuchte ich morgens meinen Freund Sherlock Holmes, um ihm fröhliche Weihnachten zu wünschen. Er lag in einem purpurfarbenen Schlafrock auf der Couch; zu seiner Rechten stand leicht erreichbar ein Pfeifenständer, daneben lag ein Stoß zerfledderter Morgenzeitungen, die offenbar gerade gelesen worden waren. Neben der Couch stand ein Holzstuhl, an dessen Lehne ein sehr schäbiger, unansehnlicher, steifer Filzhut hing, der aufgrund seines hohen Alters an einigen Stellen gebrochen war. Vergrößerungsglas und Pinzette auf dem Stuhlsitz ließen vermuten, dass der Hut zu Untersuchungszwecken dorthin gehängt wurde.

»Sie sind beschäftigt«, sagte ich, »hoffentlich störe ich Sie nicht.«

»Überhaupt nicht. Ich bin froh, einen Freund zu haben, mit dem ich meine Resultate durchsprechen kann. Die Angelegenheit ist ganz alltäglich«, und er deutete mit dem Daumen in Richtung des alten Hutes, »aber in dem Zusammenhang gibt es ein paar Punkte, die nicht uninteressant sind.«

Ich setzte mich in einen Lehnstuhl und wärmte meine Hände über dem prasselnden Feuer. Ein heftiger Frost hatte eingesetzt, und die Fensterscheiben waren mit Eisblumen übersät. »Ich nehme an«, bemerkte ich, »so gewöhnlich der Hut auch aussieht, so ist er wohl doch mit einer todbringenden Geschichte verbunden – er ist der Faden, der Sie zur Lösung eines Rätsels und zur Bestrafung eines Verbrechens führen wird.«

»Nein, nein! Kein Verbrechen«, lachte Sherlock Holmes. »Nur eine dieser absonderlichen Nebensächlichkeiten, die zuweilen vorkommen, wenn vier Millionen Menschen auf einem auf einige Quadratmeilen beschränkten Raum zusammenleben müssen. Bei der Interaktion einer so dichten Menschenmasse kann man jede nur denkbare Kombination von Ereignissen erwarten; viele kleine Probleme tauchen auf, die zwar verblüffend und bizarr, aber nicht kriminell sind. Wir haben diesbezüglich schon einige Erfahrungen gemacht.«

»Ja, sogar so viele«, erwiderte ich, »dass von den letzten sechs Fällen, die ich in meine Notizensammlung aufgenommen habe, drei in keiner Weise ein Verbrechen darstellen.«

»Genau. Sie spielen auf meinen Versuch an, die Fotografie der Irene Adler zu bekommen, auf den einzigartigen Fall der Miss Mary Sutherland oder auf das Abenteuer mit dem Mann mit der Narbe. Nun, ich hege keinerlei Zweifel, dass diese kleine Angelegenheit in dieselbe harmlose Kategorie fallen wird. Sie kennen Peterson, den Hotelportier?«

»Ja.«

»Ihm gehört diese Trophäe.«

»Es ist also sein Hut.«

»Nein, nein, er hat ihn nur gefunden. Der Besitzer des Hutes ist nicht bekannt. Ich bitte Sie, einen Blick auf ihn zu werfen, ihn aber nicht als einen abgetragenen Filzhut, sondern als intellektuelles Problem zu sehen. Doch lassen Sie sich zuerst berichten, wie der Hut überhaupt hierherkam. Er tauchte zusammen mit einer prachtvollen, fetten Gans am Weihnachtsmorgen hier auf; die Gans brutzelt in diesem Augenblick ohne Zweifel bei Peterson daheim in der Röhre. Die Fakten lauten folgendermaßen: Am Weihnachtsmorgen gegen vier Uhr in der Frühe kehrte Peterson, der, wie Sie wissen, ein sehr ehrenwerter Mann ist, von einer kleinen Feier über die Tottenham Court Road nach Hause zurück. Im Lichtschein der Gaslaternen sah er einen ziemlich großen Mann, der etwas schwankte und eine weiße, tote Gans über seiner Schulter hängen hatte, vor sich hergehen. Als der Mann um die Ecke zur Goodge Street bog, brach ein Tumult zwischen diesem Fremden und einem kleinen Haufen Raufbolde aus. Einer dieser Raufbolde schlug dem Mann den Hut vom Kopf, worauf der zu seiner Verteidigung mit seinem Stock ausholte. Dabei zertrümmerte er eine hinter ihm gelegene Schaufensterscheibe. Peterson stürmte auf den Fremden zu, um ihn vor seinen Angreifern zu schützen, aber als der Mann, schon entsetzt über die zerbrochene Fensterscheibe, eine offiziell aussehende Person in Uniform auf sich zurennen sah, ließ er seine Gans fallen, ergriff die Flucht und verschwand im Labyrinth der kleinen Straßen, die von der Tottenham Court Road abgehen. Die Raufbolde machten sich beim Anblick Petersons auch davon, sodass er allein auf dem Schlachtfeld zurückblieb und die Kriegsbeute in Form eines zerbeulten Hutes und einer prachtvollen Weihnachtsgans an ihn fiel.«

»Er hat sie doch dem Eigentümer wieder zurückgegeben?«

»Mein Lieber, darin liegt das Problem. Es stimmt, dass eine kleine Karte mit *Für Mrs Henry Baker* in Druckbuchstaben ans linke Gänsebein gebunden war, und es stimmt auch, dass die Initialen *H. B.* deutlich im Hutfutter zu erkennen sind; aber da es in unserer Stadt einige Tausende Bakers und einige Hundert Henry Bakers gibt, wird es nicht einfach sein, das verlorene Eigentum dem Besitzer zurückzuerstatten.«

»Was tat Peterson also?«

»Er brachte beides, Hut und Gans, noch am selben Weihnachtsmorgen zu mir, weil er weiß, dass mich selbst die kleinsten Probleme interessieren. Die Gans haben wir bis heute Morgen aufbewahrt, aber dann waren trotz des Frostes die ersten Anzeichen dafür zu erkennen, dass man gut daran täte, sie ohne weitere Verzögerung zu essen. Ihr Finder hat sie somit nach Hause genommen, damit das Tier seine eigentliche Aufgabe als Weihnachtsgans erfüllen kann. Ich aber bleibe weiterhin im Besitz des Hutes dieses unbekannten Gentlemans, der so um sein Weihnachtsessen gekommen ist.«

»Hat er keine Anzeige aufgegeben?«

»Nein.«

»Haben Sie irgendwelche Hinweise auf seine Person?«

»Nur die, die wir logisch herleiten können.«

»Etwa aus seinem Hut?«

»Genau.«

»Sie machen Witze. Was können Sie diesem alten, abgetragenen Hut entnehmen?«

»Hier haben Sie mein Vergrößerungsglas. Sie kennen meine Methoden. Welche Schlüsse können Sie in Bezug auf die Persönlichkeit des Mannes ziehen, der dieses Kleidungsstück getragen hat?«

Ich nahm den abgetragenen Gegenstand in die Hand und drehte ihn etwas hilflos zwischen den Fingern herum. Es war ein ganz gewöhnlicher runder, schwarzer Hut, eine sogenannte Melone, allerdings recht mitgenommen. Der Hut war mit roter Seide gefüttert, die aber mittlerweile ziemlich verblichen war. Der Hutmachername fehlte, aber wie Holmes schon bemerkt hatte, waren die Initialen *H. B.*

auf der Innenseite eingezeichnet. Die Krempe war für ein zur Sicherung des Hutes dienendes Gummiband durchstochen worden, aber das Gummiband fehlte. Außerdem war der Hut voller Risse, Staub und Flecken, auch wenn der Besitzer den Versuch unternommen zu haben schien, die verblichenen Stellen mit Tinte zu überdecken.

»Ich kann nichts sehen«, sagte ich und gab den Hut meinem Freund zurück.

»Im Gegenteil, Watson, Sie können alles sehen, aber Sie können das Gesehene nicht auswerten. Sie sind zu ängstlich bei Ihren Schlussfolgerungen.«

»Bitte, dann sagen Sie, was Sie aus diesem Hut schließen können.«

Er nahm den Hut und betrachtete ihn in der seltsam konzentrierten Art, die so typisch für ihn war. »Vielleicht ist der Hut weniger informativ, als er sein könnte«, bemerkte er, »und doch gibt es einige Hinweise, die teils eindeutige, teils zumindest sehr wahrscheinliche Schlüsse zulassen. Es fällt natürlich sofort ins Auge, dass der Mann intelligent ist. Es muss ihm in den letzten drei Jahren materiell gut gegangen sein, doch jetzt ist er in eine Notlage geraten. Er war wohl früher vorsorglich, aber diese Vorsorglichkeit hat nachgelassen. Das deutet auf moralische Zerrüttung hin, die, zusammen mit der Verschlechterung seiner finanziellen Situation betrachtet, darauf schließen lässt, dass er einem Laster verfallen ist: vermutlich trinkt er. Das dürfte auch der Grund dafür sein, dass ihn seine Frau nicht mehr liebt.«

»Aber, mein lieber Holmes!«

»Er hat sich aber eine gewisse Selbstachtung erhalten«, fuhr Holmes fort, ohne meinen Einwand zu beachten. »Er ist ein Mann, der ein beschauliches Leben führt, selten ausgeht, körperlich nicht durchtrainiert und mittleren

Alters ist, ergraute Haare hat, die er innerhalb der letzten Tage hat schneiden lassen und mit Brillantine eincremt. Das sind die mehr offensichtlichen Tatsachen, die man von dem Hut herleiten kann. Außerdem, nebenbei gesagt, ist es höchst unwahrscheinlich, dass er Gasbeleuchtung in seinem Haus hat.«

»Jetzt scherzen Sie sicherlich, Holmes.«

»Nicht im Mindesten. Ist es möglich, dass Sie sogar jetzt, nachdem ich Ihnen meine Ergebnisse mitgeteilt habe, noch nicht fähig sind zu erkennen, wie ich sie gewann?«

»Ich bezweifle nicht, dass ich sehr dumm bin, aber ich muss gestehen, dass ich Ihnen nicht folgen kann. Zum Beispiel: Wie kamen Sie zu der Schlussfolgerung, dass der Mann intelligent ist?«

Statt einer Antwort setzte sich Holmes den Hut auf. Der Hut rutschte ihm über die Stirn und lag auf dem Nasenbein auf. »Es ist eine Frage des Volumens«, erklärte er, »ein Mann mit so einem großen Kopf muss darin auch etwas Verstand haben.«

»Und die finanziellen Schwierigkeiten?«

»Dieser Hut ist drei Jahre alt. Diese flachen, am Rand nach oben gebogenen Hutkrempen waren damals in Mode. Es ist ein Hut von bester Qualität. Schauen Sie sich das Ripsband und das exzellente seidene Innenfutter an. Wenn dieser Mann es sich vor drei Jahren leisten konnte, einen derart teuren Hut zu kaufen, es aber seitdem nicht mehr schaffte, diesen zu ersetzen, dann ist sein Glücksstern bestimmt gesunken.«

»Nun, das ist verständlich genug. Aber wie steht es mit der Vorsorglichkeit und der moralischen Zerrüttung?«

Sherlock Holmes lachte. »Hieran ist die Vorsorglichkeit zu erkennen«, erwiderte er und legte seinen Zeigefinger auf eine Öse, eine Haltevorrichtung für ein durchzuziehendes Gummiband zur Sicherung des Huts. »Hüte werden niemals mit einer solchen Vorrichtung verkauft. Wenn dieser Mann dafür Sorge trug, dass sich eine derartige Sicherheitsvorrichtung gegen Windstöße an seinem Hut befand, dann deutet das auf ein gewisses Maß an Vorsorglichkeit hin. Aber, wie wir sehen, seitdem das Gummiband gerissen ist, hat er sich nicht mehr die Mühe genommen, es zu ersetzen; offensichtlich ist er weniger vorsorglich als früher, das heißt, er hat an Charakter verloren. Auf der anderen Seite hat er sich bemüht, diese Flecken auf dem Hut zu verdecken, indem er sie mit Tinte überschmierte. Das ist wiederum ein Zeichen dafür, dass er seine Selbstachtung nicht völlig verloren hat.«

»Ihre Beweisführung klingt plausibel.«

»Die anderen Punkte, dass er mittleren Alters ist, ergraute Haare hat, die vor Kurzem geschnitten worden sind, und Brillantine benutzt, ergeben sich alle aus einer gründlichen Untersuchung des Hutfutters. Das Vergrößerungsglas offenbarte eine stattliche Anzahl durch die Schere eines Friseurs sauber abgeschnittener Haarspitzen. Sie blieben alle aneinander hängen, und es haftete ihnen ein deutlicher Geruch von Brillantine an. Wie Sie sehen, ist dieser Staub hier nicht grau und grobkörnig wie Straßenstaub, sondern braun und flaumig wie Hausstaub; also hängt dieser Hut die meiste Zeit im Haus. Die Feuchtigkeitsflecken auf dem Innenfutter beweisen, dass der Träger stark transpiriert und darum kaum in bester körperlicher Verfassung sein kann.«

»Aber seine Frau – Sie behaupten, dass sie aufgehört hat, ihn zu lieben.«

»Dieser Hut ist seit Wochen nicht mehr gebürstet worden. Wenn ich Sie so sehen würde, mein lieber Watson, mit einer einwöchigen Staubladung auf Ihrem Hut, und wenn

Ihre Frau es Ihnen erlauben würde, so auszugehen, müsste ich befürchten, Sie hätten das Unglück gehabt, die Zuneigung Ihrer Frau zu verlieren.«

»Aber er könnte ja Junggeselle sein?«

»Nein, er brachte die Gans seiner Frau als Friedensangebot mit nach Hause. Erinnern Sie sich an die Karte am linken Gänsebein.«

»Sie haben auf alles eine Antwort. Aber woraus, um Himmels willen, schließen Sie, dass sich in seinem Haus keine Gasbeleuchtung befindet?«

»Ein oder zwei Talgflecken könnten zufällig auf dem Hut sein, aber ich habe nicht weniger als fünf entdeckt. Ich denke, es besteht kein Zweifel, dass der Mann häufig mit brennendem Talg in Kontakt kommt – höchstwahrscheinlich steigt er abends mit dem Hut in der einen Hand und einer tropfenden Kerze in der anderen die Treppe hinauf. Wie dem auch sei, er kann niemals Talgflecken von einer Gasflamme bekommen. Sind Sie nun zufriedengestellt?«

»Es hört sich sehr ausgeklügelt an«, sagte ich und lachte. »Aber da kein Verbrechen verübt worden ist, wie Sie gerade selbst sagten, und außer dem Verlust einer Gans kein Unrecht geschehen ist, scheint mir, dass Ihre Überlegungen reine Energieverschwendung sind.«

Sherlock Holmes öffnete den Mund, um mir zu antworten. In diesem Moment flog die Tür auf, und Peterson, der Hotelportier, stürzte mit geröteten Wangen und einem fassungslosen Gesichtsausdruck ins Zimmer.

»Die Gans, Mr Holmes! Die Gans, Sir!«, keuchte er.

»Hm? Was ist mit ihr? Ist sie von den Toten auferstanden und aus dem Küchenfenster davongeflogen?« Holmes drehte sich ein wenig auf der Couch um, um den aufgeregten Mann besser sehen zu können.

»Sehen Sie, Sir! Schauen Sie, was meine Frau im Kropf

der Gans gefunden hat!« Er streckte seine Hand aus: In der Mitte seines Handtellers lag ein irisierender, blauer Stein, etwas kleiner als eine Bohne, aber von solcher Reinheit und solchem Glanz, dass er wie ein elektrischer Funke in der dunklen Höhlung der Hand aufblitzte.

Sherlock Holmes setzte sich mit einem Pfiff auf.

»Du lieber Gott, Peterson!«, rief er. »Da haben Sie wirklich einen Schatz gehoben! Ich nehme an, Sie wissen, um was es sich handelt.«

»Um einen Diamanten, Sir? Einen Edelstein. Er durchschneidet Glas, wie wenn es Kitt wäre.«

»Ist das nicht der blaue Karfunkel der Gräfin Morcar?«, stieß ich hervor.

»Genau! Ich sollte über seine Größe und seine Form informiert sein, denn ich habe die Verlustanzeige in den letzten Tagen in jeder Ausgabe der *Times* gelesen. Der Stein ist absolut einmalig, sein Wert kann nur geschätzt werden. Die ausgesetzte Belohnung von tausend Pfund entspricht sicherlich nicht einmal dem Zwanzigstel seines Marktpreises.«

»Tausend Pfund! Grundgütiger Gott!« Der Portier ließ sich in den Stuhl fallen und starrte uns einen um den anderen an.

»Das ist der Finderlohn. Ich weiß, dass die Gräfin aus sehr persönlichen Gründen bereit wäre, ihr halbes Vermögen zu opfern, um wieder in den Besitz dieses Steins zu gelangen.«

»Wenn ich mich recht erinnere, ist er im Hotel Cosmopolitan abhandengekommen«, bemerkte ich.

»So ist es, am zweiundzwanzigsten Dezember, also vor fünf Tagen. John Horner, ein Klempner, wurde beschuldigt, ihn aus dem Schmuckkasten der Dame entwendet zu haben. Das Beweismaterial gegen ihn war so belastend, dass er bereits unter Anklage gestellt wurde. Ich glaube, hier habe ich einen Zeitungsartikel über diesen Vorfall.« Er wühlte in seinen Zeitungen, überflog flüchtig die Ausgabedaten, bis er zu guter Letzt die gewünschte fand. Er strich die Zeitung glatt, faltete sie auseinander und las folgenden Absatz vor:

»›Juwelenraub im Hotel Cosmopolitan. John Horner, sechsundzwanzig Jahre alt, Klempner, wird beschuldigt, am Zweiundzwanzigsten dieses Monats einen wertvollen Edelstein, bekannt unter dem Namen ›Der blaue Karfunkel‹, aus dem Schmuckkasten der Gräfin Morcar gestohlen zu haben. James Ryder, Hotelangestellter, gab zu Protokoll, dass er Horner am Tag des Raubes in das Ankleidezimmer der Gräfin Morcar geführt habe, wo er eine locker gewordene Eisenstange des Kamingitters reparieren sollte. Er blieb eine Zeit lang mit Horner dort, wurde aber dann weggerufen. Als er zurückkehrte, sah er, dass Horner verschwunden und der Schreibtisch gewaltsam geöffnet worden war. Ein kleines marokkanisches Schmuckkästchen, in dem, wie später verlautbart wurde, die Gräfin gewöhnlich ihren Stein aufbewahrte, lag leer auf dem Frisiertisch. Ryder alarmierte sofort die Polizei, und noch am selben Abend wurde Horner verhaftet. Aber der Stein konnte weder bei ihm noch in seiner Wohnung gefunden werden. Catherine Cusack, die Zofe der Gräfin, sagte aus, sie habe den entsetzten Schrei Ryders gehört, als dieser den Raub entdeckte, und sei sofort ins Zimmer geeilt, wo sie alles so vorfand, wie es der Zeuge Ryder beschrieben habe. Inspektor Bradstreet gab zu Protokoll, dass Horner sich bei seiner Verhaftung heftig zur Wehr gesetzt und seine Unschuld aufs energischste beteuert habe. Da der Verhaftete bereits wegen Raubes vorbestraft war, weigerte sich der Polizeirichter, sich näher mit dem Delikt zu beschäftigen, und leitete den Fall sofort ans Geschworenengericht weiter. Horner war während der Gerichtsverhandlung sehr erregt und wurde bei der Urteilsverkündung ohnmächtig, sodass man ihn aus dem Gerichtssaal tragen musste.‹

Hm! So weit der Polizeibericht«, meinte Holmes gedankenverloren und warf die Zeitung zur Seite. »Es stellt sich jetzt für uns das Problem, den Ablauf der Ereignisse zu rekonstruieren, die von einem ausgeraubten Schmuckkästchen am einen Ende zum Kropf einer Gans in der Tottenham Court Road am anderen Ende führen. Sie sehen, Watson, unsere kleinen Schlussfolgerungen haben plötzlich einen viel gewichtigeren und weniger harmlosen Aspekt bekommen. Hier ist der Stein: Der Stein tauchte aus der Gans auf, die Gans kam von Mr Henry Baker, dem Herrn mit dem zerbeulten Hut und all den anderen Besonderheiten, mit denen ich Sie gelangweilt habe. Wir müssen uns jetzt ernsthaft darum bemühen, diesen Gentleman ausfindig zu machen und in Erfahrung zu bringen, was für eine Rolle er in diesem kleinen Rätsel spielt. Um das zu ermitteln, sollten wir zuerst den einfachsten Weg einschlagen: eine Anzeige in allen Abendzeitungen. Sollte das zu nichts führen, werde ich auf andere Methoden zurückgreifen müssen.«

»Wie lautet der Text der Anzeige?«

»Bitte geben Sie mir einen Bleistift und ein Blatt Papier. Also: *Ecke Goodge Street eine Gans und einen schwarzen Filzhut gefunden. Der Besitzer, Mr Henry Baker, wird gebeten, heute Abend um 18.30 Uhr in die Baker Street, Nr. 221 B, zu kommen.* Das ist klar und deutlich.«

»Ja, aber wird er die Anzeige lesen?«

»Nun, er wird einen Blick auf die Zeitungen werfen, denn für einen armen Mann ist das ein schwerer Verlust. Durch sein Pech mit der zerbrochenen Schaufensterscheibe und das Auftauchen Petersons war er so verstört, dass er nur noch an Flucht dachte. Aber seitdem hat er es sicherlich bitter bereut, seinen Vogel fallen gelassen zu haben. Die Erwähnung seines Namens macht es außerdem noch wahrscheinlicher, dass er die Anzeige sieht, denn jeder, der ihn kennt, wird ihn darauf aufmerksam machen. Peterson, hier ist der Text der Anzeige, bitte gehen Sie damit zur Anzeigenagentur und sorgen Sie dafür, dass die Anzeige in den Abendzeitungen erscheint.«

»In welchen, Sir?«

»Oh, im *Globe, Star, Pall Mall, St James's Gazette, Evening News, Standard, Echo* und allen anderen, die Ihnen noch einfallen.«

»Gern, Sir. Und was passiert mit dem Stein?«

»Ach ja, den werde ich verwahren. Vielen Dank! Und Peterson, ich meine, Sie sollten auf Ihrem Rückweg eine Gans kaufen und sie bei mir deponieren. Wir müssen doch dem Herrn die Gans ersetzen, die Sie jetzt mit Ihrer Familie verzehren.«

Als der Hotelportier gegangen war, nahm Holmes den Stein in die Hand und hielt ihn gegen das Licht. »Ein schönes Stück«, sagte er. »Schauen Sie nur, wie der Stein glitzert und funkelt. Natürlich ist er ein Quell des Verbrechens, das ist jeder schöne Edelstein. Juwelen sind die Lieblingsköder des Teufels. Bei größeren, älteren Steinen könnte jede Facette für eine Bluttat stehen. Dieser hier ist nicht älter als zwanzig Jahre. Er wurde am Ufer des Amoy-Flusses in Südchina gefunden und ist insofern bemerkenswert, als er jede der typischen Eigenschaften eines Karfunkels aufweist außer der Farbe: blau statt rubinrot. Obwohl er noch nicht sehr alt ist, besitzt er schon eine bewegte Lebensgeschichte. Zweieinhalb Gramm kristallisierter Kohlenstoff gaben Anlass zu zwei Morden, einer

Vitriolverätzung, einem Selbstmord und verschiedenen Raubüberfällen. Wer kann sich vorstellen, dass ein so schönes Spielzeug ein Lieferant für Galgen und Gefängnisse ist? Ich schließe ihn jetzt in meinem Geldschrank ein und benachrichtige die Gräfin, dass wir den Stein haben.«

»Glauben Sie, dass dieser Horner unschuldig ist?«

»Ich weiß es nicht.«

»Oder meinen Sie eher, dass dieser andere Mann, Henry Baker, etwas mit der Sache zu tun hat?«

»Höchstwahrscheinlich ist Henry Baker ein absolut unschuldiger Mann, der nicht die leiseste Ahnung gehabt hat, dass die Gans, die er mit sich trug, beträchtlich wertvoller war, als wenn sie aus purem Gold bestanden hätte. Das werde ich allerdings mithilfe eines ganz einfachen Tests feststellen können, sobald wir eine Antwort auf unsere Anzeige haben.«

»Und bis dahin können Sie nichts unternehmen?«

»Nichts.«

»In diesem Fall werde ich jetzt meinen beruflichen Verpflichtungen nachgehen und meine Krankenbesuche machen. Aber ich werde abends zu der von Ihnen angegebenen Zeit zurückkehren, denn ich möchte doch die Lösung dieser ausgesprochen verwickelten Angelegenheit erfahren.«

»Ich freue mich, wenn Sie kommen. Ich esse um sieben zu Abend. Es stehen Waldschnepfen auf dem Speiseplan. In Anbetracht der letzten Ereignisse sollte ich Mrs Hudson vielleicht bitten, vorher den Kropf zu überprüfen.«

Durch einen Krankheitsfall verspätete ich mich etwas und gelangte erst nach halb sieben in die Baker Street. Als ich mich dem Haus näherte, sah ich im hellen Schein der Lünette einen großen Mann davorstehen, der eine Schottenmütze und einen bis zum Kinn zugeknöpften Mantel trug. Just in dem Moment, da ich dort eintraf, öffnete sich die Tür, und wir wurden beide in Holmes' Zimmer geführt.

»Ich nehme an, Sie sind Mr Henry Baker.« Holmes erhob sich aus einem Lehnsessel und begrüßte seinen Besucher mit jener lockeren, jovialen Art, die er so leicht annehmen konnte. »Bitte nehmen Sie doch am Feuer Platz, Mr Baker. Es ist ein kalter Abend, und ich stelle fest, dass Ihr Kreislauf eher dem Sommer als dem Winter angepasst ist. Ah, Watson, Sie kommen gerade zur rechten Zeit. Mr Baker, ist das Ihr Hut?«

»Ja, Sir, das ist zweifellos mein Hut.«

Er war ein großer Mann mit runden Schultern, einem voluminösen Kopf und einem breiten intelligenten Gesicht, das von einem graubraunen Spitzbart abgeschlossen wurde. Die leicht geröteten Nase und Wangen, das leichte Zittern der ausgestreckten Hand riefen in mir Holmes' Vermutungen in Bezug auf seine Gewohnheiten ins Gedächtnis zurück. Sein verschossener, schwarzer Gehrock war bis oben hin zugeknöpft, der Kragen hochgeschlagen, und seine mageren Handgelenke ragten ohne Anzeichen für Manschetten oder Hemd aus den Ärmeln hervor. Er sprach mit einer leisen, stakkato-artigen Stimme, wählte seine Worte sorgfältig und machte insgesamt den Eindruck eines gebildeten und belesenen Mannes, dem das Schicksal übel mitgespielt hat.

»Wir haben diese Dinge ein paar Tage für Sie aufbewahrt«, sagte Holmes, »weil wir erwarteten, eine Annonce mit Adressenangabe von Ihnen in der Zeitung zu finden. Ich verstehe eigentlich nicht, warum Sie keine Verlustanzeige aufgegeben haben.«

Unser Besucher lachte etwas beschämt. »Geld ist bei mir nicht mehr in dem Maße vorhanden wie früher einmal«, erwiderte er. »Ich bezweifelte nicht, dass die Bande Raufbolde, die mich angriffen, beides, Gans und Hut, mitgenommen hatten. Ich wollte nicht noch gutes Geld in einen hoffnungslosen Versuch stecken, Hut und Vogel wiederzuerhalten.«

»Sehr verständlich. Übrigens, was die Gans betrifft: Wir waren gezwungen, sie zu verspeisen.«

»Zu verspeisen!« Aufgeregt sprang unser Besucher von seinem Stuhl auf.

»Ja, es wäre niemandem damit gedient gewesen, wenn wir sie hätten verderben lassen. Aber ich vermute, dass diese Gans dort auf der Anrichte etwa dem Gewicht der anderen entspricht; sie ist ganz frisch und wird hoffentlich ebenso nützlich für Sie sein.«

»Oh, gewiss, gewiss«, antwortete Mr Baker mit einem Seufzer der Erleichterung.

»Wir haben natürlich noch die Federn, Beine und den Kropf Ihres Vogels, wenn Sie wünschen …«

Der Mann brach in aufrichtiges Gelächter aus. »Sie könnten mir höchstens als Erinnerungsstücke dienen«, sagte er, »aber abgesehen davon fällt mir wirklich kein sinnvoller Verwendungszweck für die *disjecta membra* meiner verstorbenen Bekannten ein. Nein, Sir, ich werde mit Ihrer Erlaubnis mein Interesse auf den prachtvollen Vogel beschränken, den ich auf der Anrichte erspähe.«

Sherlock Holmes warf mir einen bedeutsamen Blick zu und zuckte leicht mit den Schultern.

»Hier haben Sie Ihren Hut und Ihre Gans«, sagte er. »Übrigens, würde es Ihnen etwas ausmachen, mir zu verraten, wo Sie die andere Gans gekauft haben? Ich interessiere mich für Geflügelzucht, und ich meine, selten eine so gut gemästete Gans gesehen zu haben.«

»Selbstverständlich, Sir«, antwortete Baker. Er war aufgestanden und klemmte sich sein neu erworbenes Eigentum unter den Arm. »Einige von uns sind regelmäßig im Alpha Inn zu Gast, einem Pub in der Nähe des Museums – wir arbeiten im Museum, wissen Sie. Nun hat dieses Jahr unser Wirt, ein Mann namens Windigate, einen Gänseklub gegründet: Durch Einzahlung von ein paar Pence pro Woche in die Klubkasse sollten wir zu Weihnachten eine Gans erhalten. Ich habe meinen Anteil brav bezahlt; der Rest ist Ihnen bekannt. Sir, ich bin Ihnen sehr zu Dank verpflichtet, denn diese Schottenmütze entspricht weder meinem Alter noch meinem Status.« Er verbeugte sich mit komischer Würde vor uns und ging seines Wegs.

»Soweit Mr Henry Baker«, meinte Holmes, als der Besucher die Tür hinter sich geschlossen hatte. »Es ist ziemlich sicher, dass er nichts von dieser Sache weiß. Sind Sie hungrig, Watson?«

»Nicht sehr.«

»Dann schlage ich vor, dass wir zu späterer Stunde essen und diese heiße Spur jetzt weiterverfolgen.«

»Auf alle Fälle!«

Es herrschte klirrende Kälte, sodass wir unsere Ulster überzogen und uns unsere Schals um den Hals schlangen.

Draußen funkelten die Sterne kalt vom wolkenlosen Himmel herab, und der Atem der Passanten stieg auf wie Rauchwölkchen aus Pistolenmündungen. Unsere Schritte hallten laut und deutlich auf dem Pflaster wider; über meine Wohngegend, über die Wimpole Street, Harley Street und die Wigmore Street gelangten wir schließlich in die Oxford Street. Eine Viertelstunde später waren wir in Bloomsbury im Alpha Inn, einem kleinen Pub an der Ecke einer der Straßen, die nach Holborn führen. Holmes stieß die Eingangstür auf. Wir setzten uns an einen Tisch, und mein Freund bestellte zwei Gläser Bier beim rotgesichtigen Wirt, der eine weiße Schürze trug.

»Ihr Bier muss hervorragend sein, wenn es so gut ist wie Ihre Gänse«, bemerkte Holmes.

»Meine Gänse!« Der Mann schien überrascht.

»Ja. Ich habe etwa vor einer halben Stunde mit Henry Baker gesprochen, der ein Mitglied Ihres Gänseklubs ist.«

»Ach so, ich verstehe. Aber wissen Sie, Sir, das sind nicht *unsere* Gänse.«

»Tatsächlich? Woher kommen sie denn?«

»Nun, ich erhielt zwei Dutzend Gänse von einem Händler in Covent Garden.«

»Wirklich! Ich kenne einige von ihnen. Welcher war es?«

»Er heißt Breckinridge.«

»Oh, der ist mir kein Begriff. So, auf Ihre Gesundheit, Herr Wirt, und viel Glück für Ihr Geschäft. Gute Nacht!«

»Auf zu Mr Breckinridge«, sagte Holmes und knöpfte seinen Mantel zu, als wir wieder in die frostige Nacht hinaustraten. »Vergessen Sie nicht, Watson, dass zwar so ein harmloses Ding wie eine Gans am einen Ende der Kette hängt, aber am anderen Ende ein Mann, der sicherlich zu sieben Jahren Zuchthaus verurteilt wird, wenn wir seine Unschuld nicht beweisen können. Es ist natürlich auch möglich, dass unsere Ermittlungen seine Schuld bestätigen. Aber auf jeden Fall befinden wir uns auf einer Fährte, die der Polizei unbekannt ist und uns nur durch einen einzigartigen Zufall in die Hände gespielt wurde. Lassen Sie sie uns bis zum bitteren Ende verfolgen. Also, Richtung Süden und vorwärts marsch!«

Wir gingen durch Holborn, die Endell Street entlang und dann durch ein Gewirr von schmutzigen Hintergassen zum Markt von Covent Garden. Auf einem der größten Verkaufsstände stand der Name *Breckinridge*. Der Inhaber, dem Aussehen nach ein Pferdenarr, mit scharfen Gesichtszügen und einem gepflegten Backenbart, war gerade dabei, einem Jungen beim Schließen der Rollläden zu helfen.

»Guten Abend. Kalt heute«, begann Holmes.

Der Händler nickte und sah meinen Freund fragend an. »Ich stelle fest, dass die Gänse ausverkauft sind«, fuhr Holmes fort und zeigte auf die leere Marmorplatte. »Morgen früh können Sie fünfhundert Stück haben.«

»Das hilft mir nicht weiter.«

»Nun, es gibt noch welche dort an dem Stand mit der Gasbeleuchtung.«

»Oh, Sie sind mir aber empfohlen worden.«

»Wer hat mich empfohlen?«

»Der Wirt des Alpha Inn.«

»O ja, ich schickte ihm zwei Dutzend zu.«

»Wirklich prächtige Vögel. Von wem beziehen Sie sie denn?«

Zu meinem Erstaunen löste diese Frage einen Wutausbruch des Händlers aus.

»So, Mister«, schnaubte er, legte den Kopf schräg und stemmte die Arme in die Seiten, »worauf wollen Sie hinaus? Kommen Sie zur Sache, sofort.«

»Ganz einfach: Ich möchte gerne wissen, wer Ihnen die Gänse verkauft hat, die Sie ans Alpha Inn geliefert haben.«

»So, aber das verrate ich Ihnen nicht. Punktum.«

»Nun gut, es ist nichts von Bedeutung. Aber ich verstehe nicht, warum Sie sich über eine so belanglose Frage so aufregen können.«

»Aufregen! Sie würden sich auch aufregen, wenn Sie so belästigt würden wie ich. Wenn ich für gute Ware gutes Geld bezahle, sollte damit das Geschäft beendet sein. Aber nein, andauernd die Fragen ›Wo sind die Gänse?‹ und ›An wen haben Sie die Gänse verkauft?‹ und ›Was wollen Sie für die Gänse?‹. Man könnte glauben, es gäbe nur diese

Gänse auf der Welt, wenn man sieht, was für ein Aufheben um diese Gänse gemacht wird.«

»Ich stehe in keinerlei Verbindung zu den anderen Leuten, die Ihnen diese Fragen gestellt haben«, erwiderte Holmes unbekümmert. »Wenn Sie es uns nicht verraten wollen, gilt die Wette eben nicht, das ist alles. Aber ich verstehe etwas von Geflügel, und deshalb habe ich einen Fünfer gewettet, dass die Gans, die ich gegessen habe, auf dem Land gezüchtet worden ist.«

»Nun, dann haben Sie Ihren Fünfer verloren, die Gans stammt aus einer Zucht in der Stadt«, schnauzte der Händler.

»Das kann nicht sein.«

»Wenn ich es aber sage.«

»Ich glaube Ihnen nicht.«

»Bilden Sie sich etwa ein, mehr von Geflügel zu verstehen als ich, der seit seiner frühesten Jugend damit handelt? Ich sage Ihnen, alle Gänse, die ans Alpha Inn geliefert wurden, kamen aus einer Zucht in der Stadt.«

»Sie werden mich nicht überzeugen. Ich glaube es nicht.«

»Wollen wir wetten?«

»Damit würde ich Ihnen nur das Geld aus der Tasche ziehen, denn ich weiß, dass ich recht habe. Aber ich werde einen Sovereign setzen, um Ihnen zu zeigen, dass man nicht so halsstarrig sein soll.«

Der Händler lachte grimmig. »Bill, bring mir die Bücher!«, rief er.

Der Bursche brachte ein kleines, dünnes Heft und ein großes Buch voller Fettflecke und legte beides unter die Lampe.

»So, Sie Besserwisser«, begann der Händler, »ich dachte, ich hätte alle Gänse verkauft, aber es scheint noch eine im Laden zu sein. Sehen Sie dieses kleine Heft?«

»Ja?«

»Das ist das Verzeichnis meiner Lieferanten. Sehen Sie? Hier auf dieser Seite stehen die Züchter auf dem Land, und die Zahlen hinter ihren Namen geben an, wo sich ihre Konten in dem Kassabuch finden lassen. Gut. Sehen Sie diese andere Seite mit der roten Tinte? Das ist die Liste der Züchter in der Stadt. Jetzt achten Sie auf den dritten Namen von oben. Lesen Sie ihn mir vor.«

»Mrs Oakshott, 117 Brixton Road – 249«, las Holmes vor.

»Richtig! Jetzt schlagen Sie das im Kassabuch auf.«

Holmes schlug die angegebene Seite auf. »Hier, Mrs Oakshott, 117 Brixton Road, Eier- und Geflügellieferantin.«

»Wann war die letzte Eintragung?«

»Am zweiundzwanzigsten Dezember. Vierundzwanzig Gänse zu sieben Shilling und sechs Pence das Stück.«

»Richtig. Und was steht darunter?«

»Verkauft an Mr Windigate, Wirt vom Alpha Inn, zu je zwölf Shilling.«

»Und was sagen Sie jetzt?«

Sherlock Holmes schaute äußerst zerknirscht drein. Er zog einen Sovereign aus seiner Tasche, warf ihn auf die Marmorplatte und wandte sich mit dem Gesicht eines Mannes ab, dessen tiefer Widerwillen sich nicht in Worte fassen lässt. Nach ein paar Schritten blieb er lautlos in sich hineinlachend unter einer Laterne stehen.

»Wenn Sie einen Mann mit einem so geschnittenen Backenbart sehen, dem ein Rennprogramm aus der Tasche ragt, können Sie ihn immer mit seiner Wettlust erwischen«, sagte er. »Wenn ich hundert Pfund vor diesen Mann hingelegt hätte, hätte ich keine so umfassende Information von ihm erhalten wie dadurch, dass ich ihn glauben ließ, er könne gegen mich eine Wette gewinnen. Nun, Watson, ich glaube, wir nähern uns dem Ende unserer Ermittlungen; im Moment müssen wir uns nur entscheiden, ob wir noch heute Abend zu Mrs Oakshott gehen oder ob wir es uns bis morgen aufsparen sollen. Nach dem, was dieser mürrische Herr sagte, sind offenbar noch andere außer uns an der Sache interessiert, und ich möchte …«

Seine Überlegungen wurden plötzlich von lautem Geschrei unterbrochen, das aus dem Verkaufsstand ertönte, den wir gerade verlassen hatten. Wir drehten uns um und sahen im Lichtkegel der schaukelnden Lampe einen kleinen Mann mit einem Rattengesicht; vor ihm stand Breckinridge, der Händler, und schüttelte wütend seine Fäuste gegen die sich duckende Gestalt.

»Jetzt habe ich aber genug von Ihnen und Ihren Gänsen«, brüllte er. »Ich wünsche euch alle zusammen zum Teufel! Wenn Sie mich noch einmal mit Ihrem dummen Gerede belästigen, hetze ich den Hund auf Sie. Bringen Sie mir Mrs Oakshott hierher, und ich werde ihr Rede und Antwort stehen. Aber was haben Sie damit zu tun? Habe ich die Gänse etwa von Ihnen gekauft?«

»Nein, aber eine von ihnen gehörte mir«, jammerte der kleine Mann.

»Dann fragen Sie Mrs Oakshott nach der Gans.«

»Sie sagte mir, ich solle Sie fragen.«

»Sie können meinetwegen den Kaiser von China fragen. Ich habe genug von Ihnen. Scheren Sie sich zum Teufel!« Er machte wütend einen Schritt nach vorn, und der Mann floh in die Dunkelheit.

»Ha, das könnte uns den Besuch in der Brixton Road ersparen«, flüsterte Holmes. »Kommen Sie mit, wir wollen einmal nachsehen, was es mit diesem Burschen auf sich hat.« Mit großen Schritten bahnte er sich einen Weg durch die verschiedenen Menschengrüppchen, die noch vor den beleuchteten Verkaufsständen herumlungerten, holte den kleinen Mann rasch ein und klopfte ihm auf die Schulter. Der drehte sich erschrocken um, und im Gaslicht sah ich, dass er kreidebleich wurde.

»Wer sind Sie? Was wollen Sie?«, fragte er mit zitternder Stimme.

»Entschuldigen Sie bitte«, antwortete Holmes freundlich, »ich konnte nicht umhin, Ihre Fragen an den Händler mit anzuhören. Ich glaube, ich könnte Ihnen behilflich sein.«

»Sie? Wer sind Sie? Was können Sie von der Angelegenheit wissen?«

»Mein Name ist Sherlock Holmes. Es ist mein Beruf zu wissen, was andere Leute nicht wissen.«

»Aber von dieser Angelegenheit wissen Sie doch nichts?«

»Entschuldigen Sie, aber ich weiß alles darüber. Sie bemühen sich, einige Gänse aufzuspüren, die von Mrs Oakshott in der Brixton Road an einen Händler namens Breckinridge verkauft worden sind, der sie wiederum an Mr Windigate, dem Wirt vom Alpha Inn, lieferte. Mr Windigate schließlich händigte sie seinem Gänseklub aus, dessen Mitglied Henry Baker ist.«

»O Sir, Sie sind genau der Mann, nach dem ich gesucht habe«, rief der kleine Mann mit ausgestreckten Händen und zitternden Fingern. »Ich kann Ihnen gar nicht sagen, wie interessiert ich an der Sache bin.«

Sherlock Holmes winkte eine an uns vorüberfahrende Droschke heran. »In diesem Fall sollten wir uns besser in einem gemütlichen Raum als auf einem windigen Marktplatz unterhalten. Aber bitte, bevor wir gehen, wem habe ich das Vergnügen helfen zu können?«

Der Mann zögerte einen Augenblick. »Mein Name ist John Robinson«, antwortete er mit einem Seitenblick.

»Nein, nein, bitte Ihren richtigen Namen«, sagte Holmes betont freundlich. »Es ist immer so unangenehm, mit einem Alias Geschäfte zu tätigen.«

Die aschfahlen Wangen des Fremden röteten sich leicht. »Mein richtiger Name ist James Ryder.«

»Richtig, der Angestellte aus dem Hotel Cosmopolitan. Steigen Sie doch bitte in die Droschke ein. Ich werde Ihnen bald alles erzählen können, was Sie wissen möchten.«

Der kleine Mann blickte vom einen zum anderen mit einem halb erschrockenen, halb hoffnungsvollen Blick, wie jemand, der nicht weiß, ob er sich am Rand eines unerwarteten Glücksfalls oder am Rand einer Katastrophe befindet. Er stieg in den Wagen, und eine halbe Stunde später saßen wir im Wohnzimmer in der Baker Street. Während der Fahrt wurde nicht gesprochen, aber die schnelle, flache Atmung unseres neuen Gefährten und die unruhigen Hände sprachen für seine Nervosität.

»So, da wären wir!«, erklärte Holmes fröhlich, als wir den Raum betraten. »Ein Kaminfeuer ist in dieser Jahreszeit wirklich sehr angebracht. Mr Ryder, Sie sehen so verfroren aus. Nehmen Sie doch bitte im Korbstuhl Platz. Ich ziehe mir nur noch meine Hausschuhe an, bevor wir zu Ihrem kleinen Anliegen kommen. So! Sie möchten gerne wissen, was aus den Gänsen geworden ist?«

»Ja, Sir.«

»Oder vielleicht aus der einen Gans. Ich glaube, es ist nur ein Vogel, an dem Sie besonders interessiert sind – weiß, mit einem schwarzen Streifen auf dem Schwanz.«

Ryder zitterte vor Erregung. »O Sir«, rief er, »wissen Sie etwa, wohin sie gelangte?«

»Ja, hierher.«

»Hierher?«

»Ja, und es zeigte sich, dass sie eine äußerst beachtliche Gans war. Es wundert mich nicht, dass Sie an ihr interessiert sind. Sie legte noch ein Ei, als sie schon tot war – das schönste, leuchtendste kleine blaue Ei, das ich je gesehen habe. Ich habe es hier in meine Sammlung aufgenommen.«

Unser Besucher erhob sich schwankend und ergriff mit seiner rechten Hand den Kaminsims. Holmes schloss seinen Safe auf und hielt den blauen Karfunkel in die Höhe, der sein kaltes, funkelndes Licht wie ein Stern rundum erstrahlen ließ. Ryder stierte ihn mit einem verzerrten Gesichtsausdruck an, unsicher, ob er seinen Anspruch darauf geltend machen sollte oder nicht.

»Das Spiel ist aus, Ryder«, sagte Holmes ruhig. »Halten Sie sich fest, oder Sie werden ins Feuer fallen. Watson, helfen Sie ihm in seinen Stuhl zurück. Er ist nicht kaltblütig genug, um ein schweres Kapitalverbrechen straffrei verüben zu können. Geben Sie ihm einen Schluck Brandy! So, nun sieht er schon etwas menschlicher aus. Was für ein Schwächling, wirklich!«

Einen Moment lang taumelte Ryder und wäre beinahe hingefallen, aber der Brandy brachte wieder etwas Farbe in seine Wangen, und er saß mit starrem und erschrockenem Blick seinem Ankläger gegenüber.

»Ich habe fast den lückenlosen Ablauf der Ereignisse beisammen und alle Beweise, die ich benötige. Es gibt also nur wenig, was Sie mir noch erzählen müssen. Aber dieses wenige könnten wir auch noch klären, um den Fall abzurunden. Sie hatten vom blauen Stein der Gräfin Morcar gehört, Ryder?«

»Catherine Cusack hatte mir davon erzählt«, antwortete er mit gebrochener Stimme.

»Aha, die Zofe der Gräfin? Nun, der Versuchung, so

leicht in einen plötzlichen Wohlstand zu gelangen, konnten Sie nicht widerstehen; schon bessere Männer als Sie sind dieser Versuchung erlegen. Aber Sie waren nicht skrupellos genug. Trotzdem scheint es mir, Ryder, dass in Ihnen ein großer Schuft steckt. Sie wussten, dass dieser Mann, Horner, der Klempner, schon einmal in eine ähnliche Angelegenheit verwickelt war und dass der Verdacht sofort auf ihn fallen würde. Was taten Sie? Sie verursachten einen kleinen Schaden im Ankleidezimmer der Gräfin – Sie und Ihre Komplizin Cusack – und arrangierten es so, dass ausgerechnet Horner zum Reparieren geholt wurde. Dann, nachdem Horner gegangen war, plünderten Sie den Schmuckkasten, schlugen Alarm, und dieser unglückselige Mann wurde festgenommen. Sie haben dann …«

Ryder warf sich plötzlich auf den Teppich nieder und umfasste die Beine meines Freundes. »Um Himmels willen, lassen Sie Gnade walten!«, stieß er schrill hervor. »Denken Sie an meinen Vater! An meine Mutter! Es würde ihnen das Herz brechen. Ich habe bisher noch nie in meinem Leben etwas Unrechtes getan! Ich will es nicht wieder tun. Ich schwöre es. Ich schwöre es bei Gott. Oh, bringen Sie den Fall nicht vor Gericht! Um Gottes willen, bitte nicht!«

»Setzen Sie sich wieder auf Ihren Stuhl!«, befahl Holmes streng. »Es ist sehr einfach, jetzt zu flehen und auf dem Boden zu kriechen, aber Sie haben kaum einen Gedanken an diesen armen Horner verschwendet, der für ein Verbrechen auf der Anklagebank sitzt, von dem er nichts weiß.«

»Ich werde fliehen, Mr Holmes. Ich werde das Land verlassen, Sir. Damit würde der Verdacht von ihm genommen.«

»Hm! Wir werden noch darauf zurückkommen. Und jetzt lassen Sie uns den wahren Sachverhalt im nächsten Akt des Dramas wissen. Wie gelangte der Stein in den

Schlund der Gans? Und wie kam es dazu, dass die Gans zum Verkauf feilgeboten wurde? Sagen Sie uns die Wahrheit, darin liegt Ihre einzige Chance.«

Ryder befeuchtete seine trockenen Lippen. »Ich werde Ihnen genau berichten, wie es geschehen ist, Sir«, sagte er. »Als Horner verhaftet wurde, dachte ich, dass es das Beste wäre, den Stein verschwinden zu lassen. Denn ich wusste ja nicht, in welchem Moment es der Polizei nicht doch einfallen könnte, mich und mein Zimmer zu durchsuchen. Im Hotel existierte kein sicheres Versteck. So verließ ich das Hotel, als ob ich etwas Berufliches zu erledigen hätte, und begab mich direkt zu meiner Schwester. Sie hat einen Mann namens Oakshott geheiratet und lebt in der Brixton Road, wo sie Geflügel für den Verkauf mästet. Auf dem Weg dorthin meinte ich, dass jeder, dem ich begegnete, ein Polizist oder ein Detektiv wäre. Obwohl es ein kalter Abend war, brach mir der Schweiß aus, bevor ich noch in die Brixton Road kam. Meine Schwester fragte mich, warum ich so blass wäre. Ich erzählte ihr, dass ich so aufgeregt wäre wegen eines Juwelenraubs im Hotel. Dann betrat ich den Hinterhof, rauchte eine Pfeife und überlegte, was am besten zu tun wäre.

Ich hatte einmal einen Freund namens Maudsley, der auf die schiefe Bahn geraten war und seine Zeit im Gefängnis von Pentonville gerade abgesessen hatte. Eines Tages war ich ihm zufällig begegnet, und wir kamen auf die Methoden von Dieben zu sprechen, wie sie ihr Diebesgut loswerden können. Ich wusste, dass ich mich auf ihn verlassen konnte, weil ich ein, zwei Geheimnisse von ihm kannte. So entschloss ich mich, sofort zu ihm nach Kilburn zu fahren und ihn ins Vertrauen zu ziehen. Er würde mir den Weg zeigen, wie man diesen Stein zu Geld macht. Aber wie konnte ich den Stein sicher zu ihm nach Kilburn bringen? Ich erinnerte mich an die Ängste, die ich durchgestanden hatte, als ich vom Hotel zu meiner Schwester lief. Jeden Moment könnte ich gefasst und durchsucht werden, und dann wäre der Stein in meiner Westentasche! Ich lehnte mich gegen die Mauer und schaute auf die vor mir herumwatschelnden Gänse. Plötzlich schoss mir eine Idee durch den Kopf, mit der ich den besten Detektiv der Welt überlisten konnte.

Meine Schwester hatte mir vor einigen Wochen angeboten, dass ich mir als Weihnachtsgeschenk eine ihrer Gänse auswählen dürfte. Ich wusste, dass sie Wort halten würde. Ich beschloss, die Gans jetzt zu nehmen und den Stein in ihr nach Kilburn zu transportieren. Auf dem Hof stand ein kleiner Schuppen. Hinter diesen trieb ich eine der Gänse, ein prachtvolles, großes, weißes Tier mit einem schwarzen Streifen auf dem Schwanz. Ich schnappte sie mir, zwängte ihren Schnabel auf und steckte ihr den Stein so weit in den Hals hinunter, wie ich nur mit den Fingern reichen konnte. Der Vogel schluckte den Stein, und ich fühlte ihn die Speiseröhre bis zum Kropf hinabrutschen. Aber das Tier wehrte sich und schlug mit den Flügeln, sodass meine Schwester herauskam, um sich nach dem Anlass der Unruhe zu erkundigen. Als ich mich umdrehte, um mit ihr zu reden, befreite sich das Vieh und flatterte eiligst zu den anderen zurück.

›Was hast du mit dem Vogel gemacht, Jem?‹, fragte sie.

›Nun‹, antwortete ich, ›du hast mir eine Gans zu Weihnachten versprochen, und ich fühlte jetzt, welches die fetteste sei.‹

›Oh‹, erwiderte sie, ›wir haben dir schon eine reserviert. Wir nennen sie immer Jems Vogel. Es ist die große, weiße Gans dort drüben. Wir haben sechsundzwanzig Stück; eine für dich, eine für uns und zwei Dutzend für den Markt.‹

›Vielen Dank, Maggi‹, sagte ich, ›aber wenn es dir recht ist, würde ich gern die haben, die ich grade in der Hand hatte.‹

›Die andere ist aber um gut drei Pfund schwerer‹, meinte sie, ›und wir haben sie extra für dich gemästet.‹

›Macht nichts! Ich möchte die andere haben und sie jetzt mitnehmen.‹

›Wie du meinst‹, sagte sie etwas beleidigt. ›Welche willst du denn?‹

›Die weiße mit dem schwarzen Streifen auf dem Schwanz, da rechts mitten in der Schar.‹

›In Ordnung! Schlachte sie und nimm sie mit.‹

Nun, ich tat, wie mir geheißen wurde, Mr Holmes, und trug den Vogel nach Kilburn. Ich erzählte meinem Freund, was ich getan hatte, denn ihm gegenüber brauchte ich mich nicht zu genieren. Er lachte sich halb tot. Wir griffen nach einem Messer und nahmen die Gans aus. Mein Herz blieb stehen, als wir keinen Stein fanden und mir klar wurde, dass mir ein schrecklicher Fehler unterlaufen war. Ich ließ die Gans Gans sein, rannte eiligst zu meiner Schwester zurück und stürzte auf den Hinterhof. Dort war keine Gans mehr zu sehen.

›Wo sind denn die Gänse, Maggi?‹, schrie ich. ›Beim Händler.‹

›Bei welchem Händler?‹

›Breckinridge, in Covent Garden.‹

›Gab es noch eine andere Gans mit einem schwarzen Streifen auf dem Schwanz?‹, fragte ich. ›Das heißt, eine ähnliche wie die, die ich ausgewählt habe?‹

›Ja, Jem, es gab zwei Gänse mit gestreiften Schwänzen, und ich konnte sie auch nie auseinanderhalten.‹

Natürlich erklärte diese Auskunft alles, und ich rannte, so schnell ich konnte, zu diesem Händler Breckinridge.

Aber er hatte die ganze Lieferung auf einmal verkauft, und mit keinem einzigen Wort wollte er mir verraten, wo sie hingewandert waren. Sie haben ihn heute Abend selbst gehört. In dieser Art hat er mir jedes Mal geantwortet. Meine Schwester glaubt, dass ich langsam verrückt werde. Manchmal glaube ich das selbst. Und jetzt – jetzt bin ich als Dieb gezeichnet, ohne je etwas von dem Reichtum gehabt zu haben, für den ich meinen Charakter verkauft habe. Gott, hilf mir! Gott, hilf mir!« Er brach in heftiges Schluchzen aus und schlug die Hände vors Gesicht.

Es folgte eine lange Pause, in der nur sein schwerer Atem und das Trommeln von Sherlock Holmes' Fingerspitzen auf der Tischplatte zu hören waren. Dann erhob sich mein Freund und riss die Tür auf.

»Hinaus!«, sagte er.

»Was, Sir! Der Himmel segne Sie!«

»Kein Wort mehr! Raus!«

Es waren keine Worte mehr nötig. Er eilte hinaus, polterte die Treppe hinunter, schlug die Tür hinter sich zu und rannte schnellen Fußes auf der Straße davon.

»Schließlich, Watson«, meinte Holmes, während er nach seiner Tonpfeife griff, »bin ich nicht verpflichtet, die Fehler der Polizei auszubügeln. Wenn Horner Gefahr gedroht hätte, wäre es eine andere Sache, aber dieser Bursche wird nicht gegen ihn aussagen, und so muss der Fall ad acta gelegt werden. Ich vermute, dass ich gesetzwidrig handle, aber es ist möglich, dass ich damit eine Seele rette. Dieser Mann wird nie mehr vom rechten Pfad abkommen. Er ist zu erschrocken. Schicken Sie ihn jetzt ins Gefängnis, und er bleibt für immer ein Krimineller. Außerdem haben wir gerade die Zeit der Vergebung. Der Zufall hat uns ein einzigartiges, wunderliches Rätsel aufgegeben, und die Lösung ist unsere schönste Belohnung. Seien Sie so freundlich und klingeln Sie, Doktor, wir werden mit einer anderen Ermittlung beginnen, in der ebenfalls ein Vogel die Hauptrolle spielen wird.«

Nachweis

Arthur Conan Doyle
Der blaue Karfunkel. Aus: Arthur Conan Doyle, *Der Bund der Rothaarigen und andere Detektivgeschichten*. Franckh'sche Verlagshandlung, Stuttgart 1938.

Reginald Hill
Der italienische Sherlock Holmes. Aus dem Englischen von Alexander Weber. Aus: *Holmes for the Holidays*. Herausgegeben von Martin H. Greenberg, Jon L. Lellenberg und Carol-Lynn Waugh. Copyright © 1996 by Reginald Hill. Copyright für die deutsche Übersetzung © 2023 by Kampa Verlag AG, Zürich.

Edward D. Hoch
Der Weihnachtsklient. Aus dem amerikanischen Englisch von Barbara Röhl. Aus: *Eine Leiche zum Advent. Das große Buch der Weihnachtskrimis*. Herausgegeben von Otto Penzler. Copyright © 2016 by Bastei Lübbe AG, Köln.

Anthony Horowitz
Sherlock Holmes und die tödlichen Weihnachtskarten. Aus dem Englischen von Lutz-W. Wolff. Zuerst erschienen 2020 in *The Daily Mail*, London. Copyright © 2020 by Anthony Horowitz. Copyright für die deutsche Übersetzung © 2023 by Kampa Verlag AG, Zürich.

Weitere Oktopus Bücher stellen wir Ihnen auf den folgenden Seiten vor. Das Gesamtprogramm finden Sie auf: www.oktopusverlag.ch

Wenn Sie zweimal jährlich über unsere Neuerscheinungen informiert werden möchten, schreiben Sie uns bitte an: newsletter@kampaverlag.ch oder Kampa Verlag, Hegibachstr. 2, 8032 Zürich, Schweiz

OKTOPUS VERLAG

Ein Wunschzettel voller Bücher

Weihnachtsgeschichten für alle, die das Lesen lieben

Ein literarisches Geschenk für alle,
die sich nichts als Bücher unter dem Weihnachtsbaum
wünschen und neuem Lesefutter mehr abgewinnen
können als Gans oder Kartoffelsalat

Jedes Jahr im November beginnt er: der Weihnachtswahnsinn in den Buchhandlungen. Die Schaufenster sind dekoriert, die Frage, ob das neu erworbene Buch als Geschenk eingepackt werden soll, erübrigt sich. Zu den Stammkunden gesellen sich diejenigen, die sich sonst eher selten blicken lassen. Alle sind sich einig: Bücher sind das beste Geschenk. Weniger bekannt ist, dass eine Buchhandlung das perfekte Setting für eine Weihnachtsgeschichte bietet, ob herzerwärmend oder hoch spannend. Das zeigen die Autor*innen dieses Bandes, die die Themen Buch und Weihnachten wunderschön literarisch verbunden haben.